Gewidmet den Opfern skrupelloser Menschen.

Wir tun immer noch unser Bestes, um die Täter der gerechten Strafe zuzuführen.

Doch manchmal fühlen wir uns doch sehr alleingelassen.

ZV

ziemer
verlag

Bibliografische Information der Deutschen Nationalbibliothek

Die Deutsche Nationalbibliothek verzeichnet diese Publikation in der deutschen Nationalbibliografie, detaillierte biografische Daten sind im Internet unter http://dnb.dnb.de abrufbar

Herstellung und Verlag
Ziemer-Verlag, Duisburg
ISBN: 978-3-9820351-2-3

Prolog

Im Sommer 2018

„Klaus, dein Schnitzel brennt an! Du solltest wirklich langsam mal reinkommen!“ Marions Stimme klang leicht genervt, und Klaus Heppner seufzte ergeben. „Na gut, Liebling. Ich bin ja schon unterwegs.“ Er beendete das Gespräch mit Marion, erhob sich aus der Hocke und verzog das Gesicht, da seine Knie bei der abrupten Bewegung zu knirschen begannen. Blöd, alt zu werden, dachte er und steckte das Handy in die Hosentasche, während er seine Suzuki Intruder wohlgefällig betrachtete. Nachdem er zwei Stunden wie ein Wilder poliert hatte, sah die Trude wieder aus wie aus dem Ei gepellt. Er tätschelte die Sitzbank, schloss das Garagentor hinter sich und ging zurück ins Haus.

Ein plötzlicher Aufschrei Marions und ein darauffolgendes Scheppern ließ sein Herz schneller schlagen. Heppner rammte den Schlüssel geradezu ins Türschloss, stieß die Tür auf und stürzte in die Küche, wo Marion am Boden hockte und etwas aufwischte, was ziemlich nach der erwarteten Jägersoße aussah. Als sie ihren Mann kommen hörte, sah Marion bekümmert auf.

„Tut mir leid, Liebster, aber heute gibt es wohl nur Schnitzel naturel. Es sei denn, du möchtest die aufgewischte Sauce mitsamt der Katzenhaare.“ – „Eher nicht“, seufzte ihr Mann. „Was ist passiert? Alles in Ordnung mit dir?“

„Mach dir keine Sorgen. Es ist alles gut, nur hat unser Kater versucht, Stolperfalle zu spielen. Ist ihm perfekt gelungen. Irgendwann ziehe ich ihm das Fell über die Ohren. Dann gibt’s Etappenhasen.“ Heppner schnaubte nur, während Percy unbeeindruckt an den Resten der Sauce herumleckte. Sie erwiderte seinen Blick und verdrehte genervt die Augen.

„Schöner Mist“, murmelte sie. „Gut, dass es nur die Sauce war, die ich losgelassen habe, denn über die Schnitzel wäre dieses kriminelle Subjekt sofort hergefallen. Na, auch Sud und Pilze scheinen ihm geschmeckt zu haben.“ Sie versetzte dem Kater einen Stupser mit dem Fuß, den er mit einem verachtungsvollen Blick beantwortete und würdevoll aus der Küche stolzierte. Heppner ging ihm kopfschüttelnd nach und wusch sich die Hände, bevor er sich an den Tisch setzte und nach der dort liegenden NRZ griff. Er überflog die Titelseite und die Kommentare, doch beim Blick auf Blatt 3 gefroren seine Gesichtszüge und er ließ die Zeitung sinken. Marion, die gerade eine neue Tunke improvisierte, sah ihn an und runzelte die Stirn. „Was hast du, Liebling?“, fragte sie betont beiläufig, denn sie wusste, wie sie seinen abwesenden Blick zu deuten hatte. Wenn er so aussah, war er mit dem Geist in der Vergangenheit und beschäftigte sich mit traumatischen Dingen.

Es dauerte fast eine Minute, bis Heppner in der Lage war zu antworten. „Hier ist ein Artikel, in dem über den beginnenden Love-Parade-Prozess berichtet wird. Die Seite wird beherrscht vom Bild eines älteren Mannes, der seinen Sohn verloren hat - und dessen Foto ist darunter abgebildet.“

Klaus Heppner biss sich auf die Lippen, bevor er weitersprechen konnte. „Ich habe den Vater nie gesehen. Aber der Junge……ich habe damals den objektiven Befund geschrieben. Er war zuerst erfolgreich reanimiert worden, aber dann im Krankenhaus gestorben.“ Er verstummte, sprach aber sofort weiter. „Als ich ihn untersuchte, stellte ich fest, dass er eine Muskelstruktur hatte, von der wir nur träumen können. Das hat ihn aber nicht gerettet.

Ich weiß nicht, was mich betroffener machte: Diesen gesunden, topfitten, aber toten Jungen zu sehen, oder das Display seines Handys, auf dem alle zehn Sekunden ein Anruf seiner Mutter einging. Kurz darauf habe ich im gleichen Krankenhaus eine tote Chinesin, um die dreißig, untersucht. Beim Anblick ihrer Kaiserschnittnarbe und der Schwangerschaftsstreifen wusste ich, dass irgendwo ein Kind auf seine Mutter wartete, die nun nie mehr nach Hause kommen würde. Das alles war einfach zu viel. Die darauffolgenden Tage habe ich nur noch funktioniert, aber nicht mehr wirklich gelebt."

Der Polizist verstummte und ließ den Kopf sinken. Marion verstand, stellte den Herd ab und setzte sich zu ihm an den Küchentisch. „Davon hast du mir nie etwas erzählt. Nur, dass du unglaublich wütend warst, zum Dienst gerufen zu werden", murmelte sie, während sie seine Hände in die ihren nahm. „Natürlich nicht", erwiderte Heppner stockend. „Du hattest zu diesem Zeitpunkt andere Probleme."

Er blickte auf ihre linke Hand, und Marion nickte nur stumm. Keiner von beiden sagte ein Wort, während ihre Gedanken acht Jahre zurückwanderten....

Eins

12. Juli 2010, nachmittags

Die Waffe entlud sich mit einem Geräusch, das eher an einen wegfliegenden Sektkorken als an ein abgefeuertes Projektil erinnerte. Trotz des Rückstoßes zitterte die Hand des Schützen nur unmerklich und er beobachtete ungerührt, wie der Kopf seines Opfers zur Seite flog und der Körper haltlos zusammensackte.

Der Mistkerl hat bekommen, was er verdient hat, schoss es dem Mörder durch den Kopf. Gewissensbisse verspürte er nicht, nur milde Befriedigung. Was er mir und anderen angetan hat, rechtfertigt seine Ermordung mehr als einmal, dachte er kalt.

Ohne zu zögern ging der Killer um sein Opfer herum, schloss die Finger des Toten um die Waffe und drückte nochmals ab. Auch diesmal reduzierte der Schalldämpfer den Knall auf ein sanftes „Plopp" - und da der Täter die Hand des Toten losließ, fiel die Waffe haltlos zu Boden. Mit Bedauern blickte der Schütze auf die Kerbe im Echtholzboden, die der Schalldämpfer beim Aufprall hinterlassen hatte, und unterdrückte ein Kichern, als ihm auffiel, dass er mit dem Boden mehr Mitleid aufgebracht hatte, als mit dem Toten.

Er hatte sich bereits vor der Tat Gedanken gemacht, wie er den Verdacht von sich ablenken könnte und diesen Plan setzte er jetzt in die Tat um. Was er in den nächsten zehn Minuten im Büro des Opfers veränderte, bezeichnet ein Kriminalist lapidar als „Manipulation eines Tatortes"

Doch wie bei allen Verbrechen gilt die These, dass es zwar den perfekten Plan, aber niemals das perfekte Verbrechen gibt. Als er von seinem Auto wieder ins Büro des Toten zurückkehrte, schien sein Herz stehen zu bleiben.

Die Person, die neben dem Toten stand, richtete ohne zu zögern die Waffe auf ihn - und lächelte kalt.

***

Udo Breiter fluchte gottserbärmlich. Obwohl die Scheibenwischer des VW Passat auf höchster Stufe arbeiteten schafften sie es nicht, die Regenmassen vollständig von der Windschutzscheibe des Streifenwagens zu entfernen. „Ist vielleicht nicht die beste Idee mit dem Fluchen“, flachste sein Kollege Marco Pelizzoli. „Wenn es die Sintflut ist, wird Gott dich für deine Worte strafen.“ - „Stimmt. Noch ein paar Liter, und wir saufen wirklich ab“, knurrte Breiter zurück. „Wir sollten vielleicht auf Hovercraft umsteigen.“ Er war fünf Jahre älter als sein Kollege, inzwischen POK (also Polizeioberkommissar) und fungierte wie gewohnt als Streifenführer.

Die Mülheimer Straße, auf der sie sich gerade befanden, ähnelte während des gerade tobenden Gewitters mehr dem Canale Grande als einer Hauptverkehrsstraße. Breiter beobachtete die wenigen Fußgänger, welche im Eiltempo in Richtung eines Unterschlupfes liefen, und die Fahrzeuge, die sie beim Vorbeifahren mit Fontänen von Spritzwasser aus den Pfützen vom Format der Sechs-Seen-Platte übergossen hatten, und mit wütend geballten Fäusten bedachten. Der Polizist schüttelte frustriert den Kopf, als sie sich auf die vollgelaufene Unterführung zum Hauptbahnhof bewegten und er sein Auto fast auf Schritttempo abbremsen musste. „Ich glaube, da kommen wir…“ - „PASS AUF!“, brüllte Pelizzoli und instinktiv trat Breiter voll auf die Bremse.

Die junge Frau, die urplötzlich vor ihnen auf der Straße aufgetaucht war, blickte mit weit aufgerissenen Augen auf den Streifenwagen, der nur Zentimeter vor ihren Beinen schlitternd zum Stehen gekommen war. Ihre Lippen zitterten, und sie hob die Arme in einer Geste, als wolle sie die Insassen des Wagens um Hilfe anflehen. Udo Breiter dachte jedoch weniger an Hilfe als an eine Standpauke. Er sprang aus dem Passat, ignorierte den auf ihn einprasselnden Regen und packte die Frau, die unverständliche Laute von sich gab, an den bebenden Schultern. „Biste denn total meschugge, Weib? Wieso rennst du einfach auf die Straße? Mensch, wenn wir nur etwas schneller gewesen wären, hätten wir dich von der Windschutzscheibe kratzen müssen!"

Egal ob es die Worte Breiters waren oder das leichte Schütteln, der gehetzte Blick der Frau klärte sich und ihr Stammeln verwandelte sich in hörbare Worte. Breiter vergaß umgehend den auf ihn niederprasselnden Regen. „Was haben Sie da gesagt?", fragte er mit einer Behutsamkeit, die alle rabiaten Worte zuvor vergessen ließ. Die Frau strich sich die nassen Haare aus der Stirn und sah ihn erstmals voll an, während sie ihre Worte wiederholte und auf das imposante Haus gegenüber dem Silberpalais zeigte.

„Sie sind tot. Sie sind alle tot".

***

Die Unwetterfront war über Duisburg hinweggezogen, und Marion Paschen und Klaus Heppner sahen vom Fenster seiner Wohnung aus zum Hauptbahnhof hinüber, der im Glanz der durch die Wolken brechenden Sonne um ein Vielfaches schöner wirkte, als er in Wirklichkeit war. Vor dem Hintergrund blauschwarzer Wolken erschien ein vollständiger Regenbogen, dessen prächtige Farben so atemberaubend waren, dass sich beide stumm an den Händen fassten und das Naturschauspiel beinahe atemlos genossen. Vom Bahnhof aus zog sich eine in allen Farben des Spektrums strahlende Kuppel bis hin zu dem Gelände des alten Güterbahnhofs, auf dem in einigen Tagen die Love-Parade stattfinden sollte. Heppner dachte flüchtig an die alte Legende, wonach am Ende des Regenbogens ein Topf mit Gold verborgen sei, und musste bei diesem Gedanken kurz grinsen. Falls die Legende stimmt, dachte er, ist wenigstens die Finanzierung des Spektakels gesichert.

Heppner grinste und drückte seine Freundin an sich. Während der letzten Tage war es wirklich schwierig gewesen, sich einander körperlich zu nähern, da die Temperaturen jede Art von körperlichem Kontakt mit einem massiven Schweißausbruch bestraften. Die Abkühlung des Gewittersturms hatte schon einige Vorteile. Heppner pustete Marion sanft in den Nacken und beobachtete, wie sich auf ihren nackten Schultern eine leichte Gänsehaut bildete. „Oh, bitte weiter. Hör nur nicht auf", flüsterte sie mit einem wohligen Stöhnen. Als Heppner gerade dabei war, sich andere Körperteile für eine Abkühlung auszusuchen, wurden die Entdeckungsreisen jäh vom Klingeln des Telefons unterbrochen. Heppner blickte Marion bedauernd an, zuckte die Achseln und nahm das Handgerät von der Basisstation, nachdem er auf das Display geblickt hatte. Anonymer Teilnehmer. So'n Dreck, dachte er nur.

„Heppner." – „Klaus, hier ist Hans. Vergiss was du vorhattest und komm her." Heppner stöhnte auf, als er die Stimme seines Chefs erkannte. „Och nee, nicht schon wieder. Marion wollte gleich einen Elsässer Flammkuchen mit…" – „Sei kein Masochist und beeil dich. Ich warte ungern." Als Hans Bombardier auflegte, sah Heppner noch ein paar Sekunden frustriert auf sein Telefon. Adieu, Flammkuchen, dachte er, und sei gegrüßt, Arbeit.

Es ist nicht immer einfach, beim KK 11 zu arbeiten und Todesermittlungsverfahren zu führen. Die Freizeitplanung ähnelt mehr einem Roulettespiel - und gelegentlich muss auch schon mal ein Urlaub „dran glauben". Marion kannte diese Probleme, trug die Verschiebung des Abendessens also mit Fassung und meinte, auch anderntags noch französisch kochen zu können. Heppner nickte zustimmend. „Vielleicht ist das Ganze ja auch nur eine kurze Angelegenheit. Marke ‚Mann tötet Frau im Affekt und stellt sich der Polizei'. Damit haben wir in der Regel nur wenig Arbeit."

Da Heppner nur 500 m vom Präsidium entfernt wohnte, ließ er seinen BMW stehen und ging zu Fuß. War eine blöde Idee, dachte er, als ihm nach wenigen Schritten der Schweiß ausbrach. So viel zur abkühlenden Wirkung eines Gewitters. An der Tankstelle am Mercator-Kreisverkehr holte er sich daher eine Flasche Mineralwasser, die so kalt war, dass sie außerhalb des Kühlschranks sofort beschlug. Der erste Schluck verdunstete noch in der Speiseröhre. Wenn der Täter angibt, aufgrund der Hitze durchgedreht zu haben, nehme ich ihm das glatt ab, dachte der Ermittler verdrossen und ging weiter - doch er kam nicht weit, denn Jimmy Hellwich vom KK 23 hielt mit seinem SLK neben ihm und öffnete einladend die Beifahrertür. Heppner ließ sich nicht zweimal bitten und sank dankbar in den Schalensitz, obwohl das PP maximal noch 300 m entfernt war. Der SLK besitzt nämlich Aircondition.

Hellwich parkte den Mercedes auf dem Dienstparkplatz und deutete seufzend auf den Eingang ihres Dienstgebäudes. „Bin mal gespannt, wie das hier bei der Love-Parade abgehen soll. Ich bin im Nachtdienst für den Einsatzabschnitt „Ermittlungen" vorgesehen und habe keinen blassen Schimmer, wie ich durch die ganzen Raver hierherkommen soll. Ich habe schon überlegt, ob ich mir das Getümmel nicht ansehe und danach vom Gelände aus direkt zum Dienst komme." – „Ist doch kein Problem! Bei deinen Klamotten fällst du doch nicht im Geringsten auf", feixte Heppner. Sein Kollege sah an sich herab und musste ebenfalls lachen. In seinem Flower-Power-Hemd, der 7/8 Hose im Cargolook und den Trekkingsandalen sah Hellwich aus wie der typische US-Tourist auf Hawaii.

Das Lachen sollte ihnen vergehen, als sie die Räume der Mordkommission erreicht hatten. Ihr Chef Hans Bombardier saß an seinem Platz und blickte auf, als er die beiden hereinkommen hörte. „Hallo, ihr Helden. Schön, dass ihr kommt. Bevor ich alles erläutere: Jimmy, hat Rudi Brack eine neue Handynummer?" Hellwich nickte verblüfft und reichte Hans sein Handy. „Schon, aber er hat doch gar keine Bereitschaft." – „Egal, ich brauche ihn hier", knurrte Bombardier und begann zu wählen. Anschließend benötigte er aber 5 Minuten reiner Eloquenz, um Rudis Frau zu überzeugen, dass ihr Mann jetzt nicht mit seinen Kindern spielen, sondern zum Dienst kommen sollte. Danach legte er seufzend auf.

„Tut mir ja leid, Rudi den freien Tag zu versauen, aber ich brauche Leute aus dem Wirtschaftskommissariat, denn bei der Sache dreht es sich wahrscheinlich alte Bekannte von euch.

Gegen 17.15 Uhr ist einem Streifenwagen auf der Mülheimer Straße eine junge Frau geradezu vor das Auto gesprungen. Sie war total geschockt und deutete immer wieder auf das Haus Mülheimer Straße 41." – „Was? Die Villa?", fragte Hellwich verblüfft. „Genau. Ich glaube, so nennt ihr beim KK 23 das ehemalige „Haus Danzig". Die junge Frau sagte immer nur ‚sie sind tot. Sie sind alle tot'. Die Streifenbeamten dachten zunächst an einen Unglücksfall in Zusammenhang mit dem Sturm, doch in einem Büro fand der nachschauende POK Breiter einen etwa 50-jährigen Mann am Boden liegen, der keinen Hinterkopf mehr hatte. Irgendjemand hatte ihm mitten in die Stirn geschossen und das Hirn aus dem Schädel geblasen.

Der Kollege reagierte hervorragend. Er informierte sofort die Leitstelle, markierte den Weg, den er im Haus zurückgelegt hatte und postierte sich als Wache an der Treppe und seinen Kollegen an der Eingangstür, bis Helmut Schiller und Toni Gregoriak von der Kriminalwache eingetroffen waren. Sie fanden in zwei weiteren Büros zwei andere tote Männer, von denen einer eine Pistole neben sich liegen hat. Das Szenario sieht auf den ersten Blick aus wie ein Doppelmord mit anschließendem Suizid. Übrigens befanden sich in den Büros im ersten Stock noch fünf Angestellte -und soll ich euch was sagen: Sie haben nichts gehört, bis ihnen die Einsatzkräfte auf die Schultern tippten. Die waren ganz schön geschockt, als sie erfuhren was los war. Helmut und Toni haben die Personalien festgestellt, ihre Hände auf Schmauchspuren untersucht und sie erstmal nach Hause geschickt."

Jimmy Hellwich schüttelte den Kopf. „Typisch für diese Burschen. Sie hören und sehen nichts außer ihrer Arbeit. Wir haben beim KK 23 ein Großverfahren gegen die Firmen geführt, die in der Villa ansässig waren. War ganz schön kompliziert. So ist es nun mal bei einem Umfangsverfahren wegen Kapitalanlagebetrugs.

Ein Bursche namens Udo Lammbrecht hatte behauptet, seine TRANSICO AG habe einen Internet-Browser entwickelt, der Outlook, Internet-Explorer 8 und Mozilla Firefox sofort vom Markt verdrängen werde. Callcenter-Agents einer ange-gliederten Marketingagentur riefen im Verlauf eines Jahres eine Unmenge armer Schweine an und verhökerten ihnen hunderttausende von Aktien, obwohl sich die Geschäftstätigkeit der TRANSICO auf den Druck von Hochglanzbroschüren beschränkte. Lammbrecht und seine Mittäter kassierten insgesamt rund 7,8 Millionen € für eine Firma, die aus nichts als heißer Luft bestand."

Jimmy schüttelte angewidert den Kopf. „Lammbrecht und sein Vertriebsleiter wurden zu langjährigen Freiheitsstrafen verurteilt, aber Lammbrecht war einfach nur ein Strohmann, denn er hatte überhaupt nicht das Format, so ein Schwindelunternehmen aufzubauen. Wir wussten auch genau, wer ihn aus dem Hintergrund geführt hatte, fanden aber nicht genug Beweise gegen Christos Makezinis." – „Ein Grieche?", wollte Heppner wissen, doch Hellwich schüttelte den Kopf. „Deutscher mit griechischen Vorfahren. Einer seiner Scheinfirmen gehört übrigens die Villa. Er ist so clever, dass er noch nie einer Straftat überführt worden ist. Vor über 10 Jahren ist er zwar vom Landgericht Duisburg wegen Anlagebetrugs in einer ähnlichen Sache verurteilt worden, aber der Bundesgerichtshof hat der Revision wegen eines Formfehlers der Staatsanwaltschaft stattgegeben, Makezinis wurde in der Revision freigesprochen und ist seitdem äußerst vorsichtig geworden. Er arbeitet zum Beispiel immer mit den gleichen Leuten, die ihm blind ergeben sind. Die Chefsekretärin zum Beispiel hat für ihn und seine Vasallen gelogen, dass sich die Balken bogen. Nebenbei: Wo war sie eigentlich? Wer immer in die Villa hereinwollte, musste zuerst an dem Drachen vorbei. Bei der TRANSICO-Durchsuchung zum Beispiel warnte sie Lammbrecht vor unserem Eintreffen. Der türmte auch prompt durch die geschlossene Balkontür, aber das nutzte ihm nichts, weil im Garten schon unsere Kollegen auf ihn warteten."

Bombardier sah Hellwich stirnrunzelnd an, doch das Klingeln des Telefons unterbrach seine Überlegungen. Er nahm ab, hörte einige Sekunden zu und sagte lakonisch: „Bringt sie rauf, und zwar umgehend. Ja, ich habe schon ein Team zur Vernehmung. Also pronto." Beim Auflegen sah er seine Kollegen an und grinste plötzlich.

„Irgendwie scheint die Gegend plötzliche Todesfälle anzuziehen. Ist euch klar, dass die Villa genau gegenüber vom Silberpalais steht, wo wir vor drei Jahren den sechsfachen Mord hatten? Helmut bringt uns übrigens gerade die Zeugin rauf."

Tatsächlich befand sich Helmut Schiller in Begleitung einer jungen Frau Ende 20, die bebte wie das sprichwörtliche Espenlaub. Bei ihrem Anblick machte sich Heppner sofort Sorgen um Jimmy Hellwich, da sie fast ideal seinem typischen Beuteschema entsprach: zwischen 165 und 170 cm groß, blond, gertenschlank und mit einer sehenswerten Oberweite ausgestattet, die aufgrund der Durchfeuchtung ihres dunkelblauen, dünnen, tief ausgeschnittenen Sommerkleids besonders augenfällig war. Dass sie sich trotz aller Erschütterung und ihren immer noch triefenden Haaren ihrer erotisierenden Wirkung durchaus bewusst war, zeigte sich spätestens beim Betreten von Heppners Büro, als Jimmy Hellwich ihr die Tür aufhielt und sie seine offen zur Schau gestellte Bewunderung sichtbar genoss. Während Heppner sie bat, an seinem Schreibtisch Platz zu nehmen fragte Hellwich nach Getränken. Die Frau entschied sich für ein Mineralwasser und Hellwich verschwand, ohne Heppner nach seinen Wünschen zu fragen. Innerlich grinsend dachte sich der Kommissar seinen Teil und begann die Befragung.

Es stellte sich heraus, dass die Zeugin Petra Hammer hieß, 28 Jahre alt und von Beruf Versicherungsfachangestellte war. Während Heppner sie über ihre Rechte und Pflichten als Zeugin belehrte, kam Hellwich mit einer Flasche Mineralwasser und zwei Gläsern zurück. Das strahlende Lächeln, mit dem er Petra Hammer ihr Glas reichte, sprach Bände. Oh Mann, dachte Heppner und rollte die Augen. Jimmy meinte offenbar, es ihm nachmachen und sich die Zeugin eines

Mordfalles als Freundin schnappen zu müssen. Heppner betrachtete die Sache allerdings gelassen, denn die Beziehungen Jimmys litten alle unter einer extrem kurzen Halbwertszeit, sodass alle schon witzelten, er sei ständig auf der Suche nach einer zukünftigen Ex-Freundin. Als Jimmy sich selbst einschenkte, klaute Heppner ihm kurzerhand das Glas und trank es aus, während er den entgeisterten Gesichtsausdruck seines Freundes betrachtete. Der holte sich seufzend einen neuen Becher und gesellte sich zu Heppner und der Frau, die stockend mit der Schilderung der Ereignisse begann.

„Ich weiß gar nicht, wo ich anfangen soll. Ich bin heute Nachmittag zu der Adresse der REDSNAP AG gefahren und wollte mich mit den Leuten dort mal ernsthaft unterhalten. Ich hatte dort Geld angelegt - und das Investment verlief nicht so, wie es mir geschildert worden ist. Als ich ankam, war die Eingangstür offen und ich bin einfach reingegangen. Die Vorzimmerdame am Empfangstresen war nicht da, aber ein Fax kam gerade herein. Ich wollte dann eigentlich wieder gehen, ging dann aber in das Büro des Chefs. Wo das lag wusste ich, da ich in diesem Büro mein Investment gezeichnet habe. Ich klopfte und was ich dann sah, werde ich mein Lebtag nicht mehr vergessen." Frau Hammer schüttelte sich und Heppner registrierte, dass sie womöglich noch blasser um die Nase wurde. „Herr Liechtenstein saß in seinem Sessel hinter dem Schreibtisch und sein Kopf hing nach hinten über die Lehne. Als ich nachsah stellte ich fest, dass er tot war. Ich rannte aus dem Büro und habe um Hilfe geschrien, aber niemand kam. Ich lief ins nächste Büro und dort lag ein weiterer toter Mann bäuchlings auf dem Boden. Ich kam mir vor wie in einem Horrorfilm, denn als ich ins nächste Büro rannte lag da auch ein toter Mann, der ein Loch in der rechten Schläfe hatte. Da habe ich endgültig die Nerven verloren und bin schreiend aus dem Gebäude gerannt. Mir war es egal, ob es hagelte oder nur regnete, mit drei Toten wollte ich nicht unter einem Dach sein. In meiner Panik lief ich direkt auf die Straße und hatte echtes Glück, weil das nächste Auto sofort ein Polizeiwagen war. Ich weiß nicht mehr, was ich ihnen erzählt habe, aber einer der Polizisten hat sich um mich gekümmert, während der andere ins Haus gegangen ist."

Hellwichs Gesichtsausdruck zeigte Heppner, dass sein Kollege den männlichen Jagdtrieb mal kurz beiseite geschoben hatte und sich jetzt auf das Geschäft konzentrierte. „REDSNAP AG, aha. Was war denn das für ein Betrieb?“ Frau Hammer schien sich zu freuen, nicht an die Toten denken zu müssen - denn sie beantwortete die Frage bereitwillig. „Diese Firma ist aus Kanada und hat eine neue Fischereimethode entwickelt, durch die keine Delfine mehr in die Treibnetze geraten. Fragen Sie mich nicht, wie das funktionieren soll, aber das hat irgendwas mit Schallwellen zu tun. Die Telefonberater haben prophezeit, dass der Wert der Aktie sich nach dem Börsengang mindestens verdreifachen, möglicherweise sogar verzehnfachen würde. Ich habe also nicht nur mein ganzes Geld investiert, sondern sogar noch einen Kredit aufgenommen, nachdem mein Berater erklärt hatte, er habe es auch getan. Den Vertrag habe ich in Gegenwart von Herrn Liechtenstein unterzeichnet, der extra deswegen aus der Schweiz angereist ist.“

Hellwich hob jetzt die Hand und unterbrach nochmals ihren Bericht. „Moment mal! Sie erwähnten gerade zum zweiten Mal den Namen Liechtenstein. Ist der Mann zufällig Anfang bis Mitte 50 und heißt mit Vornamen Uwe?“ Frau Hammer nickte verblüfft. „Kennen Sie ihn?“ Hellwich nickte Heppner zu. „Allerdings. Aber berichten Sie doch bitte weiter.“ Das Flackern in seinen Augen zeigte seinem Kollegen, dass hinter der kurzen Äußerung wesentlich mehr stecken musste. Frau Hammer nahm den Faden der Erzählung wieder auf.

„Inzwischen wurde der Börsengang zweimal verschoben und es gibt mittlerweile ein Internet-Forum, in dem offen über eine mögliche Abzocke debattiert wird. Ich wollte deshalb den Verantwortlichen persönlich sprechen, um endlich die letzte Bilanz und andere schlüssige Unternehmenszahlen zu bekommen. Bisher habe ich nur eine Menge von positiven Meldungen über die REDSNAP übersandt bekommen, die in der Presse oder im Internet veröffentlicht worden sind, und…“

Jetzt konnte Hellwich sein zynisches Grinsen nicht mehr verbergen, und er unterbrach Frau Hammer rüde. „Ach ja. Ist ein alter Hut bei Anlagebetrügern. Zuerst werden mit angeblichen Innovationen Gelder akquiriert, danach hält man die Anleger mit sogenannten ‚Positiv-Postings' bei Laune. Es tut mir ehrlich leid, aber es sieht so aus, als wären Sie einem professionell durchgeführten Anlagebetrug aufgesessen. Darf ich fragen, wieviel Sie in die REDSNAP gesteckt haben?" Frau Hammer schluckte und ihre Augen füllten sich mit Tränen. „Mein Gott.... ich habe in mehreren Tranchen gezahlt, aber wenn ich alles zusammenrechne, komme ich auf ziemlich genau 100.000 €. Und das Geld ist wirklich weg?" Hellwich zuckte bedauernd die Schultern. „Wir haben beim KK 23 auf diese Frage eine sarkastische Standard-Antwort: ‚Ihr Geld ist nicht weg. Es hat jetzt nur jemand Anderes'." Frau Hammer blieb offenkundig die Luft weg. Heppner hielt es für ratsam, die Führung der Vernehmung wieder zu übernehmen.

„Okay, Frau Hammer, zurück zu heute Nachmittag. Sie haben die drei Toten selbst gesehen. Haben Sie auch erkannt, wer es war?" Frau Hammer tupfte sich mit einem von Jimmy Hellwich gereichten Taschentuch die Tränen von den Wangen und das verlaufene Mascara hinterließ auf dem weißen Tuch schwarze Schmierer.

„Ja, ich kenne alle drei. Der erste war, wie gesagt, Uwe Liechtenstein, der Chef der REDSNAP. Der Tote im zweiten Büro war der Verkaufsleiter der AG, ein Herr van Gersthoven oder so ähnlich. Ich habe ihn bei meinem ersten Kauf kennengelernt und die Folgekäufe fanden nach Telefonaten mit ihm statt. Bei diesem ersten Besuch habe ich auch den dritten Mann gesehen. Herr Liechtenstein erklärte mir, das sei ein Großinvestor, der in die REDSNAP einsteigen wolle. Seinen Namen habe ich nie erfahren, aber wenn Liechtenstein über ihn sprach, nannte er ihn nur ‚den Griechen'."

Hellwich schoss aus seinem Stuhl hoch. „Grieche?! Moment mal!" Er schob Heppner geradezu vom PC weg und tippte fieberhaft auf der Tastatur, um die Lichtbilddatei des Erkennungsdienstes aufzurufen.

Als sich das Bild eines Mannes mit dunklen, graumelierten, lockigen Haaren aufbaute, der etwa 40 Jahre alt war - und selbst auf dem Computerbild weltmännisch und top-gepflegt wirkte, drehte er den Monitor zu Frau Hammer um. Die sah verblüfft zu den Beamten herüber. „Ja, das ist der Grieche. Er ist ein wenig älter geworden und trägt jetzt einen Schnauzbart, aber sein markantes Gesicht ist unverkennbar. Kennen Sie ihn?“

Jimmy Hellwich war - gänzlich untypisch - die Lust auf irgendwelche Spielchen, ja sogar die Lust aufs Flirten mit Frau Hammer gründlich vergangen. „Ruf Hans an“, flüsterte er Heppner zu. „Der dritte Tote ist Christos Makezinis. Wenn die Morde nicht mit einem groß angelegten Anlagebetrug zusammenhängen, fresse ich einen Besen. Ruf Hans an“, wiederholte er. „Wir haben hier einen tollen Fall.“

Zwei

12. Juli 2010, 21:00 Uhr

Die Villa, wie das Tatortgebäude auf der Mülheimer Straße im Polizeijargon genannt wird, ist ein altes Patrizierhaus in neoklassizistischem Stil. Dreigeschossig aus weißem Bruchsandstein in Marmoroptik gebaut und mit einem von Säulen getragenen Vorbau versehen, wirkt das Gebäude annähernd wie ein zu klein geratener Zwilling des Duisburger Stadttheaters. Sein Erbauer, ein Duisburger Stahlbaron des ausgehenden 19. Jahrhunderts, hatte den pompösen Effekt noch durch einen von Rasenflächen umrahmten, geschwungenen, kiesbestreuten Kutschweg gesteigert, der aber mittlerweile einer rot gepflasterten Zufahrt für Pkw gewichen war. Das Gebäude steht seitlich zur Fahrbahn der Mülheimer Straße, sodass der imposante Eingang für jeden aus Richtung Zoo kommenden Passanten oder Autofahrer unübersehbar wird. Drei schmiedeeiserne Laternen beleuchten abends die Einfahrt, doch noch war es hell genug für die Beamten des Erkennungsdienstes, auch ohne ihr Licht den Parkplatz nach Spuren abzusuchen.

Während Bombardier und Heppner schleunigst zum Tatort aufgebrochen waren, hatte Hellwig sich weiter um die Zeugin gekümmert. „Halt dich zurück“, raunte Heppner seinem Freund Jimmy im Gehen zu. „Spielverderber“, knurrte dieser zurück. „Wer im Glashaus sitzt, sollte nicht mit Schweinen werfen.“ Heppner verließ ihn breit grinsend.

Ausstaffiert mit den unvermeidlichen Spurensicherungsanzügen tauchten die beiden Kommissare unter dem rot-weißen Flatterband durch, welches den weiteren Tatort traditionell absperrte. Im Inneren der Villa erwartete sie ein übelgelaunter Ede Vollstraß, der sich in dem weißen Overall sichtlich unwohl fühlte. „Ich komme mir vor wie in einer Zwangsjacke“, knurrte er. „Folgt mir, aber verlasst nicht den markierten Trampelpfad.“ „Wir sind doch nicht von gestern“, empörte sich Bombardier, während sie hinter Ede in ein nobel ausgestattetes Büro eintraten. Wie die Eingangstür bestand die gesamte Einrichtung des riesigen Raumes aus poliertem Mahagoni, einem schweren Lederchefsessel auf fünf Edelstahlrollen und mehreren Ölgemälden in wuchtigen, goldfarbenen Rahmen. Ohne Frage sollte der Eindruck traditionellen Reichtums alter Patrizier vermittelt werden, doch auf den Mörder hatte der Anblick scheinbar keine Wirkung gehabt.

Der Firmenchef, bei dem es sich nach Aussage von Petra Hammer um Uwe Liechtenstein gehandelt hatte, saß noch im Sessel, doch sein Kopf war nach hinten über die hohe Lehne geneigt und die weit aufgerissenen Augen starrten blicklos ins Leere. Die Arme hingen schlaff zu beiden Seiten des Sessels herab, sein Mund war geöffnet und sein Gesicht in einem Ausdruck erstarrt, der Heppner verblüffte - denn obwohl Liechtenstein ganz offensichtlich seinem Mörder ins Gesicht gesehen und seine Absicht erkannt hatte, zeigte seine Miene nicht Angst, sondern grenzenlose Verblüffung, so, als könnte er nicht fassen, was mit ihm geschehen würde. Auf ein Handzeichen von Bombardier begann Vollstraß mit seinen Erläuterungen.

„Der Tote ist ein Mann von etwa 50 - 55 Jahren. Er ist nach meiner Schätzung etwa 185 - 190 cm groß und sehr hager, hat stark geraucht, was man nicht nur an den Kippen im Aschenbecher, sondern auch an den gelb verfärbten Fingern bemerkt und starb mit Sicherheit nicht durch Ertrinken, sondern an akuter Bleivergiftung.“ Bombardier schnaubte verächtlich und setzte zu einer scharfen Bemerkung an, sah aber noch rechtzeitig das verräte-rische Funkeln in den Augen des Tatortspezialisten. „War natürlich ein Scherz. Vorbehaltlich einer Obduktion würde ich sagen, dass der Tod des Opfers sofort und unwiderruflich eingetreten ist, nachdem jemand ihm das Hirn aus dem Schädel pustete.“ Ede deutete mit einem Laserpointer auf das leicht ausgefranste Loch oberhalb der linken Augenbraue des Toten. „Direkter Treffer in die Stirn. Keine eingesprengten Pulverrückstände, kein Kontusionsring: Das bedeutet, es handelt sich weder um einen relativen Nahschuss noch um einen aufgesetzten Schuss. Angesichts der geschätzten Entfernung von mindestens drei Metern gehe ich davon aus, dass sein Mörder wahrscheinlich auf der anderen Seite des Schreibtischs gestanden hat.“ Unwillkürlich blickten alle zu der angedeuteten Stelle hinüber, doch Ede fuhr unbeeindruckt fort.

„Das Projektil hat den Schädel des Opfers komplett durchschlagen und ist am Hinterhauptsbein wieder ausgetreten. Die scheinbare Abwärtsrichtung des Projektils dürfte darauf zurückzuführen sein, dass das Opfer versucht hat, während des Schusses nach vorn gebeugt aufzustehen. Das wird auch durch die Körperhaltung belegt. Hätte er gerade gesessen, wäre die hohe Sessellehne beschädigt worden, was nicht der Fall ist. Außerdem hätte der Schütze ungefähr 3,50 m groß sein müssen, was wir ausschließen können, denke ich. Nein, wenn der Killer gezielt und nicht wie Django aus der Hüfte geschossen hat, dürfte er um einiges kleiner als der Tote sein.

Während der Einschuss in der Stirn relativ klein ist, hat die Austrittsöffnung einen Durchmesser von ungefähr 8 cm. So gesehen, ein Riesenkrater. Das Projektil, welches nach meiner Meinung höchstens Kaliber 7,65 mm hat, steckt zweifellos hinter ihm in der Wand - wahrscheinlich irgendwo in dem großen roten Fleck aus Blut und Hirnmasse. Ich habe noch keine Gelegenheit gehabt, dort nachzusehen, also hustet nicht und rührt mir nichts an. Der Bursche hat übrigens eine Louis-Vuitton-Brieftasche mit fast 2000 € in bar und ein brandneues iPhone in seinem Sakko gehabt. Raub als Motiv scheidet also wahrscheinlich aus. Ich habe alles schon in eine Spurensicherungstüte gepackt.“

Die Brieftasche enthielt, neben Fotos einer südländisch wirkenden Frau und eines jungen Mannes Anfang 20, diverse Visitenkarten und einen Reisepass, welche den Toten als Uwe Liechtenstein, Vorstandsvorsitzender der REDSNAP AG identifizierten. Die Mappe auf dem Schreibtisch, welche eine Sprechanlage halb verdeckte, enthielt Kontoauszüge, nach denen auf dem Konto der REDSNAP AG mehrere hunderttausend Euro vorhanden waren.

„Na klasse. Sie sind zwar alle tot, aber für die Beerdigungen wird's schon noch reichen." Der Sarkasmus, den Hans jetzt an den Tag legte, ließ Heppner und Vollstraß verhalten grinsen.

Auch das Foyer zeigte viel noble Eleganz. Die Aufgänge der Treppen ins Obergeschoss waren schlank und gedreht, und erstrahlten in hellem Weiß. Wer's hat, dachte Heppner sarkastisch. Vom Geld anderer Leute kann man sich jede Menge Protz leisten. Sogar die Empfangsdame schwelgt im Luxus und genießt eine Computerausstattung der neuesten Generation. Unsere IT-Fachleute werden schamvoll weinen, wenn sie mit ihrem Uralt-PC die Daten sichern. Sein Blick fiel bei diesen Gedanken auf ein Blatt Papier, welches sich im Ausgabeschacht des Multi-funktionsgerätes befand. Hatte Petra Hammer nicht von einem Fax gesprochen? Er sah nach, und der Text der Nachricht ließ ihn erstarren.

„An die REDSNAP-Banditen,

ihr miesen Betrüger habt dafür gesorgt, dass wir unser ganzes Geld in eure Schwindelfirma gesteckt haben. Jetzt ist alles weg und mein Mann ist völlig verzweifelt. Wenn er sich etwas antut, sorge ich dafür, dass ihr ihm im Jenseits Gesellschaft leistet. Das schwöre ich euch."

Heppner packte das Fax in eine Plastikhülle und drückte es Bombardier in die Hand, der es las und dann die Achseln zuckte. „Interessant - ist aber wohl nicht vom Täter. Es kam ja erst an, als Frau Hammer schon hier war. Wen ich gerade gekillt habe, muss ich nicht mehr bedrohen. Trotzdem zeigt das Schreiben, dass unsere Opfer zu Lebzeiten so populär gewesen sein dürften wie die Beulenpest im Mittelalter. So oder ähnlich. Die Absendernummer werden wir aber auf jeden Fall checken."

Ede Vollstraß telefonierte gerade im Chefbüro, steckte das Handy aber sofort weg, als Heppner hereinkam. „Gibt's was?", fragte er knapp. Heppner wedelte mit der Tüte und legte sie zu den übrigen Asservaten. „Aus dem Fax", knurrte er nur. Vollstraß winkte ab. „Das habe ich schon gesehen. Ich kümmere mich aber erst mal um die primären Tatorte und sichere die sekundären Hinweise später.“ „Fein, dann mache ich an den anderen Stellen weiter. Ach, übrigens: Hast Du eigentlich schon eine Hülse gefunden?“ Der Spurensicherer schüttelte den Kopf. „Hier im Raum absolute Fehlanzeige. Entweder war die Tatwaffe ein Revolver, oder der Täter hat die Hülse mitgenommen.“

Breit grinsend schob Heppner ab. Mit wem sein Kollege telefoniert hatte, bewies das abrupte Gesprächsende nur zu deutlich. Ede hatte offenbar auch eine neue Freundin. Na, auf die Lady bin ich mal gespannt, dachte er. Die Dame muss schon starke Nerven haben, wenn sie Edes Erzählungen von seiner Arbeit aushalten soll. Daran waren letztendlich alle vorherigen Beziehungen von Vollstraß in die Brüche gegangen.

Der Eingang zum zweiten Büro befand sich exakt gegenüber dem Empfangstresen. Auch seine Tür war schwer und gediegen, wenn auch nicht dermaßen protzig wie die zum Chefzimmer. Sie stand ungefähr zur Hälfte offen und ziemlich genau in der Mitte des Raumes lag ein Mann auf dem gepflegten, offenbar erst kürzlich geölten Schiffsbodenparkett. Um seinen Kopf hatte sich eine Blutlache von etwa einem Meter Durchmesser ausgebreitet - und Fritz Sattmann, der zweite Tatortexperte, kniete bereits mit Hans neben der Leiche und nummerierte verschiedene Stellen auf dem Boden mit kleinen Täfelchen. „Ich vermute, der Sohlenabrieb hier stammt von den Sohlen der Dienstschuhe des Kollegen von der Schutzpolizei, aber ich muss sichergehen. Ach, hallo Klaus, ich bin gerade bei der Erläuterung, also hör zu, damit ich nicht alles zweimal erzählen muss.

Das Opfer ist wohl ein Uwe von Gersthoven, der hier als Verkaufsleiter der REDSNAP gearbeitet hat. So steht es wenigstens auf seiner Visitenkarte. Einen Ausweis habe ich noch nicht gefunden. Er ist nach meiner Schätzung etwa 40 - 45 Jahre alt, 175 cm groß und muskulös. Geht bitte noch nicht direkt an ihn heran, da ich ihn noch nicht abgeklebt habe.“

Heppner nickte und ergänzte die Angaben seines Kollegen um seine Schätzung des Gewichts des Toten auf etwa 80 - 85 kg. Von Gersthoven lag mit leicht angewinkelten Beinen bäuchlings am Boden - und während der linke Arm am Körper anlag, war der rechte seitlich ausgestreckt. Gekleidet war der Tote in einen hellgrauen Sommeranzug, ein weißes Hemd und schwarze Mokassins. Im Hinterkopf, der mit schütter werdendem nussbraunem Haar bedeckt war, klaffte ein großes Loch, welches frappierend dem von Liechtenstein glich. Es war Heppner sofort klar, warum sich Petra Hammer bei der Erinnerung an diesen Anblick geschüttelt hatte. Sattmann fing seinen fragenden Blick auf und nickte. „Genau wie drüben, stimmt auffallend. Zwei Personen, und zwei gezielte Kopfschüsse aus nicht allzu großer Distanz mit einer ziemlich kleinkalibrigen Waffe. Wenn ich eine Hypothese abgeben soll, würde ich darauf wetten, dass von Gersthoven seinem Mörder entgegenging. Das schließe ich aus dem minimal aufsteigenden Schusskanal. Er hat scheinbar nicht das Geringste geahnt und war völlig arglos. Entweder hat er seinen Mörder gekannt - oder ihn für harmlos gehalten. Auf jeden Fall dürfte er den Schuss im Nebenraum nicht gehört haben, jedenfalls hat er nicht auf ihn reagiert."

Während Hans Bombardier noch sinnierend auf den Toten blickte, sah Heppner sich bereits im Büroraum um. Er war etwas kleiner als der von Liechtenstein, entsprach aber mehr Heppners persönlichem Geschmack. Anstelle massiven Holzes waren hier Edelstahl und Chrom vorherrschend, und statt Ölschinken hingen an den hiesigen Wänden moderne Grafiken von Miró. Auch hier war die vorhandene Hardware geeignet, die Kommissare neidisch werden zu lassen. Bevor Heppner sich fragen konnte, warum die Straftäter immer um ein Vielfaches besser ausgestattet sind als die Polizei, riss sich sein Chef vom Anblick der Leiche los und fragte Fritz Sattmann, wo der dritte Tote sei. Der Angesprochene antwortete ohne seine Digitalkamera beiseite zu legen. „In den Flur, dann weiter rechts. Ulli ist schon drin und dokumentiert das Ganze."

Ulli Teichert war, was die Tatorte angeht, zumeist der Dritte im Bunde und bei der Polizei in Nordrhein-Westfalen einzigartig. Ebenso wie Ede Vollstraß war er Regierungsbeschäftigter, obwohl er zunächst als Polizeibeamter begonnen hatte. Nachdem bei einem Motorradunfall sein linkes Knie völlig zerschmettert wurde und fortan steif blieb, wechselte er in die Verwaltung, wo er sich als Vollblutpolizist beim Abstempeln von Reisekostenanträgen natürlich nicht ausgelastet fühlte. Also verlegte er sich in seiner Freizeit auf den Kraftsport und binnen drei Jahren gehörte er im Bankdrücken zu den weltbesten Athleten. Nach der Silbermedaille bei den Weltmeisterschaften 2006 hatte der Polizeipräsident Teicherts Antrag auf Umsetzung zum Erkennungsdienst genehmigt, wo er wieder Polizeiarbeit verrichten konnte. Heppner vermied es, sich von ihm die Hände schütteln oder auf die Schulter hauen zu lassen, weil er Angst hatte anschließend chirurgische Behandlung zu benötigen.

Der Spurensicherer nahm beim Eintreffen seiner Kollegen die Kamera vom Gesicht, mit welcher er den Tatort videografiert hatte. „Willkommen im Schlachthaus, liebe Kollegen. Ich hoffe, unsere Verwaltung kürzt unsere Bezüge nicht um die Hälfte, weil wir es diesmal nur mit drei Leichen zu tun haben, statt mit sechs. Wir rechnen nicht damit, vor morgen früh hier fertig zu sein. Was wollt ihr denn an Beweismitteln mitnehmen?“ Hans Bombardier antwortete spontan. „Einfach alles. Was sich hier befindet, also PCs, Unterlagen und Akten, könnte mit dem Mord in Zusammenhang stehen oder uns zumindest Hinweise auf das Motiv des oder der Täter geben. Wir werden also zunächst die Spurensicherung abschließen, die Villa versiegeln und morgen entsprechende Gerichtsbeschlüsse erwirken. Leider muss die Villa bewacht werden, da es nicht auszuschließen ist, dass der Täter wiederkommt.“

Ulli Teichert sah den MK-Leiter verblüfft an. „Aber… glaubst du denn nicht, dass der dritte Tote die beiden anderen getötet hat und anschließend sich selbst? Das Szenario sieht doch so aus.“

Bombardier sagte zunächst nichts, sondern sah sich den Toten aus kurzer Entfernung an. Es handelte sich um einen etwa 40-jährigen Mann südeuropäischen Aussehens, der saloppe Freizeitkleidung trug und tot in seinem Sessel saß. Seine Augen waren geöffnet und in den Augäpfeln befanden sich größere Stauungsblutungen. Heppner und sein Chef erkannten Makezinis auf den ersten Blick.

Die Leiche wies an ihrer rechten Schläfe einen kraterartigen, etwa 2 cm durchmessenden Hautdefekt auf. Rund um die Wunde bemerkte der MK-Leiter eine wulstartige Erhebung, den er als Kontusionsring identifizierte und im Nahbereich des Einschusses einige von eingebrannten Pulverrückständen herrührende schwar-ze Punkte. Eine Austrittsöffnung war nicht festzustellen, was vermuten ließ, dass die Spuren durch einen aufgesetzten Schuss aus einer Projektilwaffe entstanden waren und das Projektil mit an Sicherheit grenzender Wahrscheinlichkeit noch im Schädel steckte.

Beide Arme des Toten hingen seitlich am Stuhl herab. Während am unteren Rand des linken Ärmels das Ende einer Tätowierung in einer unbekannten Schriftart zu sehen war, zierte das rechte Handgelenk eine Fliegeruhr der Marke Breitling. Das ist garantiert kein Blender, dachte Heppner sarkastisch. Unterhalb der rechten Hand lag eine Pistole mit aufgesetztem Schalldämpfer, die Bombardier sofort als eine 7,65 mm Tokareff identifizierte. Vor dem Lauf auf dem Boden befand sich eine kleine Einkerbung, die möglicherweise vom Aufprall der Waffe stammen konnte. Wenige Zentimeter davor lag eine messingfarbene Patronenhülse.

Die Einrichtung selbst war nicht weiter bemerkenswert. Interessant fand der MK-Leiter lediglich ein etwa 4 cm hohes graues Häufchen Sand in der rechten hinteren Ecke des Büros, was in dem ansonsten makellos sauberen Raum deplatziert wirkte. Als er darauf deutete, nickte Teichert nur.

Bombardier atmete tief ein und sah Teichert ernst an. „Ich halte das Szenario für konstruiert. Wir haben drei Tote und lediglich beim letzten Toten liegt eine Patronenhülse. Falls Makezinis die beiden anderen erschossen hat: Warum sollte er sich die Mühe gemacht haben, die Hülsen einzusammeln? Wenn er ohnehin vorhatte, sich nach getaner Arbeit umzubringen, warum lässt er sie nicht einfach liegen?“

„Und da ist vor allem noch etwas anderes“, unterbrach Heppner seinen Chef. „Makezinis trägt seine Uhr rechts und die durchgehende Sonnenbräune an seinem linken Handgelenk zeigt, dass er die Uhr ständig am rechten Arm trug. Ein weiteres Indiz ist der Füllhalter, der auf dem Schreibtisch lag, einem Waterman mit Spezialfeder für Linkshänder. Ich weiß nicht, wie du das siehst, aber: Warum sollte sich ein Linkshänder mit der rechten Hand erschießen?“

Teicherts Gesichtsausdruck war sehenswert. „Zum Henker, du hast recht. Wieso ist mir das nicht aufgefallen?“ „Ich schätze mal, weil du keine Tochter hast, die Linkshänderin ist“, verriet Bombardier die Herkunft von Heppners Kenntnissen. „Spielverderber“, knurrte dieser. „Da wollte ich Ulli mal als Sherlock Holmes für Arme beeindrucken und du verrätst meine Tricks. Aber erkläre mir doch mal, woher dieser Sandhaufen in der Ecke stammt?“ Bombardier zuckte die Achseln. „Sieht aus wie das, was ich in unser Katzenklo schütte. Wird aber letztlich Aufgabe der Chemiker beim Landeskriminalamt sein, die Substanz zu analysieren. Wir sehen uns jetzt noch die übrigen Räume an.“

Der riesige Aufenthaltsraum war ausgestattet wie ein Billardzimmer in einem englischen Club des 19. Jahrhunderts. Schwere rote Samtvorhänge sperrten Hitze und das schwindende Tageslicht aus - und auf dem grünen Tuch des Tisches fand sich kein einziges Stäubchen. Die Queues standen fein säuberlich nach Größe sortiert in metallenen Ständern und die Kugeln sahen aus, als wären sie soeben poliert worden. Für die Erfrischung sorgte ein großer Deckenventilator aus Messing und Onyx, dessen hölzerne Flügel sich unablässig drehten und die Luft im Raum angenehm zirkulieren ließ. Bombardier deutete auf den Ventilator. „Ist doch eigentlich sinnlos, das Ding laufen zu lassen, wenn keiner da ist. Die haben scheinbar keine Angst vor hohen Stromrechnungen." „Wohl kaum", erwiderte Heppner lakonisch. „Wenn es stimmt, was Jimmy uns erzählt hat, lebten die Kerle doch ohnehin von ergaunertem Geld. Mir wäre es wahrscheinlich auch egal, wie hoch eine Rechnung ist, wenn ich sie nicht bezahlen müsste." „Fehlt nur noch der bombastische Kühlschrank für kalte Getränke", meinte sein Chef frotzelnd. Als hätte er hellseherische Fähigkeiten entwickelt, fanden sie diesen im angrenzenden Raum, welcher offenbar als Raucherzimmer diente. Beim Eintreten blieb Heppner wie angewurzelt stehen.

„Himmel noch mal, Hans! Hier ist definitiv gekifft worden - und das vor nicht allzu langer Zeit. Du weißt, dass ich ungefähr ein Jahr lang bei unserer Rauschgiftdienststelle gearbeitet habe und den Geruch von Gras bekommt man nicht mehr aus der Nase." Sein Blick fiel auf einen Humidor, der neben einem ziselierten Aschenbecher auf einem kleinen Beistelltisch stand. Er öffnete ihn und sein Blick fiel zunächst nur auf ein Fach mit Zigarren, die selbst für einen Nichtraucher aromatisch dufteten. Als Heppner dieses jedoch vorsichtig anhob, gaben die Zigarren den Blick frei auf ein Päckchen Tabak, Blättchen und ein Verschlusstütchen mit grünlichen Pflanzenfasern. „Marihuana, ohne Zweifel", meinte Bombardier, der seinem Kollegen über die Schulter gesehen hatte. „Die Herrschaften scheinen ihre Nerven mit verbotenen Betäubungsmitteln beruhigt zu haben. Wenn wir jetzt noch Kinderpornos auf den Rechnern finden, fällt in dieser Mordkommission für jedes Kommissariat im Präsidium was ab."

Im ersten Obergeschoss stießen die Beamten die Schwingtür auf und blieben wie angewurzelt stehen. Fast die gesamte Etage wurde von einem einzigen riesigen Großraumbüro eingenommen. Schreibtisch an Schreibtisch, getrennt durch spanische Wände und jeder der Arbeitsplätze war mit PCs ausgestatten, die zwar nicht die erlesene Qualität ihrer Artgenossen im Erdgeschoss besaßen, aber dennoch extrem leistungsfähig waren. Jeder dieser PCs war mit einem Headset ausgestattet und auf allen Schreibtischen standen Karteikästen. Heppner griff wahllos in einen und entnahm ihm die vorderste Karte. Was dort stand, verschlug ihm fast die Sprache.

„Hans, hör' es Dir an: *‚Aberer, Franziska, 34 Jahre, verheiratet, zwei Kinder und Assistenzärztin an einer Klinik in Heidelberg. Reagierte am 18.04. zögerlich auf Investitionsvorschlag. Hatte bereits in die TRANSICO investiert und 15.000 € verloren. Wurde am 30.04. nochmals kontaktiert und erklärte, ihr Mann hielte nicht viel von ihren Finanzaktivitäten. Ermunterte sie, es ihrem Mann doch mal so richtig zu zeigen, die Verluste wieder wettzumachen und ihn zu verblüffen. A. zögerte wegen des Risikos und wollte es mit dem Ehemann besprechen. Reagierte aber sehr gut auf die provozierende Frage, ob sie auch alleine Entscheidungen treffen dürfte. Wurde durch mein Argument, auch ich hätte mein ganzes Geld in die REDSNAP investiert, überzeugt. Investierte daher am 11.05. 24.000 €. Typischer Dummi. Sollte daher ohne Mühe zu weiteren Investitionen gleich welcher Art zu überreden sein.'*

Das gibt es doch nicht! Da legen die Telefonklopper offensichtlich ganze Karteien von Leuten an, die sie betrügen - und das immer und immer wieder! Wie kann das denn funktionieren? Man müsste doch denken, die Leute sind clever genug, dubiose Angebote am Telefon abzulehnen, nachdem sie einmal aufs Kreuz gelegt worden sind - aber offenbar werden sie nie schlau. Sieh dich doch mal um! Wie viele Schreibtische stehen denn hier im Raum? 18 oder sogar 20 und auf jedem steht so ein Karteikasten mit mindestens 50 Personendatensätzen. Kann man so viele Menschen für dumm verkaufen - und das immer und immer wieder? Ich kriege das nicht in meinen Kopf. Eventuell können Jimmy oder Rudi mir begreiflich machen, wie diese Betrüger so was anstellen. Ich muss sie mal fragen."

Ein kleiner Raum am Ende des Saales, dessen Glaswand einen ungestörten Blick auf die Arbeitsplätze gestattete, weckte Bombardiers Interesse. Er öffnete die Tür und ging hinein, um nach einigen Sekunden kopfschüttelnd wieder herauszukommen. „Das sollen sich die Jungs vom KK 23 mal ansehen. In der Hütte sitzt wohl ein Controller oder Abteilungsleiter, jedenfalls derjenige, der die Übersicht über die Telefonverkäufer ausübt. Er hat Listen über die Abschlüsse seiner Leute geführt, also wer wie viel Geld aus seinen Kunden herausgeholt hat und er hat auch berechnet, wie viel Provision ihnen das einbringt. Wusstest du, dass ein guter Telefonverkäufer im Monat drei- bis viermal so viel verdient wie wir beide zusammen?“ Heppner schüttelte den Kopf. „Da pfeife ich aber drauf. Könntest du Leute belügen, damit sie ihr sauer verdientes Geld oder die Ersparnisse ihres ganzen Lebens in ein wertloses Unternehmen investieren, nur damit du eine Prämie bekommst?“ Sein Chef schüttelte ebenso entschieden den Kopf. „Siehst du, ich auch nicht“, fuhr Heppner fort. „Wo wir ein Gewissen haben, das solche Aktionen verhindert, haben diese Leute offensichtlich nur eine dicke Hornhaut. Vordringlich ist aber erst einmal die Frage, wer die drei Leute im Erdgeschoss liquidiert hat.“

Bei ihrer Rückkehr dorthin erwartete sie ein aufgeregter Ulli Teichert. „Ich habe angefangen, den toten Makezinis zu untersuchen - und ratet mal, was ich in seiner Hosentasche gefunden habe?“ „Lass mich raten“, meinte Bombardier. „Ein Tütchen Gras?“ Teichert schaute verdutzt aus der Wäsche. „Woher weißt du das denn? Ich habe doch gerade erst…“ Bombardier winkte ab. „Unwichtig. Sonst noch was?“ Teichert nickte so vehement, dass ihm die Kapuze des Spurensicherungsanzugs verrutschte. „Und ob! Ich habe die beiden fehlenden Patronenhülsen gefunden. Makezinis hatte sie in seiner linken Hosentasche, zusammen mit dem Gras. Jetzt glaube ich auch an einen inszenierten Tatort. Wenn Makezinis die beiden anderen erschossen hätte, dann bestimmt mit der linken Hand. Er hätte also die Hülsen mit der rechten Hand aufnehmen müssen und wahrscheinlich eher in die rechte Hosentasche gesteckt.“ „Zudem sind die Hülsen nach dem Schuss sehr heiß.“, führte Heppner die Überlegungen fort. „Makezinis hätte sich nicht nur den Oberschenkel oder einen anderen Körperteil verbrannt, sondern auch das Dope in seiner Tasche zum Qualmen gebracht. Also sind ihm die Hülsen später in die Tasche gesteckt worden, mutmaßlich sogar nach seinem Tod.“

Bombardier sah seine Kollegen sinnierend an. „Nehmt euch in den nächsten Tagen besser nichts vor. Ich stufe dieses Szenario vorläufig als dreifachen Mord ein, begangen durch einen oder mehrere bislang unbekannte Täter. Mit kleiner Besetzung bekommen wir die Sache nicht klar gezogen. Ich werde also der Behördenleitung die Einrichtung der Mordkommission „Villa“ empfehlen.“ Er schüttelte heftig den Kopf. „Und das kurz vor der „Love-Parade“, bei der die gesamte Polizei im Ausnahmezustand sein wird. Ich zweifle daran, dass uns ausreichend Personal und Zeit zugestanden wird. Warum ausgerechnet jetzt?“

Die Frage schwebte noch im Raum, als beide die Villa verließen. Vor der Tür zog sich Bombardier die Kapuze des Spurensicherungsanzugs vom Kopf und holte tief Luft, während er den Reißverschluss öffnete. Eine Woge von Blitzen ließ Heppner zunächst an ein erneutes Gewitter denken, doch dann bemerkte er eine Gruppe von Journalisten, die vor der Absperrung stand und fotografierte, was die SD-Karten hergaben. Hans Bombardier schnaubte nur verächtlich. Als ihm jedoch gleich vier Mikrofone unter die Nase gehalten wurden, äußerte er sich überraschend moderat. „Wir stehen noch am Anfang der Ermittlungen und haben die Tatortaufnahme noch nicht beendet. Wir können nur soviel sagen, dass wir es mit einem Tötungsdelikt zum Nachteil von drei Personen zu tun haben. Bei der Tatklärung sind wir auf Hinweise aus der Bevölkerung angewiesen, die jede Polizeidienststelle entgegennimmt. Ich danke ihnen.“ Beide wollten schon in den Dienstwagen steigen, als eine hämische Stimme sie erstarren ließ.

„Und der Killer-Cop darf wieder mal mitmischen? Ist es bei der Polizei Duisburg jetzt üblich, die Täter unter die Erde zu bringen statt vor Gericht?“

Langsam und mit kalkweißem Gesicht drehte Heppner sich um. Er wusste genau, wer die Worte ausgesprochen hatte. Der Reporter der größten deutschen Boulevardzeitschrift hatte für ihn den Begriff „Killer-Cop“ geprägt, nachdem er dem Schwiegervater eines Mordopfers von der Vorführung des Täters berichtete und dieser die Information genutzt hatte, den Täter zu erschießen. Heppner hatte seine Verunglimpfung mit einer einstweiligen Verfügung stoppen müssen. Jetzt ging er langsam auf den Reporter zu, sah ihn mit seinem freundlichsten Lächeln an und sagte: „Danke. Ihre Worte bringen mir dank der Unterlassungsverfügung jetzt 50 Riesen. An Ihrer Stelle würde ich schon mal zur Bank gehen und die Überweisung klar machen.“ Er drehte er sich auf dem Absatz um und ließ die Journalistenmeute stehen, die jetzt nicht ihn, sondern ihren konsterniert dreinblickenden Kollegen fotografierten.

Im Auto konnte Hans Bombardier ein schallendes Gelächter nicht unterdrücken. „Und ich dachte schon, du wolltest ihm die Nase breit schlagen. Aber das gefällt mir erheblich besser! Stimmt das denn mit den 50.000 €?“ Heppner nickte bestätigend. „Schon, aber das Geld werde ich wohl einklagen müssen, auch wenn es mehr als genug Zeugen gibt. Aber lass uns zum Präsidium fahren, schließlich haben wir momentan andere Sorgen.“

Die Anwesenheit von Hans Bombardier am Tatort hatte den Vorteil, dass der Kaffee, den sie bei ihrer Rückkehr vorfanden, endlich genießbar war. Im großen Besprechungszimmer, welches wegen seiner häufigen Verwendung als Stützpunkt der Mordkommissionen einfach nur „MK-Raum“ genannt wurde, sah Heppner in die Gesichter von insgesamt zehn Kollegen. Neben Hans Bombardier war fast die gleiche Truppe anwesend, die auch schon die Ermittlungen gegen Christian Paulsen geführt hatte. Besonders auf die Zusammenarbeit mit Tom Hermanns und Peter Elgert freute Heppner sich unbändig. Beide arbeiten beim KK 24, welches Betrugsdelikte bekämpft - und verfügen über einen Humor, der sie zu hervorragenden Stand-Up-Comedians machen würde. Hierbei kommt Tom besonders zugute, dass er von der Körpergröße her einem Ralf Schmitz aufrechtstehend direkt in die Augen sehen könnte. Es gibt bei der Duisburger Polizei die stehende Redewendung, Tom sei der einzige, der bei der Tauglichkeitsuntersuchung habe hochspringen dürfen, um die Mindestgröße zu erreichen. Sein ständiger Partner Peter Elgert ist der ruhigere der beiden, aber auch er hat es faustdick hinter den Ohren - und sein

Humor ist eher trocken. Zumeist ist aber gerade er es, der Tom durch in den Raum geworfene Stichworte zur Höchstform auflaufen lässt. Auch er ist nur mittelgroß, wirkt aber durch seine extreme Schlankheit fast so groß wie Heppner mit seinen 184 cm.

Im Moment saßen beide mit Jimmy Hellwich zusammen, der mit blumigen Worten von Petra Hammer schwärmte. Heppner fing Toms Blick ein und in seinen Augen konnte er lesen, dass sich Jimmy mit Sicherheit einen heftigen Spruch von Hermanns einfangen würde. Er beobachtete die drei interessiert und merkte erst auf, als Bombardier zum Ende seiner Schilderung des Tatortszenarios kam.

„Derzeit gehe ich von einem dreifachen Mord aus. Warum sollte jemand, der sich umbringen will, die Hülsen einsammeln - nachdem er seine Geschäftspartner erschossen hat? Es ist natürlich nachvollziehbar, dass er bei den tödlichen Schüssen auf von Gersthoven und Liechtenstein einen Schalldämpfer benutzt hat, damit das nächste Opfer nicht gewarnt werden kann, aber warum sollte er ihn benutzen, um sich selbst zu erschießen?“

„Vielleicht war er nur zu faul, den Schalldämpfer abzuschrauben“, spekulierte Willi Beugen. „Klar. Hast du schon mal versucht, eine Pistole mit aufgesetztem Schalldämpfer an deine Schläfe zu halten?“, fragte Peter Elgert, der sich von Jimmys Schilderung losgerissen hatte und seinen Kollegen kopfschüttelnd ansah. „Das Ding ist verdammt lang, und dadurch wird die Knarre total unhandlich. Eigentlich müsstest du im Unterarm ein zusätzliches Gelenk haben, um dich so zu erschießen.“

„Außerdem ist da noch was“, warf Tom Hermanns ein, der lässig mit seinem Stuhl wippte. „Jeder Depp weiß doch heutzutage, dass es völlig idiotisch ist, sich in die Schläfe zu schießen. Wenn du die Knarre nur minimal verkantest, schießt du dir nur die Schläfenlappen weg und überlebst als blinder, sabbernder Idiot - und gerade mit einem aufgesetzten Schalldämpfer, der eine Pistole vorderlastig macht, kann das sehr gut passieren. Nein, das wäre zu unsicher. Mittlerweile ist die sichere Methode, sich zu erschießen doch allgemein bekannt. Man nimmt einen Mund voll Wasser, setzt sich die Pistole unter das Kinn und drückt ab. Das Wasser im Mund wird durch die kinetische Energie des Projektils so stark beschleunigt, dass es dir Hirn und Schädeldecke wegsprengt. Klappt Narrensicher, ist bloß eine grauenvolle Schweinerei für denjenigen, der die ganze Soße nachher wegwischen muss. Ich habe so was schon gesehen. Obwohl der Typ auf dem Stuhl saß, tropfte die Hirnmasse von …“ „Vielen Dank für die plastische Darstellung, Tom. Ich bin mir sicher, dass ich das Bild heute Nacht nicht mehr aus dem Kopf herausbekomme“, fauchte Hanna Karl, den Sprecher, an. Der tat unschuldig. „Wieso, ich habe doch nur Fakten aufgezählt.“ Hanna fletschte die Zähne und knurrte nur, bis ihr Chef dazwischen ging. „Schluss jetzt, ihr beiden. Fakt ist jedenfalls, dass Willi und Tom recht haben. Die ganze Sache passt hinten und vorne nicht zusammen - also ist es wahrscheinlich, dass wir es mal wieder mit einem inszenierten Tatort zu tun haben. Einen erweiterten Suizid halte ich für unwahrscheinlich.“

Ein solcher liegt zum Beispiel dann vor, wenn der Ehemann seine Frau, die gemeinsamen Kinder und anschließend sich selbst tötet - wobei in diesem Fall umgangssprachlich stets von einer Familientragödie gesprochen wird. Laut Definition ist es die Tötung eines oder mehrerer nahestehender Menschen, um mit ihnen gemeinsam in den Tod zu gehen. Ob die zuvor getöteten Opfer in ihre Tötung einwilligten, steht dabei nicht zur Debatte - weder für die Definition noch für den Täter.

„Unsere erste Aufgabe wird sein, Zeugen aufzutreiben, die irgendetwas bemerkt haben, und möge es noch so unwichtig erscheinen. Für immens wichtig würde ich es erachten, die Chefsekretärin von Liechtenstein, diese… wie hieß sie noch gleich?“ „Britta Partuschek“, sprang Jimmy Hellwich ihm bei. „Soweit ich weiß, wohnt sie irgendwo in Neukirchen-Vluyn. Ich sehe gleich mal nach.“ „Richtig. Die Frau brauchen wir möglichst schnell hier“, ergänzte Bombardier. „Wieso?“, kommentierte Tom Hermanns wieder einmal trocken. „Die sollte doch spätestens morgen früh wieder zur Arbeit erscheinen, wo wir sie abpflücken können. Tut sie´s nicht, ist sie entweder die Täterin oder wir haben ein viertes Opfer. So leicht ist das.“

„Super, dann wäre der Fall ja geklärt, und wir können alle nach Hause gehen“, fauchte Bombardier. Sogar ihm blieb der Mund offenstehen, als sich Hermanns tatsächlich erhob und so tat, als würde er nach seiner Jacke greifen. Dann sah Bombardier Toms breites Grinsen und schüttelte frustriert den Kopf. „Du bringst mich noch mal ins Grab“, seufzte er. Sein Untergebener rieb sich grinsend die Hände. „Prima, aber lass mich die 10 € verdienen“. „Raus jetzt“, knurrte sein Chef. „Schnappe dir Rudi und fahre zur Wohnanschrift dieser Partuschek. Und wage es ja nicht, ohne sie hier zu erscheinen.“

Wer Tom Hermanns Spruch mit den 10 € nicht verstanden hat, dem sei gesagt, dass ein Polizeibeamter für Verrichtungen an der Leiche - entweder zur Identifizierung oder zur Feststellung der Todesursache, 10 € erhält. Dieser Betrag soll keineswegs eine Entschädigung für den mitunter traumatisierenden Anblick sein, sondern die Kosten für das zusätzliche Waschen von Kleidung und Haar kompensieren.

Der MK-Leiter sah kurz auf seine Notizen, bevor er wieder in die Runde blickte. „Für euch habe ich heute Abend nur einen Auftrag: Ihr fahrt zum Tatort und schreibt alle Kennzeichen der Fahrzeuge auf, die auch nur im Entferntesten im Sichtbereich des Tatortes stehen. Sprecht euch ab, wer welche Straße übernimmt. Jetzt, um halb eins werden wir wahrscheinlich keine direkten Zeugen mehr greifen können. Die Büros in den umliegenden Gebäuden sind leer - und um diese Zeit wird niemand mehr die Tür aufmachen, wenn wir klingeln. Wir könnten allenfalls bei dem italienischen Restaurant im Silberpalais Glück haben.“

Dieser Vorschlag wurde mit schallendem Gelächter beantwortet, da die Anwesenden Veteranen der MK „Mülheimer Straße“ waren. „Jetzt haben wir das Ganze seitenverkehrt“, seufzte Peter Elgert. „2007 haben wir in der Villa nachgefragt, ob sie was von dem Mord vor der Pizzeria bemerkt hätten und jetzt ist es genau umgekehrt.“

„Das ist es", meinte Bombardier. „Wir nennen unsere Mordkommission nicht MK „Villa", sondern einfach „MK Spiegel." Klingt gut, griffig und prägnant. Also raus jetzt, Rasselbande. Notiert die Kennzeichen und fahrt anschließend nach Hause. Wir treffen uns um 08:00 Uhr wieder hier. Klaus, du wartest bitte noch auf Rudi und Tom - falls sie mit der Partuschek ankommen, möchte ich sie noch vernommen haben." Aufseufzend nahm Heppner sich noch einen Kaffee. Das mit der langen Nacht würde er wohl wörtlich nehmen können.

Drei

13. Juli 2010, 02:00 Uhr

„Heidi Klum.“ „Nee, eher Elle MacPherson.“ „Du hast ja keine Ahnung, wie du dir die Chefsekretärin einer Firma von Weltniveau vorstellen sollst.“ „Na du doch auch nicht, oder?“

Tom Hermanns und Rudi Brack standen vor der Haustür von Britta Partuschek, hatten bereits geklingelt und warteten auf das Öffnen der Wohnungstür. Man sollte davon ausgehen, dass jeder diese Vorstellungen zumindest prinzipiell teilt. Es muss ja nicht eine Sexbombe oder Germany‘s Next Topmodel sein, aber sowohl von der Kompetenz als auch vom repräsentativen Aussehen her müssen doch gewisse Ansprüche gestellt werden.

Wie Hermanns und Brack herausfanden, entsprach Britta Partuschek zumindest rein optisch in keiner Weise ihren Erwartungen. Dass sie weder Schminke noch Lippenstift aufgelegt hatte und einen sackähnlichen, grauen Bademantel trug, konnte noch als ein der Uhrzeit geschuldeter Tribut betrachtet werden - dies erklärte aber nicht den Rest ihres Erscheinungsbildes. In ihrem eigentlich schwarzen Haar gewannen die grauen Strähnen eindeutig die Oberhand und die Ponyfrisur des glatten Haares erschien einfallslos und trist. Ihre blassblauen Augen, die eigentlich einen reizvollen Kontrast zu dunklen Haaren hätten bilden können, lugten hinter einer dicken Brille Typ „Kassengestell“ zwischen leicht angeschwollenen Lidern hervor. Sie wirkte wie die sprichwörtliche graue Maus, was nicht nur durch den Verzicht auf das Färben der Haare, sondern auch durch die überdimensionale sackartige Handtasche verstärkt wurde. Alles in allem wirkte sie wie Ende 50, also zehn Jahre älter als sie tatsächlich war. Tom Hermanns nickte ihr zu, bat sie, sich anzuziehen und die beiden zum

Präsidium zu begleiten. Während der Wartezeit rollte Hermanns die Augen und sprach grinsend aus, was sie beide dachten.

„Angela Merkel."

***

„Es geht um Mord, Frau Partuschek, genauer gesagt, drei Morde in der Villa. Die Herren Makezinis, von Gersthoven und Liechtenstein sind in ihren Büros erschossen worden." Frau Partuschek erbleichte und griff Halt suchend nach ihrer Handtasche, aus der sie ein Stofftaschentuch herausholte und zu ihren Augen führte. „Oh mein Gott, oh mein Gott!", schluchzte sie. „Das waren doch drei wirklich liebe, gute Menschen, die niemandem etwas Böses wollten!"

Ihre Worte zeigten Heppner, dass sie entweder nur das Gute in jedem Menschen sah - oder es mit der Wahrheit nicht allzu genau nahm. Jimmy Hellwich, den Heppner kurz vor seinem Abmarsch Richtung Mülheimer Straße noch näher zu der Zeugin befragte, hatte sich drastischer ausgedrückt. „Wenn sie dir ‚guten Tag' sagt, ist es garantiert Nacht. Das Weib lügt wie gedruckt - und das absolut professionell. In ihrem Jargon nennen unsere Kontrahenten so was ‚den kreativen Umgang mit der Wahrheit'. Ich könnte kotzen bei ihrem Geschwafel." Heppner war also vorbereitet, lehnte sich zurück und nickte ihr zu. „Ja, ja, schon gut. De mortuis nil nisi bene, ich habe schon kapiert. Also: Welchen der drei Ermordeten haben sie zuerst kennengelernt?" Frau Partuschek antwortete diesmal wie aus der Pistole geschossen. „Herrn Makezinis. Das dürfte vor ziemlich genau zehn Jahren gewesen sein." Da sie nach diesen Worten nicht weitersprach, forderte Heppner sie innerlich stöhnend auf, ein paar Details zu schildern. Langsam begann er zu verstehen, warum Jimmy Frau Partuschek als „schwierig" bezeichnet hatte.

„Nun ja, Herr Makezinis hat mich vor einigen Jahren eingestellt, weil er eine Sekretärin mit buchhalterischen Fähigkeiten brauchte. Im Laufe der Zeit wechselten sowohl die Unternehmensnamen als auch die Strohleute, die als Geschäftsführer fungierten - aber jedes Mal, wenn eine der Gesellschaften aufgegeben wurde, fragte er mich, ob ich für die neue Firma weiterarbeiten wollte. Offenbar konnte er auf mich nicht so leicht verzichten wie auf die anderen." Es war unverkennbar, dass in ihrer Stimme eine gehörige Portion Stolz mitschwang.

„Welche Aufgaben haben Sie bei den Buden von Makezinis wahrgenommen?", fragte Heppner weiter. „Und vergessen Sie nicht: Herr Makezinis und die anderen sind tot. Also sagen Sie, was da wirklich ablief."

Frau Partuschek gab sich einen sichtbaren Ruck. „Ich hatte nie etwas mit den Kunden zu tun, sondern war nur für Buchhaltung und Büroorganisation zuständig. Na gut - mein erster Arbeitgeber, die EPSILON AG hat zuerst Gewinnspiele vertrieben und dafür saftige Provisionen der Lottogesellschaften bekommen. Als der Gesetzgeber im Bereich der Gewinnspiele die Regelungen verschärfte, rutschte sie in die roten Zahlen. Makezinis machte den Laden jedoch nicht zu, sondern ließ seine Call-Center Agents einfach Anteile der angeblich hochprofitablen EPSILON anpreisen. Jeder Anleger wird gierig, wenn man ihm etwas von einer 15%igen Verzinsung erzählt. Er ignoriert alle Warnsignale und denkt nur noch an den eigenen Profit.

Mit der Million Euro, die Makezinis auf diese Art gemacht hatte, kaufte er neue Firmenmäntel in der Schweiz und in Großbritannien. Diese hat er mit einem Riesengewinn weiterverkauft, eine davon an Herrn Lammbrecht - aus welchem dieser danach die TRANSICO machte. Herr Lammbrecht warb mich für seine neue Firma ab, wo ich auch nur für die Büroarbeiten zuständig war. Die TRANSICO war aber nur sehr kurz geschäftlich aktiv. Letzten August vermittelte mir Herr Makezinis die neue Stelle bei der REDSNAP, die ein Freund von ihm gekauft hatte.

Ich habe mich also Herrn Liechtenstein und seinem Verkaufsleiter vorgestellt. Die Geschäftsidee der REDSNAP AG war eine Fangmethode für Thunfischschwärme, welche verhindert, dass sich Meeressäuger, insbesondere Delfine und Schweinswale in den Treibnetzen verfangen und elendig ertrinken.

Die Firma bot einen kostengünstigen, leicht in Treibnetzen zu installierenden Ultraschall-Emitter an, der Delfinen einen massiven Gegenstand an Stelle eines für sie fast unsichtbaren Treibnetzes vortäuscht. Der weltweite Bedarf dieser Geräte wurde auf ca. 10 - 15 Millionen geschätzt. Die Produktionskosten wurden mit rund 1000 € angegeben, der Verkaufspreis mit ca. 2500 €. Das Kapital der Kunden sollte zur weltweiten Patentierung des Gerätes und zum Einleiten der Produktion benutzt werden. Das klang gut und ich habe den Job angenommen." „So viel zur Theorie", unterbrach Heppner sie. „Und wie war die Praxis?"

Britta Partuschek seufzte. „Nicht so gut. Ich begann zu zweifeln, als Liechtenstein sein Finanzierungsmodell beschrieb - und seinen Vertriebsleiter als absoluten Könner beschrieb, der einem Eskimo einen Kühlschrank verkaufen könne." „Also: von Gersthoven?", unterbrach Heppner. Frau Partuschek nickte. „Genau. Obwohl er ihn zuerst anders nannte, nämlich Tanner, genau wie der Kollege eures Horst Schimanski. Dieser Kerl war echt komisch. Schleimig, ölig und von einer unglaublichen Impertinenz und Eloquenz, unsympathisch - aber der geborene Wertpapierverkäufer.

Und das machte er wirklich gut, denn anhand der Kontoauszüge konnte ich sehen, dass fast täglich fünf- bis sechsstellige Beträge auf das Konto der REDSNAP AG eingingen. Wir verkauften die Aktien zu einem Emissionspreis von 0,86 €, welcher den Kunden als ein Zehntel des eigentlichen Wertes beschrieben wurde. Dies zeigte, dass die REDSNAP-Aktie einen Zielkurs von 8,60 € haben sollte."

Ich bezweifle, dass die Investoren so gut aufgeklärt wurden wie ich von meinem Freund Jimmy, dachte Heppner und pfiff leise durch die Zähne. „Auf den ersten Blick ein bombastisches Geschäft, wenn die Aktie steigt. Wurde das denn erwartet?" „Zumindest wurde das behauptet!", sagte Frau Partuschek knapp. „Die Firma BLUE WINDOW GmbH bescheinigte der REDSNAP einen Unternehmenswert von 11,4 Milliarden € und prognostizierte der Aktie nach dem Börsengang eine Wertsteigerung um mindestens 300 %. War aber kein Wunder, denn die Berechnung erfolgte anhand von Zahlen, die Liechtenstein der BLUE WINDOW geliefert hatte.

Dann stellte ich fest, dass beim Vertrieb die gleichen Leute arbeiteten wie früher bei der TRANSICO. Auch die Namen der Kunden auf den Anschreiben kamen mir von Mal zu Mal bekannter vor. Von Gersthoven meinte, er würde keinem seiner Leute verbieten, die geschädigten TRANSICO-Anleger nochmal anzurufen. Diesmal würde aber alles sauber ablaufen. Ich glaubte ihm dennoch kein Wort.

Anfangs stieg der Aktienkurs tatsächlich ein wenig, aber nur dadurch, dass genügend Käufe stattfanden. Im Januar begannen die Anleger allmählich unruhig zu werden und ich erhielt unzählige wütende Anrufe, in denen die Erwerber die REDSNAP mit der TRANSICO verglichen. Herr von Gersthoven gelang es zuerst die Leute zu beruhigen, insbesondere weil im Internet immer wieder positive Meldungen über unsere neue Emitter-Technologie erschien. Die Top-Nachricht meldete zum Beispiel Verhandlungen mit dem japanischen Fischerei-Minister.

Im März kam es dann zu einer neuen Welle wütender Proteste. Irgendein neugieriger Anleger hat alle Großfischereibetriebe, die gemäß der Pressemeldungen angeblich die REDSNAP-Technik kaufen wollten, angerufen und erhielt unisono die Antwort, man würde weder die Firma kennen noch ihre Technik - die allgemein nur als Humbug bezeichnet wurde."

„Und? War es Humbug?", fragte Heppner scharf. Frau Partuschek zuckte nur die Schultern. „Gut möglich. Zumindest hat es die Verhandlungen mit dem Fischerei-Minister nicht gegeben, der war nämlich in New York bei der UNO, als wir angeblich mit ihm gesprochen haben.

Ab April gingen aufgrund der immer wütender werdenden Postings im Internet die Einnahmen stark zurück und sanken im Mai bis fast auf den Nullpunkt. Seit ungefähr 14 Tagen erhalten wir täglich Briefe, Faxe und Mails von Anlegern, die uns als Betrüger bezeichnen und ihr Geld zurückhaben wollen.

Seitdem waren bei uns im Büro Streitereien zwischen den drei Männern an der Tagesordnung. Während Makezinis Liechtenstein beschuldigte, er könne die Firma nicht richtig leiten, verdächtigte Liechtenstein von Gersthoven, Gelder von Kapitalanlegern auf seine eigenen Konten umgeleitet zu haben. Von Gersthoven wiederum drohte mit rechtlichen Schritten, weil er angeblich seine Provision nicht vollständig erhalten habe.

Vor knapp zwei Wochen kam Makezinis zu mir und meinte, dass es an der Zeit wäre, sich von Liechtenstein zu trennen und fragte mich, ob ich mir vorstellen könnte, die REDSNAP zu leiten. Auf meine Frage ‚wieso ich', enthüllte Makezinis mir, dass in Wirklichkeit er die REDSNAP beherrschen würde und Liechtenstein nur ein Strohmann sei. Deswegen sei eine Entlassung Liechtensteins kein Problem - und wir beide würden doch ohnehin glänzend klarkommen. Danach konnte ich mir zusammenreimen, was da abgelaufen war. Ich habe aber das Angebot abgelehnt. Es war ja nach außen propagiert worden, dass Liechtenstein der Entwickler der Technologie sein sollte. Hätte man jetzt seine Entlassung melden müssen, wäre die ganze Story unglaubwürdig geworden - und ohne Produkt zum Vermarkten wäre die Firma sofort erledigt gewesen. Nein, ich habe abgesagt, weil mir die Geschichte zu windig erschien."

„Der Ausdruck ‚windig' ist meines Erachtens sogar noch untertrieben", schnaubte Heppner. „Hat Liechtenstein eigentlich von der Absicht Makezinis, ihn auszubooten, erfahren?"

Frau Partuschek warf den Kopf in den Nacken und lachte hell auf. „Oh ja - und seine Reaktion war nicht druckreif. Er stürmte wie ein Stier in Makezinis Büro, fegte sämtliche Papiere vom Schreibtisch und trat den großen Standaschenbecher um, sodass der Sand durch das ganze Zimmer flog.“ „Sand?“, fragte Heppner interessiert. „Ja, das war so ein hoher, spindelförmiger Ascher, der oben mit Sand gefüllt wird, in dem man seine Zigaretten ausdrücken kann. Makezinis fand das Ding dekorativ. Er hat es aber entfernt, nachdem Liechtenstein es in der Mitte durchgetreten hat. In den letzten Tagen hat er sich einige Male beschwert, dass an allen möglichen Stellen in seinem Büro plötzlich wieder Sand auftauchte. Wieso fragen Sie?“ Heppner winkte nur ab. „Unwichtig. Wie hat Makezinis auf den Ausbruch reagiert?“

„Unglaublich gelassen. Er war nie der Typ, der sich aus der Fassung bringen lässt. Er hat Liechtenstein nur ganz ruhig aufgefordert die Tür zu schließen, was dieser dann auch gemacht hat. Ich habe keine Ahnung, was die beiden dann besprochen haben, aber Liechtenstein kam danach wieder heraus und war fast fröhlich. Als er mich sah, hat er wieder eine wütende Miene aufgesetzt, aber die schien mir nicht echt zu sein.

Letzten Freitag kam Makezinis dann zu mir und erklärte, die REDSNAP sei bankrott, wenn er sich nicht sofort der beiden anderen entledigen könne. Er sprach davon, dass es eine vollständige Klärung geben müsse und die könnte nur damit enden, dass die beiden verschwinden würden - und zwar entweder auf juristischem Weg, oder… und dann machte er mit Daumen und Zeigefinger eine Schießbewegung. Als ich ihm entsetzt sagte, er solle keinen Unsinn machen, winkte er nur ab und fuhr weg. Danach habe ich ihn erst gestern Nachmittag wiedergesehen, als er in der Villa erschien, gruß- und wortlos an mir vorbeiging, sein Büro betrat und sich einschloss. Das war so gegen 16:00 Uhr, denke ich. Von Gersthoven und Liechtenstein haben kurz darauf versucht, ihn zum Öffnen zu überreden, aber er rief nur, wir sollten ihn in Ruhe lassen.

Als ich um 16:15 Uhr nach Hause fuhr, habe ich mich noch von den drei Herren verabschiedet. Makezinis habe ich nicht gesehen, aber er rief mir durch die geschlossene Tür zu, ich solle die Korrespondenz noch in den Briefkasten werfen - was ich auch gemacht habe. Mehr weiß ich, ehrlich gesagt, nicht zu erzählen."

Heppner sah Frau Partuschek eine Weile sinnierend an. „Hatte einer der Männer eine Schusswaffe, von der Sie wissen?" Die Zeugin nickte mehrmals. „Das war es ja, was mich so erschreckt hat. Herr Makezinis hat eine Pistole, die er in seinem Büro im Safe aufbewahrt. Ich weiß die Marke nicht, aber er sagte, er habe sie von einem Russen gekauft. Er hat sie uns, also der gesamten Belegschaft, mal gezeigt, aber ich mag Schusswaffen nicht besonders. Die Pistole hatte vorne auf dem Lauf so ein dickeres Ding aufgeschraubt. Herr Makezinis meinte, durch das Ding würde man die Schüsse nur als ein leises ‚Plopp' hören. Ich habe mich gefragt, wozu so ein Ding gut sein soll. Wahrscheinlich nur, damit einem beim Schießen nachher die Ohren nicht wehtun." „Oder nicht ganz Duisburg zusammenläuft, wenn man schießt", ergänzte Heppner trocken. Unvermittelt wechselte er das Thema. „War Makezinis eigentlich Linkshänder?"

Frau Partuschek verlor kurzfristig die Fassung. „Ja, ist das denn wichtig? Ich weiß, ehrlich gesagt, nicht genau… Ich glaube ja, aber… Es war so, dass er manche Dinge mit links machte und manche mit rechts. Geschrieben hat er, glaube ich, mit links - aber Tennis und Golf spielte er wie ein Rechtshänder. Wenn die Männer miteinander Billard gespielt haben, beschwerten sich von Gersthoven und Liechtenstein immer darüber, dass er als „Beidhänder" einen unfairen Vorteil habe. Ich weiß nicht, was sie damit gemeint haben. Das müssen Sie die beiden schon selbst… - ach, das geht ja jetzt nicht mehr." Frau Partuschek öffnete ihre Handtasche, nahm erneut das Taschentuch heraus und betupfte sich die Augen.

Heppner versuchte, sich ein Urteil über Britta Partuschek zu bilden. Sie wirkte wie ein verhutzeltes Mauerblümchen, das alles tun würde, um seinen Job zu behalten. Etwas an ihrer Aussage gefiel dem Ermittler nicht, aber er führte sich vor Augen, dass Jimmy sie als notorische Lügnerin bezeichnet hatte. Wie eine kaltblütige Mörderin wirkte sie aber nicht. Außerdem: Wer seinen Job behalten will, behält ihn nicht durch Mord an der gesamten Geschäftsführung. Sollte sich doch Jimmy mit ihr herumärgern, wenn er das Verfahren gegen die REDSNAP abschließen würde, dachte Heppner. Was hatte sie denn Konkretes gesagt? Nicht viel - nur, dass es kurz vor der Tat Streit zwischen den Opfern gegeben hatte und die Opfer um 16.15 Uhr noch am Leben waren. Das reduzierte das Zeitfenster, in welchem die tödlichen Schüsse gefallen waren, auf etwa eine Stunde. Besser als nichts, dachte Heppner.

Es war mittlerweile fast 06:00 Uhr und im Gegensatz zu Frau Partuschek konnte er jetzt nicht nach Hause fahren und sich ins Bett legen. Erst als die Zeugin das Präsidium verlassen hatte, gestattete er sich ein Gähnen.

Am Horizont kroch gerade die Sonne durch einen Wall aus dichten schwarzblauen Gewitterwolken und blendete Heppners übermüdete, angestrengt blinzelnde Augen. Die nächsten Wolkenbrüche warfen ihre Schatten voraus und er fragte sich, ob dies ein Zeichen für die kommenden Ermittlungen sei. Jetzt werde nicht abergläubisch, schalt er sich selbst. Schlafe erst mal bis halb acht. Besser wenig, als überhaupt keinen Schlaf.

***

Es waren exakt drei Schläge notwendig gewesen, um den Mann zu töten. Drei harte, präzise Hiebe und das Opfer hatte aufgrund seines Trunkenheitsgrades nicht die geringste Chance gehabt.

Schwer atmend stand der Mörder über der Leiche und wog den Hammer in der Hand. Das Ding war alt, abgenutzt und mit Sicherheit durch viele Hände gegangen, bevor es seine finale Aufgabe erfüllt hatte. Nun galt es, das zufällig gefundene Tatwerkzeug wieder loszuwerden. Er lief los, hielt aber nach guten hundert Metern wieder an und nickte.

Der Ort dafür war ideal. Nur kräftiger Wurf würde dafür sorgen, dass das Gerät auf Nimmerwiedersehen im Wasser der Ruhr verschwinden würde. Der Mörder hob den Arm, doch dann zögerte er.

In einem alten Buch hatte er einmal gelesen, dass nur jemand mit dem Instinkt zum Morden eine erfolgreiche Tat begehen könne. Nun hatte sich der Instinkt gemeldet.

Behalte den Hammer, wisperte eine Stimme tief in seinem Bewusstsein. Vielleicht hat er sogar die DNA-Spuren früherer Besitzer auf dem Opfer hinterlassen, was die Bullen verwirren wird. Wirf ihn noch nicht weg, denn für das was du vorhast, ist das Ding glänzend geeignet. Nimm es mit.

Eine herumliegende Plastiktüte erwies sich als perfektes Verpackungsmittel - und der Fahrer des Taxis, welches der Killer einen Kilometer entfernt kaltblütig anhielt, um sich in die Nähe seiner Wohnung fahren zu lassen, hatte keine Ahnung, wen er in seinem Auto sitzen hatte. Er wunderte sich zwar, an diesem gottverlassenen Ort einen Passagier aufzulesen, aber der ihm zugesteckte Hunderter ließ ihn alle Fragen vergessen - und er meldete die Fahrt weder der Taxizentrale noch schaltete er das Taxameter ein…

Vier

13. Juli 2010, 07:30 Uhr

Langsam und mit dem Gefühl unendlicher Trauer ließ der Mann seine rauchende Waffe sinken. Dafür lande ich in der Hölle, dachte er düster. Es war nicht diese Tatsache, die ihn störte, sondern nur der Gedanke, dass er nun seine Familie auch im Jenseits nicht mehr wiedersehen würde.

Er kippte den Lauf seines Drillings nach unten und entnahm ohne hinzusehen die beiden leeren Schrotpatronenhülsen, während seine Augen nach wie vor auf die beiden Opfer gerichtet waren. Sie hatten sich nicht gewehrt oder um Gnade gefleht, sondern nur still dagestanden und auf den Einschlag der Schrotladungen gewartet. Während in den Augen der Frau Tränen aufgewallt waren, hatte der Gesichtsausdruck des Jungen gezeigt, dass er nichts von dem was da vorging verstand. Als seine Mutter neben ihm zusammenbrach, hatte er nur aufgrund des donnernden Knalls gezuckt und war dann in Apathie verfallen. Die nur eine Sekunde später auf ihn abgeschossene Schrotladung war voll in seinen Brustkorb eingeschlagen, hatte sein Herz zerrissen und auch ihn auf der Stelle getötet.

Der Schütze ließ das Gewehr sinken und begann zu weinen. Die Tränen der Trauer vermischten sich mit denen der Wut und des Hasses auf diejenigen, die ihm sein Tun aufgezwungen hatten. Ich hoffe, dass jemand stärker ist als ich und euch in die Hölle schickt, wo ich auf euch warten werde, dachte der Mann, während er eine weitere Patrone in den rechten Lauf steckte und sich suchend umsah.

Er entdeckte das Schreiben auf dem Wohnzimmertisch und nickte, während er weit entfernte Sirenen vernahm. Als er langsam zu dem Lehnstuhl vor dem Kamin ging, überkam ihn eine fast schon gespenstisch anmutende Ruhe. Der Mann setzte sich in den Stuhl, griff nach der danebenstehenden Flasche Frascati Secco und nahm einen tiefen Schluck. Den herben Geschmack italienischen Weißweins hatte er immer geliebt. Er erinnerte sich, dass er in einer Taverna in Grottaferrata eine Flasche dieses Weins auf seinem Tisch stehen hatte, als sie an seinen Tisch getreten war. In ihrem weißen Sommerkleid hatte sie ausgesehen wie ein Engel und er hatte sich sofort in sie verliebt - und sie sich in ihn, den schüchternen Maschinenbaustudenten aus Meerbusch. Ja, dachte er, während er den Mund noch einmal mit Wein füllte, das waren schönere Gedanken als die von vorhin.

Er schloss die Augen und lehnte sich zurück, während der Wein in seinem Mund herumrollte - und plötzlich sah er seine Frau und seinen Sohn vor sich, die ihm lachend und voller Freude zuwinkten. Jetzt war er sich nicht mehr sicher, sie nie wieder zu sehen.

Das Gewehr entlud sich unter seinem Kinn mit einem gewaltigen Donnern und riss seinen Kopf auseinander. Nicht einmal der beste Pathologe dieses Planeten hätte noch feststellen können, dass der Mann in seiner letzten Sekunde gelächelt hatte.

***

Irgendetwas störte ihn ganz gewaltig. Geh doch nach Hause und lass mich in Ruhe, dachte Heppner im Halbschlaf und griff nach seiner Bettdecke, doch da war keine. Mit noch geschlossenen Augen tastete er um sich und fand weder Decke noch Marion, sondern nur ein mit Plastikfolie bespanntes Stahlrohrgestell. Jetzt wusste er wieder, wo er war. Im Geiste fluchend öffnete er mühsam beide Augen und versuchte, richtig wach zu werden. Es gelang nur bedingt. Frustriert betrachtete er sein Blackberry, aus dem sein neuer Weckruf „Gimme all your lovin“ von ZZ Top ertönt war. Als der Ermittler den Wecker abschaltete und sich triefend vor Selbstmitleid aufrichtete, durchfuhr ein scharfer, stechender Schmerz seinen Rücken. Auch das noch, schoss es ihm durch den Kopf. Ein Protest seines Ischiasnervs hatte ihm grade noch gefehlt. Heppner stand von der Liege auf, streckte und dehnte sich vorsichtig und versuchte, das Schlafmöbel wieder zusammenzuklappen. Keine gute Idee befand seine Wirbelsäule, die jedes Bücken mit neuen Stichen eines langen Stiletts quittierte. Vorsichtig griff Heppner zur bereitliegenden Vernehmung, betrachtete sein Spiegelbild und verließ nach einem klassischen „Kenn ich nicht, wasch ich nicht“ sein Büro in Richtung MK-Raum.

„Gott, siehst du Scheiße aus“, empfing ihn ein blendend gelaunter Jimmy Hellwich, der eine heiße Kaffeetasse balancierte. „Ja, und geschlafen hat er auch nicht“, witzelte Hanna Karl, die bereits am Tisch saß und ein appetitlich aussehendes Schinkenbrötchen aus der Kantine in der Hand hielt. „Bei ihm wäre die einzige, wirklich effektive Schönheitsoperation unmöglich, denn Enthauptungen sind hierzulande strafbar“, ergänzte ein amüsiert wirkender Tom Hermanns.

Die Kollegen waren mal wieder in Höchstform, stellte Heppner gequält fest. Hans Bombardier betrachtete das ganze Spiel mit einem amüsierten Funkeln in den Augen, sprang ihm aber jetzt doch bei. „Jetzt ist es genug, Leute. Ich möchte euch mal sehen, wie ihr aussehen würdet, hättet ihr die ganze Nacht über vernommen. Sag mal, Klaus“, und damit wandte er sich an Heppner, „wann warst du mit Frau Partuschek fertig?“ Der Angesprochene zuckte nur mit den Schultern und legte ihm das Vernehmungsprotokoll vor die Nase. Hans sah auf die Endzeit der Vernehmung und schüttelte den Kopf. „Wenn du so weitermachst, hast du mich bald eingeholt, was die Überstunden angeht. Du gehst gleich nach Hause und bist nicht vor 12:00 Uhr wieder hier. Das ist eine förmliche Weisung deines Vorgesetzten.“ Heppner grinste seinen Chef schief an. „Das sagt gerade der Richtige. Ich bleibe erstmal hier. Zumindest bis nach der Besprechung.“ Bombardier schüttelte nur den Kopf und meinte, es wäre ja Heppners eigene Gesundheit. Der nahm sich auch einen Kaffee, setzte sich vorsichtig und versuchte, unauffällig eine rückenschonende Haltung einzunehmen. Echt blöd, wenn man alt wird, dachte er.

Was die Überstunden angeht, war Hans Bombardier seinen Kollegen uneinholbar voraus. Im Vormonat hatte er sage und schreibe 2438 davon auf seinem Konto - und niemand wunderte sich darüber. Hans war ein Workaholic und er betrachtete jeden Mord in Duisburg und Umgebung als persönliche Provokation. Dienstfrei kannte er nicht und man musste ihn fast dazu zwingen, seinen Jahresurlaub anzutreten. Haben sie mal berechnet, wie oft dienstfrei man mit einer derartigen Stundenzahl machen kann, wenn man die normale Anzahl von Wochenstunden ansetzt? Es sind 304 Arbeitstage, also reicht dies, um bei einer Fünf-Tage-Woche 18 Monate lang nicht mehr zum Dienst erscheinen zu müssen. Ihm gegenüber bin ich mit meinen 693 Überstunden ein Waisenknabe, dachte Heppner müde. Das würde aber auch für rund vier freie Monate ausreichen.

Alle Mitarbeiter im Bereich des KK 11 hatten sich schon lange damit abfinden müssen, dass solche Überstundenzahlen völlig normal sind. Es ist auch nicht möglich, sie in großer Zahl abzubauen, denn hat man einmal eine Woche frei genommen, fällt bestimmt die nächste Kommission an und das Stundenkonto füllt sich im gleichen Maße schnell wieder auf. Allerdings mussten Heppner und seine Kollegen erfahren, dass sie nicht die einzigen Polizisten mit diesem Problem sind. Bei der Massenkriminalität war es die schiere Masse von Anzeigen, die einen Sachbearbeiter zwangen, jeden Tag Überstunden zu kloppen. Heppners Freund Werner Dorfmeister beim KK 15 bearbeitete Delikte rund um das Kraftfahrzeug. In der letzten Aprilwoche hatte er acht Überstunden gemacht, um die 26 Anzeigen fertig zu bearbeiten, die am Montag seinen Schreibtisch füllten und am Freitag hatte er es geschafft. Allerdings waren im Lauf der Woche 29 neue Anzeigen hinzugekommen - und da er sich Montag frei nahm, hatte er am Dienstag 42 Fälle auf dem Tisch. Werner Dorfmeister hat daraus die Konsequenzen gezogen und lässt jeden Tag nach acht Stunden den Bleistift fallen - wie etliche Kollegen mit ihm. Heppner beobachtete besorgt diese Zeichen eines Burnouts und sah Hans Bombardier abschätzend an, bevor er den Kopf schüttelte. Der brennt nicht aus, dachte er bestimmt. Eher kippt er tot vom Stuhl.

Der so Gepriesene stellte in diesem Moment die Teams zusammen, welche im Nahbereich der „Villa“ wie üblich die Klinken putzen sollten. Heppner war auch öfter für dieses ‚Plattfußkommando' eingeteilt worden und wusste, was auf die Kollegen zukam - nämlich eine langwierige, anstrengende Arbeit, die nur sehr selten von wirklichem Erfolg gekrönt war. Meist war man der Abfluss von Möchtegernzeugen, die außer ‚Ich habe es ja immer gesagt' nichts Verwertbares von sich geben konnten, aber auch diese müssen befragt werden. Bevor die Teams loszogen, schilderte Jimmy Hellwich allen die Hintergründe der Villa und ihrer Bewohner. Als er auf Uwe Liechtenstein zu sprechen kam, unterbrach ihn Hans Bombardier.

„Du hattest gestern bei der Vernehmung von Frau Hammer sofort gewusst, von wem da die Rede war." „Stimmt", nickte Jimmy. „Ich habe vor knapp fünf Jahren mit diesem Burschen zu tun gehabt. Damals verdiente er sein Geld als Telefonverkäufer bei einer Firma namens VALET in Neukirchen-Vluyn und bewarb eine angeblich hochprofitable Schweizer AG. Liechtenstein und seine Mitstreiter verhökerten diese Aktien nicht, sondern priesen ihren nichts ahnenden Kunden die Kapitalanlagen lediglich an. Sie kamen straffrei davon, weil sie beteuerten, lediglich Informationen weitergegeben zu haben, welche sie ungeprüft übernommen hatten. Solche Typen vergesse ich nicht.

Liechtenstein hat sich in der Folgezeit vom gewöhnlichen Callcenter-Agent bis hin zum Supervisor hochgearbeitet, aber dann die VALET verlassen, bevor der Laden hochging. Ich war mir darüber klar, dass er über kurz oder lang wieder auftauchen würde. Na ja, nach dem gestrigen Abend dürfte seine kriminelle Karriere wohl ins Stocken geraten sein."

Das aufbrandende Gelächter war Anlass für Tom Hermanns, noch einen draufzusetzen. „Glaube ich eher nicht. Einen Kopfschuss haben diese Betrüger doch sowieso alle. Wir müssen uns nur vor ihn hinstellen und behaupten, er sei tot, schon wird er aufspringen und uns widersprechen. Ich kenne diese Typen, also passt auf, dass euch die Leichen nicht wegrennen." „Etwas Pietät, bitte", tadelte Hans Bombardier, halb im Scherz. „Wieso denn?", widersprach Hermanns. „Wo wir ein Gefühl für Scham haben, ist bei denen ein Vakuum. Sie haben sich zu Lebzeiten über ihre Opfer lustig gemacht, jetzt kommt der Bumerang eben zurück. Dass der Kerl Liechtenstein heißt, passt perfekt ins Bild. Er hätte seine Firma „WVIG“ nennen sollen. Das bedeutet so viel wie ‚wir verstecken Ihr Geld'. Allerdings so gut, dass Sie es nicht wiederfinden, ha!“

Hans Bombardier fand, dass es an der Zeit war, die Frozzelei zu beenden. „Und was ist mit der dritten Leiche, Jimmy? Was kannst du über von Gersthoven erzählen?“ Hellwich zuckte bedauernd mit den Schultern. „Nichts. Dieser Bursche ist ein unbeschriebenes Blatt. Weder in POLAS noch in FINDUS oder einem anderen unserer Auskunftssysteme finde ich eine Eintragung zu diesem Namen. Es ist, als wäre er vom Himmel gefallen.“ „Ist doch unwahrscheinlich!“, meldete sich Tom Herrmanns. „Ich meine, dass er nicht vom Himmel gefallen ist, steht fest. Dass ein Vertriebsleiter einer solchen Klopperbude keinerlei polizeiliche Erkenntnisse hat, kann ich aber nicht glauben. Ein neuer Callcenter-Agent, gut und schön - da erleben wir ab und zu neue Gesichter. Vor einiger Zeit haben wir bei einer Durchsuchung sogar mal einen ehemaligen Polizisten getroffen, der völlig abgestürzt war. Aber in dem Gewerbe muss man sich doch hocharbeiten, kein Frischling wird sofort Supervisor und Vertriebsleiter schon mal gar nicht! Seid ihr euch sicher, was die Identität angeht?“

Bombardier und Heppner sahen sich an, dann war es an letzterem, mit den Schultern zu zucken. „Wie man's nimmt, Tom. Die Personalien und auch den Namen Tanner haben wir von der Zeugin Partuschek und als Vorzimmerdame sollte sie ihren Chef ja wohl kennen. Einen Ausweis haben wir bei ihm aber nicht gefunden. Vorsichtshalber lassen wir gerade seine Fingerabdrücke vom BKA überprüfen. Dann haben wir Klarheit.“

Während Heppner vergeblich versuchte, ein Gähnen zu unterdrücken, fiel sein Blick auf Ede, der mit geschlossenen Augen auf seinem Stuhl saß und anscheinend konzentriert auf sein im Schoß liegendes Notizbuch blickte. Dann bemerkte Heppner das Feixen der Kollegen neben ihm. Ede Vollstraß schlief tief und fest. Heppner stieß Hans in die Seite und deutete auf ihren Kollegen, den Morpheus Arme eng umschlungen hielten. „Dürfte eine lange Nacht gewesen sein", flüsterte Bombardier. „Am Tatort oder bei ihm zu Hause?", fragte Heppner im Flüsterton zurück. Sein Chef grinste nur und bedeutete Willi Beugen, Ede durch sanftes Anstoßen zu wecken. Willi feixte und hieb dem nichts ahnenden Ede die flache Hand auf die Schulter. „Antreten!", brüllte er in bestem Kasernenhofton und Vollstraß schoss erschrocken in die Höhe. Es dauerte fast eine halbe Minute, bis das Gelächter verebbte und Ede schnaufend die Luft ausstieß. „Bande, elende. Wer solche Kollegen hat, braucht keine Feinde mehr. Und dich kriege ich auch noch", funkelte er den sich kringelnden Willi Beugen an. „Ruhe jetzt, bitte", mahnte Hans Bombardier, obwohl sich die Lachfalten noch an seinen Augenwinkeln zeigten. „Gibt es vom Tatort noch irgendetwas zu vermelden, was wir noch nicht wissen?" Vollstraß nickte, und hob sein zu Boden gefallenes Notizbuch wieder auf.

„Zunächst einmal: Alle drei Toten wurden mutmaßlich mit der gleichen Waffe erschossen. Hierfür spricht die Übereinstimmung bei den Eintrittswunden und den aufgefundenen Projektilen. Bei Liechtenstein und von Gersthoven haben wir das, was von den Projektilen übrig war, aus den Wänden der Büros gekratzt. Die Projektile sind total deformiert, aber es handelt sich in beiden Fällen um 7.65 mm Vollmantelgeschosse. Bei Makezinis findet sich nur ein Ein- aber kein Ausschuss, sodass die Kugel wohl noch im Schädel steckt. Wieso hier der Schädel nicht durchschlagen wurde, müssen die Rechtsmediziner klären. Es spricht vieles dafür, dass die Schüsse aus der neben Makezinis liegenden Tokareff stammen. Ob Makezinis damit geschossen hat, steht noch nicht fest, aber an seiner Hand sind Schmauchspuren. Die Waffe ist zudem kürzlich abgefeuert worden und ratet mal, wie viele Patronen aus dem Magazin fehlen?" „Drei, schätze ich", meinte Willi Beugen scheinbar gelangweilt. „Daneben, du Genie", feixte Ede. „Es fehlen vier Patronen. Also war das Magazin entweder nicht ganz voll, oder …" „Oder es wurde ein vierter Schuss abgegeben, von dem wir nichts wissen", unterbrach Beugen ihn mit plötzlich erwachtem Interesse. „Ja, fragt sich nur, auf wen oder was geschossen wurde“, stellte Peter Elgert aus dem Hintergrund die nahe liegende Frage.

Hans Bombardier blickte gelassen von einem zum anderen. „Macht mal halblang, Jungs. Wir stehen erst am Anfang der Ermittlungen und wir können nicht jede Frage in Minutenschnelle lösen. Wir sind doch nicht bei Niedrig und Kuhnt.“ Die Erwähnung dieser beiden Namen und das Lachen der Kollegen riss Heppner noch einmal aus seiner Müdigkeit.

Bernie Kuhnt und Conny Niedrig sind seit Jahren fester Bestandteil des Nachmittagsprogramms der Privatsender. Die meisten der Zuschauer kennen sie nur als Fernsehpolizisten und vergessen hierbei, dass beide tatsächlich Polizeibeamte sind, die für die Filmaufnahmen freigestellt wurden. KOK Kuhnt meinte einmal grinsend, er wäre seinen Originalen zumindest in einer Hinsicht überlegen: Conny und er seien die einzigen Polizisten, die einen Mord in 25 Minuten aufklären könnten.

„Sonst noch was, Ede?“ „Nur noch eine Kleinigkeit. Ich weiß seit zwei Minuten aus dem Vernehmungsprotokoll der Partuschek, dass sie was erzählt hat von einem umgefallenen oder umgetretenen Standascher. Wir haben doch im Büro von Makezinis ein Häufchen Sand in einer Ecke entdeckt. Also von der Konsistenz und der Körnung her könnte es derartiger Sand sein. Gewissheit bringt uns aber auch da erst eine chemische Analyse.“

Hans nickte, sah sich prüfend um und verteilte die Aufgaben. Jimmy Hellwich sollte alle Erkenntnisse zur Villa und zu den Getöteten in einer Art Dossier zusammenstellen, Detlef Schall erhielt den Auftrag, über die Staatsanwaltschaft einen Beschlag-nahmebeschluss für die Unterlagen und Rechner der REDSNAP zu erwirken. Möglicherweise fand sich ja dort ein Hinweis auf jemanden, der ein Motiv zur Ermordung der Opfer hatte.

Als sich der Besprechungsraum leerte, stellte Heppner fest, dass sein Chef ihm keine Aufgabe zugeteilt hatte. „Und ich, Hans? Vernehmungen fallen im Moment noch nicht an, denke ich. Was für eine Aufgabe hast du für mich?“ Bombardier schüttelte strafend den Kopf. „Die habe ich dir vorhin schon genannt, nämlich schlafen, Klaus. Geh nach Hause, leg dich ins Bett. Wenn ich Dich vor 12 Uhr hier wiedersehe, trete ich dir so in den Hintern, dass du zurück nach Hause fliegst. Du nutzt mir gar nichts, wenn du zusammenklappst. Die Obduktion der drei Toten ist für 13.00 Uhr angesetzt. Das könntest du mal wieder übernehmen. Ich habe dagegen das zweifelhafte Vergnügen, Staatsanwalt Obertal bei der Pressekonferenz um 12 Uhr die Stichworte zu geben.“

Anordnungen von Hans Bombardier dulden keinen Widerspruch. Heppner trollte sich also, fragte Jimmy Hellwich zuvor aber noch nach der Einstellung der Kunden, die sich immer und immer wieder betrügen lassen. Der schüttelte lachend den Kopf. „Das geht über den gesunden Menschenverstand, oder? Wir belegen diese Einstellung mit dem Kürzel „GfH“, was für ‚Gier frisst Hirn’ steht. Wenn jemand mit enormen Gewinnen lockt, brennen alle Sicherungen durch - auch wenn du von dem gleichen Telefonklopper schon viermal um dein Geld gebracht worden bist. Die sind aber absolut schmerzfrei, was die Nöte ihrer Opfer angeht. Chuzpe und Skrupellosigkeit, Intelligenz und Eloquenz sind Grundvoraussetzungen, um so einen Job zu machen. Solchen Leuten ist ein Normalsterblicher hilflos ausgeliefert und wenn wir die Opfer nicht schützen, tut es keiner.“

Nur etwa 10 Minuten später kuschelte Heppner sich in sein Bett, in dem er noch immer Marions Körperwärme spüren konnte, die offenbar knapp vor seinem Eintreffen zur Arbeit gefahren war. Heppner zog die Decke über den Kopf und atmete tief ein, um auch ihren Geruch aufnehmen zu können. Müde lächelnd dachte er daran, dass er sich benahm wie ein Urmensch, aber seine kognitiven Fähigkeiten waren durch Schlafmangel so minimiert, dass der Vergleich nicht einmal hinkte. Er hatte seinen Wecker auf 11.30 Uhr gestellt und plante, auf keine Minute Ruhe zu verzichten. Soviel zur Theorie.

Ein heftiges Rütteln an seiner Schulter ließ ihn plötzlich hochschrecken. Er hatte das Gefühl, gerade erst eingeschlafen zu sein und zog die heruntergerutschte Bettdecke wieder hoch, als er aus den Augenwinkeln erkannte, dass Marion auf seiner Bettkante saß - und ihr Gesichtsausdruck… Zu behaupten, sie sei blass gewesen, war als hätte man eine Atombombe als Feuerwerkskörper bezeichnet. Zudem zitterte sie am ganzen Körper.

Bevor ihr Freund etwas sagen konnte, schluchzte sie auf und warf sich bebend in seine Arme. „Sie… sie haben… mich beurlaubt. Ich darf das Büro nicht einmal mehr betreten. Mein Chef hat mich heute Morgen vor der Tür abgefangen und mir den Büroschlüssel abgenommen. Ich weiß überhaupt nicht, was da los ist!“

Ich auch nicht, war Heppners erster verwirrter Gedanke. „Das kann doch nicht das einzige sein, was dir dein Boss erzählt hat. Jetzt beruhige dich erstmal, und dann versuche dich an seine genauen Worte zu erinnern.“ Marion nickte und während sie nach einem Taschentuch griff, sah Heppner bereits, wie ihr klares Denken wieder einsetzte.

„Viel hat er wirklich nicht gesagt. Er meinte aber, es müsse irgendwelches Geld weggekommen sein, welches ich verwalten würde. Das einzige was dazu passen würde, wäre aber unsere Kaffeekasse! Auf etwas anderes habe ich doch gar keinen Zugriff!“ Heppner wiegte nachdenklich den Kopf. „Passt nicht. Dafür wird vielleicht eine Supermarkt-Kassiererin gefeuert, aber nicht du.“

Gähnend blickte er auf die Uhr. Halb zehn? Super, dann hatte sein Schlaf endlose 90 Minuten gedauert. Aber wieso war es so dunkel? Ein Blick aus dem Fenster verriet ihm, dass er nicht plötzlich sehbehindert war, sondern sich bereits das nächste Gewitter zusammenbraute. Kein Wetter, bei dem man freiwillig das Bett verlässt, dachte der Kommissar verdrossen und ließ sich vorsichtig wieder zurücksinken.

Marion blickte ihn leicht indigniert an. „Seit wann bist du denn wieder zu Hause? Ich dachte, bei einer Mordkommission gibt es keine Pausen.“ Heppner zuckte die Achseln und griff in sein Kreuz. „Therapeutische Maßnahme von Hans. Ich hab kaum geschlafen, einen Hexenschuss - und er meint, ich solle mich schonen, solange es geht.“ Marion schüttelte nur den Kopf. „Umdrehen“, kommandierte sie knapp, während sie die Bettdecke wegzog.

Frauen. Für Klaus Heppner einfach eine faszinierende Facette der Schöpfung Gottes. Gerade noch zu Tode betrübt wegen ihres eigenen Dilemmas, verspürte Marion jetzt das Bedürfnis ihm zu helfen. Dass sie wirklich Geld ihres Arbeitgebers unterschlagen haben könnte, schloss der Polizist vollkommen aus. Sie war einfach nicht der Typ für krumme Geschäfte und ihre Position als Abteilungsleiterin bei der VENTURA-Versicherung hätte sie für so einen Mist niemals aufs Spiel gesetzt. Er drehte sich also auf den Bauch und ließ sich von Marions Händen sanft durchkneten. „Eigentlich ist das Massieren ja deine Angelegenheit, aber vielleicht habe ich ja etwas bei dir gelernt“, meinte sie, während sich Heppners Rückenmuskeln entspannten und die Rückenwirbel allmählich wieder ihre gewohnte Lage einnahmen. Ein doppeltes Knacken ließ ihn nach kurzer Zeit zusammenfahren, aber der dumpfe Schmerz war urplötzlich verschwunden. Vorsichtig drehte er sich herum und zog die Beine an. Perfekt, dachte er. Marion lächelte leicht traurig aber zufrieden und bewegte die Finger wie ein Klaviervirtuose. Heppner küsste sie leidenschaftlich und sprang dann aus dem Bett. „Wundervoll, meine Liebste! Jetzt noch eine heiße Dusche und ich bin wieder einsatzbereit. Wenn ich im Büro bin, rufe ich mal deinen Chef an und frage unauffällig, was eigentlich los ist. Vielleicht bekomme ich ja etwas heraus.“

Er sollte mehr erfahren als ihm lieb war.

Fünf

13. Juli 2010, 11.00 Uhr

Heppner traf nach einem kolossalen Frühstück eine Stunde verfrüht wieder im MK-Raum ein. Hans Bombardier zog nur kurz die Augenbrauen hoch und sah dann wieder Jimmy Hellwich an, der vor ihm stand und wild gestikulierte.

„Also damit hätte ich im Leben nicht gerechnet, Hans. Das wirft ein neues Licht auf unseren Fall. Zumindest müssen wir jetzt davon ausgehen, dass…" Hellwich fuhr herum, als er Klaus Heppner hinter sich bemerkte. „Ach, du bist es, Klaus. Ich habe herausgefunden, wer sich hinter dem angeblichen von Gerst-hoven verbarg. Fritz hat doch seine Fingerabdrücke ans BKA geschickt - mit einem erstaunlichen Ergebnis. Der angebliche von Gersthoven ist in Wirklichkeit der 41-jährige Stefan Tanner. Gegen ihn liegen vier Haftbefehle vor, alle wegen Anlagebetruges." Da Hans Bombardier und Heppner immer noch aussahen wie die Kühe wenn´s donnert, sprach Hellwich leicht gefrustet weiter. „Tanner ist in unserem Bereich eine der meistgesuchten Personen. Er hat vor fünf Jahren eines der größten Betrugsmanöver im Saarland durchgeführt, bei dem er sich schon mal die falschen Opfer ausgesucht hat. Bei einem der Geschädigten handelt es sich nämlich um Taddeo Streccia."

Jetzt blieb auch Heppner die Luft weg. Der Streccia-Clan ist eine der großen Camorra-Familien in Italien und Taddeo Streccia, der zweitälteste Sohn des „Paten" Carmine Streccia, gilt als Statthalter der Familie in Deutschland. Jahrelang hatte die Polizei gewarnt, doch die maßgeblichen Mandatsträger äußerten ihre Ansicht, Deutschland habe so lange nichts mit der Mafia und ihren Abarten zu tun, bis unser Land ein bevorzugtes Rückzugsgebiet des organisierten Verbrechens geworden war und insbesondere als Geldwaschanlage missbraucht wurde. Ob die Politiker nur unglaublich naiv waren oder die Hand aufhielten, darüber ließe sich trefflich streiten. Bombardier nickte ernst und Hellwich nahm dies zum Anlass, weiter zu berichten.

„Tanner hat den Streccia-Clan um glatte 500.000 € erleichtert. Blöde Idee, wenn Ihr mich fragt. Jedenfalls ließ Taddeo Streccia verlauten, dass sich die Polizei keine Gedanken um Tanner machen müsste, wenn er mit ihm fertig sei. Ich finde, wir haben jetzt einen konkreten Verdächtigen."

Der MK-Leiter setzte die Ellbogen auf den Tisch und stützte den Kopf frustriert in beide Handflächen. „Bitte nicht schon wieder so eine Mafia-Geschichte. Wenn das stimmt, nehme ich von jetzt an bis zur Pensionierung dienstfrei. Klaus, du wirst dich mit dem LKA Saarland in Verbindung setzen und ermitteln, was die Kollegen zu Streccia wissen. Jimmy, du forderst die Akten der alten Betrugsverfahren gegen Tanner an und erstellst eine Liste aller damaligen und aktuellen Geschädigten. Wer weiß denn, wer noch sauer auf Tanner war. Ich muss noch vor der Pressekonferenz unserer hohen Führung über den neuen Fall berichten. Die werden jubeln. Drückt mir mal die Daumen, dass unsere Kräfteanforderungen genehmigt werden. Ich habe schon einen Anruf des Leiters der Direktion -K- bekommen, ich solle die MK doch möglichst bis Ende kommender Woche geklärt haben, damit die Kollegen alle bei der Love-Parade eingesetzt werden können. Der hat Humor."

In seinem Büro angekommen stürzte Heppner sich sofort auf sein Telefon, hielt aber noch einmal inne. Irgendetwas wollte er doch noch… richtig, die Sache mit Marion! In den Griff zum Hörer hinein klingelte sein Telefon. Verdutzt sah Heppner auf das Display, welches den Namen und die Rufnummer von Siggi Walden, dem Leiter des KK 24 anzeigte.

„Hallo Siggi, lange nichts von dir gehört! Geht's gut?" „Mir schon, Klaus." Die Stimme Waldens klang belegt. „Ich habe gerade eine online-Strafanzeige der VENTURA gegen deine Freundin auf dem Tisch liegen, wonach sie 100.000 € unterschlagen haben soll."

Heppner blieb die Luft weg. Flüchtig dachte er daran, dass die VENTURA keinesfalls über eine derart große Kaffeekasse verfügen dürfte, bevor er sich räusperte. „Das ist echt ein Hammer, Siggi. Marion wurde heute Morgen von ihrem Chef beurlaubt und sie hat noch keine Ahnung, weswegen. 100.000 €, sagst du? Soweit sie mir erzählt hat, kann sie gar nicht über derartige Beträge verfügen."

„Klaus, du weißt genau, dass ich dir nichts über das Verfahren erzählen darf. Allein schon mein Anruf bei dir kann mich in Teufels Küche bringen. Ich wollte dir nur sagen, dass es mir leid tut." Und mit diesen Worten legte Walden auf.

Heppner konnte an den Fingern einer Hand abzählen, welche Maßnahmen jetzt folgten. Der von Walden bestimmte Sachbearbeiter würde sofort bei der Staatsanwaltschaft Durchsuchungsbeschlüsse für Marion Paschens Arbeitsplatz, ihr Haus in Walsum und möglicherweise (da sie sich häufiger bei ihm aufhielt) auch für Heppners Wohnung anregen. Standardmaßnahme war auch das Anfordern einer vollständigen Kontenverdichtung, also eines Ausdrucks aller Buchungen auf Marions Konten. Heppner fluchte lauthals vor sich hin. Nicht, dass sie irgendetwas zu verbergen gehabt hätten, aber es ist nun mal für jeden ein unangenehmes Gefühl, wenn sein persönlicher Lebensbereich auf Links gedreht wird. Jetzt begann er zu ahnen, wie sich die Betroffenen polizeilicher Maßnahmen fühlten.

Seufzend nahm er sein Telefonregister zur Hand und suchte die Rufnummer des LKA Saarland heraus. Als er sein Anliegen und damit auch den Namen Streccia nannte, wurde er umgehend mit dem Leiter der Abteilung „Organisierte Kriminalität", kurz: OK verbunden. Dieser stellte sich als Hermann Koppenrath vor und bestand darauf, weder mit C geschrieben zu werden, noch etwas mit Torten oder einer Wiese zu tun zu haben. Mir auch recht, dachte Heppner milde.

„Streccia macht uns hier in Saarbrücken seit Jahren zu schaffen. Er ist eine große Nummer in seiner Familie und sammelt von allen Pizzerias das Schwarzgeld ein. Wir schätzen, dass die Familie im Jahr zwei Millionen oder mehr macht. Er ist seit zwanzig Jahren in Deutschland, sagt aber, er versteht kein Deutsch. Ich hab nur ein Wort für ihn: Mistkerl. Ihm ist echt alles zuzutrauen, besonders seit…“ Koppenrath seufzte.

„Vor fünf Jahren hat Streccia plötzlich extremen Druck auf die Betreiber der italienischen Lokale gemacht. Zwei der Lokale gingen sogar in Flammen auf und drei Betreiber erlitten merkwürdige Unfälle. Nein, es gab keine Toten, aber unsere Informanten erzählten hinter vorgehaltener Hand, dass Streccia dringend Geld benötigte und dies aus den Lokalen herauspresste. Streccia war nämlich auf einen Trickbetrüger hereingefallen, der ihm vorgegaukelt hatte, ein medizinisches System entwickelt zu haben, welches die Abstoßungsreaktionen bei Organtransplantationen verhindern würde. Das passte perfekt, denn die jüngste Tochter Streccias litt an einem angeborenen Herzfehler und eine Transplantation galt als einzige Überlebenschance.

Der Betrüger, ein Kerl namens Tanner machte den Anlegern weis, mit ihrem Geld die Produktion von kleinen Röhrchen anzukurbeln, welche das transplantierte Organ mit dem Rest des Körpers verbinden sollten - wodurch ein direkter Kontakt vermieden wird und deshalb keine Abstoßung erfolgt. Reiner Quatsch, entnommen aus einem alten Roman von Heinz G. Konsalik, aber für den verzweifelten Streccia war dies buchstäblich der letzte Strohhalm. Er hat Tanner eine halbe Million quasi auf dem Silbertablett überreicht und wollte sogar noch mehr zahlen - aber die Firma löste sich eines Tages in Luft auf, und ihr Inhaber verschwand mit dem Geld. Streccia schäumte vor Wut und schwor, den Kerl eines Tages zu finden und stückchenweise an seine Hunde zu verfüttern. Er ist allerdings niemals wiederaufgetaucht.“

Hier unterbrach Heppner seinen Kollegen und schilderte ihm die Auffindung der Leichen von Tanner alias von Gersthoven und der anderen. Koppenrath lachte leise auf und auch ohne Bildverbindung konnte sich der Duisburger Polizist das Gesicht seines Kollegen vorstellen. „Ach nein, das war nicht der Streccia. Erstens ist Tanner viel zu schnell gestorben. Der Streccia hätte ihn gefoltert und zerstückelt, nachdem er ihn gezwungen hätte, die halbe Million wieder auszuspucken. Zweitens ist er gerade in Italien, um seinem Vater Rapport zu erstatten. Das ist sicher, weil die Italiener und wir ihn beschatten. Als Tanner starb war Streccia mit seinem Papa in Modena. Seine Mamma hatte Geburtstag.“

„Mag alles so sein, wie du es geschildert hast, aber es spricht doch nichts dagegen, dass Streccia einen Killer beauftragt haben könnte, um Tanner zu erledigen, oder?“, wandte Heppner ein. Doch Koppenrath widersprach sofort. „Nein, auf keinen Fall. Gar nicht sein Stil. Nachdem seine Tochter gestorben war, hat er angekündigt, dem Tanner mit eigenen Händen die Gurgel umzudrehen. Und das hätte er sich nicht nehmen lassen. So was ist für ihn eine Frage der Ehre. Vielleicht hat er den Auftrag gegeben, Tanner zu ihm zu bringen und der Vollstrecker hat versagt und Tanner erschossen. Dann möchte ich nicht in seiner Haut stecken.“

Koppenrath versprach, ein Doppel der Ermittlungsakte per Kurier zu übersenden. Heppner legte auf, lehnte sich in seinem Stuhl zurück (dank Marions Massage ohne Probleme) und dachte über den Fall nach.

Der Tod der drei Erzbetrüger musste mit den von ihnen begangenen Straftaten zusammenhängen, das war klar. Aber: Hatte sich Tanner bemüht, seine Identität auch vor seinen Mitarbeitern in der Villa zu verbergen - oder war der innere Führungskreis über seinen wirklichen Namen informiert? Auch das war möglich, da ein Untertauchen nach einem erfolgreichen Millionenbetrug in Täterkreisen durchaus als Gütesiegel gesehen wird.

Bombardier nahm die Informationen zu Streccia zwiespältig auf. „Dass Taddeo nachweisbar in Italien ist, beraubt uns zwar des Hauptverdächtigen - aber nicht schon wieder gegen einen Mafiaclan ermitteln zu müssen, ist auch nicht verkehrt. Sehen wir mal, was wir an Informationen aus der Villa bekommen. Übrigens, wir dürfen uns gleich mit den Witwen von Liechtenstein unterhalten." „Den Witwen?", fragte Heppner verblüfft. „Gibt es mehrere?" „Zwei, um genau zu sein. Liechtenstein war nach Informationen von Jimmy bis vor zwei Jahren mit seiner Jugendliebe verheiratet und hatte mit ihr einen Sohn, der mittlerweile an der hiesigen Uni Elektrotechnik studiert. Dann hat er sich Knall auf Fall scheiden lassen und kurz darauf eine 22-jährige Brasilianerin geheiratet." „Ausgerechnet eine Brasilianerin", frozzelte Tom Hermanns aus dem Hintergrund. „Da gibt es doch nur Nutten und Fußballerinnen." „Jetzt erlaube mal!", protestierte Hans. „Mein Bruder ist mit einer Brasilianerin verheiratet!" „Und?", fragte Tom schnell. „Für welchen Verein spielt sie?"

Der Radiergummi aus Bombardiers Hand schlug etwa 20 cm neben Toms Kopf in der Wand ein. „Hau ab, du blöder Hund, und kümmere dich um die Zeuginnen!", brüllte der Werfer dem Flüchtenden nach, bevor auch er lachen musste. „Der bringt mich noch mal ins Grab. Ich habe ihn übrigens diesmal mit Hanna als Team eingeteilt, Klaus. Sie sollen sich erstmal um die trauernden Witwen kümmern. Wir haben sie gleich nach ihrer Ankunft getrennt, weil sie versuchten, sich gegenseitig mit Blicken zu töten. Wahrscheinlich ist es vorteilhaft, dass Hannas Büro einen Stock höher liegt."

Also unterhielt sich Hanna Karl mit der Ex-Frau Liechtensteins, während Hermanns in den Raum ging, in dem Marijana Liechtenstein, geborene de la Pena wartete. Als er eintrat entschied er nach nur einem Blick, dass es sich bei ihr mit Sicherheit um eine Fußballerin handeln musste, denn mit ihrem Gesicht und ihrer Statur hätte sie im anderen Gewerbe in Windeseile Insolvenz anmelden müssen. Ihr Deutsch war erfreulich gut, da sie jahrelang in der deutschen Botschaft gearbeitet hatte und sie dankte dem Polizisten für den angebotenen Kaffee. Erst als sie an der Tasse nippte und das Gesicht verzog kam es ihm in den Sinn, wer die Brühe gekocht hatte. Die Brasilianerin stellte die Tasse mit einem sichtbaren Erschaudern weg und schilderte lieber ihre Beziehung zu Liechtenstein.

Kennengelernt hatten sich die beiden 2007 auf Barbados, wo sie ihren Urlaub verbracht und Uwe Liechtenstein mehrere Stiftungen gegründet hatte, um Geld zu waschen. Nachdem man sich zunächst an der Bar gesehen und erfreut festgestellt hatte, dass man auch miteinander reden konnte, schüttete Liechtenstein ihr sein Herz über seine Ehe aus, die nur noch auf dem Papier bestehen würde. Unweigerlich endete der Abend in seinem Hotelzimmer - aber entgegen allen Klischees war die Beziehung damit nicht beendet, sondern begann erst. Nach einem halben Jahr flog Marijana nach Deutschland und trat eine Stelle in einer Firma an, die, wie sie schilderte, dem griechischen Freund Liechtensteins gehörte. Kurz darauf kam Liechtensteins Frau Gertrud hinter das Verhältnis und warf ihn hinaus. Sie widersprach aber vehement Hermanns Vermutung, Gertrud Niedermeyer (nach der Scheidung hatte sie ihren Mädchennamen wieder angenommen) könne etwas mit dem Mord zu tun haben. „Gertrud hätte Uwe niemals umgebracht. Mich, das ist etwas anderes. Ich glaube, sie hätte mich lachend erwürgt, um anschließend auf meinem Grab Samba zu tanzen. Aber Uwe, dem Mann ihres Lebens, hätte sie niemals ein Leid zugefügt. Ich glaube, tief in ihrem Inneren träumte sie immer noch davon, ihn zurückzugewinnen."

Zu den Geschäften ihres Mannes konnte sie zum Leidwesen des Polizisten nur wenig berichten. „Er hat mir nur erzählt, dass er mit mehreren Kollegen eine Riesensache plant, durch die wir alle bald in Geld schwimmen werden. Das war vor ungefähr einem Jahr - und er sagte auch, dass es irgendetwas mit Fischfang zu tun hätte und der Grieche das Startkapital zur Verfügung stellen würde. Mehr hat er aber nicht gesagt. Ich solle mir mein bezauberndes Köpfchen nicht mit solchen Fragen zerbrechen, meinte er nur. Er war so lieb! Er war der einzige, der jemals so was Nettes zu mir gesagt hat." Marijana ließ den Kopf sinken und begann haltlos zu schluchzen.

Nahezu gleichzeitig klingelte Tom Hermanns Telefon und an der Nummer erkannte er Hanna Karl als die Anruferin. Schon beim Abheben konnte er hören, dass die Reaktion beider Ehefrauen Liechtensteins gleichartig ausgefallen war. Da Trost das einzige war, was beide jetzt brauchten, entschloss sich Hermanns zu einer Radikalkur und stiefelte mit Marijana in Hanna Karls Büro. Beim Eintreten versiegten die Tränen beider Frauen und sie versteiften sich sichtbar. Bevor sie jedoch übereinander herfallen konnten, setzte sich der Polizist auf den Schreibtisch und hob beide Hände.

„Mir ist klar, dass sie beide sich hassen wie die Pest. Hierfür gibt es aber keinen Grund mehr. Der Mann, der sie beide in dieses Gefühl getrieben hat, ist tot und hinterlässt bei beiden eine Lücke, die immens groß ist. Was sie beide jetzt brauchen, ist kein Hass sondern Trost. Reden sie miteinander und versuchen sie, diese Lücke mit ihren Erinnerungen zu füllen. Wir haben unten im Erdgeschoss eine großartige Kantine, dort gibt es Kaffee, Getränke und auch erstklassiges Essen. Falls sie sich streiten wollen, laufen dort auch genügend Kollegen als Ringrichter herum. Melden sie sich in zwei Stunden wieder bei uns. Wir sind auf jeden Fall hier und versuchen denjenigen zu finden, der ihnen beiden den liebsten Menschen genommen hat."

Hermanns Ansprache zeigte auch zu seiner eigenen Überraschung Wirkung. Obwohl sich beide Frauen noch misstrauisch beäugten, gingen sie zusammen zum Essen. Vielleicht, dachte der Ermittler, haben Schocktherapien doch etwas für sich. Seine Kollegin schüttelte nur den Kopf.

„Ehrlich, deine Methoden haben etwas archaisches. Und wenn sich die beiden in meinem Büro zerfleischt hätten?" „Dann hätten wir 20 € für die Leichenidentifizierung verdient", witzelte Hermanns auf seine bekannte Art. „Außerdem belegt ihr Verhalten, dass sie mit der Tat nichts zu tun haben. Die Spur ist eine Sackgasse. Liechtenstein hat meine Fußballerin aus den Geschäftsdingen weitestgehend herausgehalten. Was war mit seiner Ex?" „Genauso", seufzte Hanna. „Er ist entweder ein ziemlicher Chauvi des Typs „Frauen an den Herd" gewesen - oder wollte seine Frauen mit den krummen Geschäften nicht in Gefahr bringen." „Also Fehlanzeige auf ganzer Linie", konstatierte Hermanns verdrossen. „Zumindest, was die beiden als Informationsquellen angeht", bestätigte Hanna.

Hans Bombardier teilte ihre Auffassung und zog ein verdrießliches Gesicht. „Eine Spur weniger, würde ich sagen. Ich habe übrigens beim Leiter des KK 23 Verstärkung zur Auswertung der Unterlagen aus der Villa angefordert. Der Kollege Tartner ist fast ausgeflippt. Anstatt sich zu freuen, dass offenbar eine Gruppe von Intensivtätern ausgeschaltet ist und seine Leute nur noch die Trümmer zusammenfegen müssen, macht er die Welle und will sich sogar beim Behördenleiter beschweren. Ich fasse es nicht." Er seufzte und schüttelte den Kopf.

„Zudem scheint es hier von Mördern zu wimmeln, Freunde. Vor einer halben Stunde hat ein Schäfer am Ruhrdeich eine männliche Leiche gefunden. Und es ist zweifellos Mord. Jemand hat dem Burschen nämlich kurzerhand den Schädel eingeschlagen."

***

„Immer wieder ein Vergnügen, Sie hier in den heiligen Hallen der Pathologie begrüßen zu dürfen, Herr Heppner." Professor Kürten eilte dem gähnenden Kriminalisten auf dem Flur der Düsseldorfer Uni-Kliniken entgegen und schüttelte ihm mit großer Herzlichkeit die Hand. „Sie sehen ziemlich übernächtigt aus. Waren Sie so lange im Dienst oder ist die Müdigkeit privater Natur?" „Das fällt unter meine Verschwiegenheitspflicht, Herr Professor." Der grinste nur. „Na, wenn Sie so müde sind wie dieser Witz, fallen Sie gleich um. Aber egal. Sollen wir loslegen?" Er wartete die Antwort gar nicht ab, sondern drehte sich herum und stiefelte auf die große Tür der Pathologie zu, die sich dank des Bewegungssensors pflichtschuldig vor ihm öffnete. Heppner hörte dabei ein Geräusch, das aus einem verborgenen Lautsprecher stammte und ihm irgendwoher bekannt vorkam. Irgendetwas assoziierte er mit diesem Zischen, aber was? Er schüttelte immer noch leicht benommen den Kopf. Scheiß Schlafmangel, dachte er matt. Die Synapsen kommen einfach nicht in Gang.

Ausstaffiert mit der üblichen Schutzkleidung betraten beide Männer wenig später das Herzstück der Pathologie, den Sektionssaal. Die drei toten Männer lagen wie in Reih und Glied auf drei nebeneinanderstehenden Metallpritschen. Bereits nach einem flüchtigen Blick begann Professor Kürten durch die Zähne zu pfeifen.

„Alle Wetter, Herr Heppner! Hat sich da ein Kunstschütze ans Werk gemacht?" „Wissen wir noch nicht. Auf alle Fälle war der Killer wohl von seinem Können überzeugt, sonst hätte er sich den Brustkorb als Ziel ausgesucht", kommentierte Heppner lakonisch. Der Pathologe nickte und machte sich ans Werk. Er öffnete die Körper der Toten, untersuchte die Organe, zog die Kopfschwarte ab und fräste das Schädeldach der Toten weg - während er ebenso unmelodisch wie vergnügt vor sich hin pfiff. Heppner zog sich derweil ein Stück zurück und schützte sich vor dem Anblick, indem er ihn einfach wegdachte. Er nannte dies immer „seine unsichtbare Wand aufbauen". Es wirkte zuverlässig. Der Abstand ließ Heppner Zeit, über das Geräusch beim Eintreten nachzudenken - und in Kombination mit dem Pfeifen Kürtens, das sich mit etwas Fantasie als die Titelmusik der klassischen Star Trek- Serie erkennen ließ, kam er urplötzlich darauf. Kürten hatte die Eingangstür der Pathologie darauf programmiert, sich mit dem gleichen Geräusch zu öffnen wie die Eingangstür der Enterprise-Brücke... Heppner schüttelte amüsiert den Kopf und widerstand dem Impuls, den Pathologen ab sofort mit ‚Pille' anzureden.

Bei der Untersuchung der Leiche von Makezinis stoppte Kürtens Gepiepe abrupt als er das Schädeldach abnahm und die massive Blutung ihm den Weg zu einem deformierten Projektil wies. Vorsichtig löste er das Geschoss mit einer Keramikpinzette aus der Hirnmasse und hielt es Heppner entgegen.

„Tödliches kleines Ding", murmelte der Pathologe. „Ich glaube, Ihre Ballistiker werden daran wenig Spaß haben, so deformiert wie es ist.

Keine Ahnung warum, aber es hat die rechte Schläfe durchschlagen, das gesamte Hirn durchquert und ist von der Innenseite des Schädels wieder abgeprallt. Muss ein Defekt in der Treibladung gewesen sein. Na ja, man findet heute nirgendwo mehr wirkliche Qualität. Ich würde mich wundern, wenn mehr herauskommen würde als das Kaliber und vielleicht der Hersteller. Das Ding ist nicht mehr als ein Klumpen Metall - und die Wahrscheinlichkeit, eine Waffe konkret zuordnen zu können…" „Wird nicht notwendig sein, die Waffe haben wir", unterbrach Heppner ihn knapp. „Sie lag direkt neben ihm auf dem Boden. Die Lage deutet auf einen Suizid hin."

Professor Kürten zog die Augenbraue hoch und besah sich die Leiche nochmals genauer. Dann drehte er sich zu Heppner um und begann, langsam mit dem Kopf zu schütteln.

„Falls Sie es nicht schon tun, sollten Sie eine Alternative in Betracht ziehen. Ich habe schon mehrere Obduktionen nach Tötungsdelikten mit aufgesetztem Schuss durchgeführt und das passt eher zum hier vorliegenden Spurenbild. Sehen Sie mal her." Er wies auf den Rand, den der aufgesetzte Schuss in der Kopfhaut des Toten hinterlassen hatte. „Das Korn der verwendeten Waffe wird direkt über dem Kontusionsring in der Haut abgebildet. Wenn sich jemand selbst erschießt, hält er die Hand in der für ihn bequemsten Haltung, und das ist etwa ein Winkel von 0 - 45° zum Schultergürtel. Ich glaube nicht, dass ein Selbstmörder noch gymnastische Übungen anstellt.

Hier beträgt der Winkel des Korns zum Schultergürtel fast 90°, also hat sich die Waffe fast senkrecht zum Schultergürtel befunden als sie abgefeuert wurde. Ich würde das nicht schaffen. Und da ist noch etwas anderes." „Hat das andere eventuell damit zu tun, dass Makezinis Linkshänder war?", unterbrach Heppner den Vortrag. Professor Kürten nickte überrascht. „Aber ja! Ich habe anhand der Handgelenksknochen und der Ausbildung der Muskulatur festgestellt, dass der Tote…, wie nannten Sie ihn..., Make-zinis, ausgeprägter Linkshänder war. Und ein Linkshänder, der sich mit rechts erschießt…“ „… ist mehr als ungewöhnlich“, beendete Heppner Professor Kürtens Satz zufrieden.

„Haben Sie die Tätowierung am Unterarm des Toten gesehen, Herr Professor?“ Der Angesprochene nickte. „Ja, finde ich sehr spaßig. Ich kann Ihnen zwar nicht genau sagen, was es heißt, da mein Altgriechisch seit meinem Graecum etwas eingerostet ist - aber es ist nichts Medizinisches. War auch kaum zu erwarten. Schauen Sie mal, ich habe es aufgeschrieben.“

Kürten hatte die Zeichen auf einem Zettel notiert, den er Heppner reichte. Für den Polizisten sah das wie folgt aus:

Ποιο είναι το δικό μου σας θα είναι σύντομα

„Aha“, knurrte der Ermittler verdrossen. „Und was heißt das jetzt?“ „Moment, das haben wir gleich“, murmelte Professor Kürten, der an seinem Laptop hantierte. „Erstmal transkribieren wir das ganze in unsere Zeichen. Aha, dann sieht es so aus.“ Er drehte den Körper, sodass Heppner die Worte auf dem Bildschirm lesen konnte. Sie lauteten:

Poio eínai to dikó mou sas tha eínai sýntoma.

„Ist für mich genauso unverständlich“, murmelte der Ermittler, doch Professor Kürten grinste ihn über die Schulter an. „Kein Problem, Pons macht's möglich.“ In Windeseile hatte er über Google das Übersetzungsprogramm Griechisch- Deutsch aufgerufen und den Satz eingegeben. Die ausgeworfene Übersetzung ließ beide Männer schallend lachen.

***

„*'Was dein ist, wird bald mein sein'* hatte der Kerl auf dem Unterarm stehen“, berichtete Heppner schmunzelnd als er von der Obduktion zurückkehrte. Hans Bombardier und Hanna Karl grinsten nur. „Nach allem was Jimmy zu ihm berichtet hat, dürfte das der Wahlspruch seines Lebens gewesen sein." „Tja, Angelina Jolie lässt sich die Geo-Koordinaten der Geburtsorte ihrer Kinder tätowieren, und er..., wenn's Spaß macht...", flachste Hanna.

Heppners Handy begann in der Hosentasche zu vibrieren und nach einem Blick aufs Display beeilte er sich, den Anruf anzunehmen. Marion berichtete ihm fast hysterisch, dass drei Polizisten in Zivil gerade ihr Haus durchsuchen würden. „Stell dir vor, einer hat mich direkt beschuldigt, die Verbindung zu dir für meine Betrügereien missbraucht zu haben. Am liebsten hätte ich ihn rausgeworfen, aber das wäre mir wohl nicht gut bekommen." Wohl kaum, dachte Heppner im Stillen und biss die Zähne zusammen, sodass seine Kiefermuskeln sichtbar heraustraten - was Hanna zu einem erstaunten Stirnrunzeln veranlasste.

„Bleib ruhig, Liebling. Man sucht nach Beweisen für etwas, das gar nicht geschehen ist - also können die Kollegen auch nichts finden. Und wenn sie nichts finden, spricht das eindeutig für dich." – „Du hast gut reden", meinte Marion missmutig, „In deiner Unterwäsche wühlen sie ja nicht herum. Hast du eigentlich mit der VENTURA gesprochen?" „Nein, und ich schätze, das hat sich auch bereits erübrigt. Die Kollegen werden dir sicher einen Durchsuchungsbeschluss gegeben haben, da steht das Wesentliche drin. Vermutlich hat die Versicherung sofort Anzeige erstattet und das ist jetzt die Konsequenz."

Hanna Karl sah Heppner mit offenem Mund an. Ihr ungläubiges Kopfschütteln zeigte deutlich, dass sie im Moment nur Bahnhof verstand. „Ja, bitte? Ach so. Ich muss jetzt Schluss machen, deine Kollegen wollen offenbar, dass ich hier etwas unterschreibe. Wir sehen uns dann heute Abend - falls sie mich nicht anschließend einbuchten." Bevor Klaus Heppner ihr einige Worte zur Beruhigung sagen konnte, legte seine Freundin auf.

Hanna Karl war immer noch fassungslos. „Habe ich da was falsch mitbekommen, oder wird gerade bei Marion durchsucht? Deine Freundin hat dich mir zwar weggeschnappt, aber nachdem ich sie kennengelernt habe, traue ich ihr nicht mal zu, silberne Löffel zu klauen.“ „Ja, und jetzt soll sie quasi das gesamte Tafelsilber ihres Arbeitgebers nebst Geschirr geklaut haben“, knurrte Heppner böse.

Seine Kollegin schüttelte langsam den Kopf. „Da stimmt was nicht, Klaus. Die Versicherung sollte sich lieber mal nach Alternativen umsehen. Vielleicht war jemand so clever, das Geld zu unterschlagen und den Verdacht auf Marion zu lenken. Möglich ist so etwas.“ „Ja, aber Marion kann sich niemand denken, der einen solchen Hass auf sie haben könnte.“ „Muss auch nicht“, meinte Hanna. „Vielleicht war sie nur der geeignete Sündenbock. Aber Kopf hoch, das kriegen wir schon raus. Auf meine Hilfe könnt ihr jedenfalls zählen.“

Hans Bombardier hatte ihre Konversation sichtlich konsterniert verfolgt. „Haben diese Versicherungsfuzzis jetzt den Verstand verloren? Marion hat doch nur Interesse an Verbrechen, von denen wir ihr erzählen.“ Heppner schnaubte nur. „Ab und zu hat sie auch ganz brauchbare Ideen zu unseren Fällen. Na ja. Weibliche Intuition und so, ihr wisst schon. Aber verratet mir lieber, was ich jetzt tun soll? Die VENTURA wetzt ja schon den Säbel gegen sie - und irgendwo müssen die 100.000 € ja geblieben sein.“

Hanna Karls Rippenstoß riss Heppner rüde aus dem Trübsinn. „Hey, Moment mal, Klaus. Marion arbeitet für die VENTURA - und dort sollen ungefähr 100.000 € verschwunden sein?“ Er nickte und sah seine Kollegin fragend an. Die zuckte die Schultern. „Na ja, vielleicht ist es ja ein Zufall, aber ich habe heute Morgen die Vernehmung von der Zeugin gelesen…, wie hieß sie noch…?“ „Petra Hammer“, fiel Detlef Schall aus dem Hintergrund ein. Als guter Aktenführer hatte er alle Namen und Fakten stets parat. „Stimmt! Zufällig läuft meine Autoversicherung über die VENTURA, deshalb ist mir aufgefallen, dass die Zeugin ebenfalls für dieses Unternehmen arbeitet.“

Heppner sah Hanna schulterzuckend an. „Na und? Ich gehe mal davon aus, dass hier in Duisburg ungefähr 800 Menschen bei dem Konzern angestellt sind. Vielleicht bin ich beschränkt oder noch verschlafen, aber wo ist der Zusammenhang mit Marion und den Vorwürfen gegen sie?“ Mit verschränkten Armen und einem unverschämten Feixen sah Hanna Karl ihren Kollegen an. „Tut doch gut, mal mehr zu wissen als du. Petra Hammer arbeitet nach ihren Angaben als Sachbearbeiterin im Rechnungskontrollwesen der Schadenabwicklung und hat eine Menge Geld bei der REDSNAP investiert. Es waren ziemlich genau...“ „100.000 €“, unterbrach Heppner sie in plötzlicher Erinnerung. „Gut und schön, aber soweit ich mich erinnere, soll es sich bei dem Geld um Ersparnisse und ein Darlehen gehandelt haben.“ Hanna Karl machte ein unschuldiges Gesicht. „Ich behaupte ja nicht, dass es anders war. Ich frage mich nur, wie eine kleine Sachbearbeiterin sich eine derartige Menge Geld zusammensparen konnte - und die Kredite fließen ja seit der Bankenkrise auch nicht mehr so üppig wie früher. Vielleicht sollte man da einmal richtig nachhaken. Die Übereinstimmungen geben mir jedenfalls zu denken.“

Das Klingeln seines Handys ließ Heppner zusammenfahren. Marion. Dem Ermittler schwante Übles und er schaltete auf Lautsprecher, damit die neugierig dreinblickende Hanna mithören konnte.

„Stell dir vor, deine Kollegen haben mir einen Durchsuchungsbeschluss gegeben und in dem Schreiben steht, dass insbesondere nach Eröffnungsunterlagen eines Kontos bei der Treightbank gesucht werden soll. Ich habe doch überhaupt kein Konto dort. Außerdem wäre das die letzte Bank, bei der ich ein Konto eröffnen würde. Ich werde in einigen Minuten bei einem Kollegen eures KK 24 eine Aussage machen und hoffe, dass sich dieser Alptraum dann aufklärt.“ „Das hoffe ich auch, aber momentan mache ich mir da noch keine allzu großen Hoffnungen. Du weißt doch, die Mühlen der Justiz mahlen langsam.“ „Dann sollen sie sich bei mir ausnahmsweise mal beeilen. Ich muss die Darlehensraten für mein Haus bezahlen und ohne mein Gehalt geht das nun mal nicht.“

Stimmt auffallend, dachte Heppner - und meinte leichthin: „Du bist jedenfalls nicht die einzige Mitarbeiterin der VENTURA, die einige Probleme hat. Hanna, die gerade mithört, berichtete mir, dass eine Kollegin von dir eine Riesensumme bei einem Schwindelunternehmen verloren hat." „So? Wer denn?", fragte Marion interessiert. Aber Heppner schüttelte den Kopf, ohne daran zu denken, dass Marion dies nicht sehen konnte. „Darf ich dir nicht sagen, Liebling. Nur eine kleine Andeutung. Denke an ein populäres Werkzeug..." „Doch nicht die kleine Hammer, oder?", platzte Marion heraus. „Kann doch gar nicht sein! Die Modepuppe schmeißt doch ihr ganzes Geld für Yves St. Laurent, Dior und Gucci, Skiurlaub in St. Moritz oder den Tauchurlaub auf den Malediven zum Fenster raus. Wie will sie denn eine Riesensumme gespart haben? Ich sitze doch bei der VENTURA im Personalrat - und letzten Herbst hat sie bei der Geschäftsleitung einen fünfstelligen Gehaltsvorschuss beantragt. Sie erklärte, ihn für die Behandlung einer kranken Verwandten zu benötigen, steckte das Geld dann aber in einen sündhaft teuren Sportwagen, den sie anschließend zu Schrott fuhr. Ich weiß es, denn die Schadensakte lief zur Genehmigung der Zahlung über meinen Schreibtisch. Das war dann der Moment, an dem ich mir das kleine Biest zur Brust genommen habe. Ich habe ihr eine Abmahnung verpasst und ihr erklärt, dass die nächste Eskapade zwangsläufig zum Rausschmiss führen wird."

„Sie meinte, unter anderem Geld aus einem Kredit investiert..." Heppner kam gar nicht dazu seinen Satz zu beenden, denn seine Freundin unterbrach ihn, fast hysterisch lachend. „Kredit? Ein Kredit an Petra Hammer?! Ich kenne ihre SCHUFA-Einträge, sie würde nicht mal mehr einen Kredit bei der Treightbank bekommen, die sonst jedem dahergelaufenen Spinner ohne Prüfung mindestens 25.000 € in die Hand drückt. Sie ist nachweislich kreditunwürdig - und wenn sie euch was von einem Darlehen erzählt hat, lügt sie. Nach dem Autokredit war bei ihr Ende der Fahnenstange. Hee, Moment mal..." Marions Stimme vibrierte vor plötzlicher Anspannung. „Genau das haben Hanna und ich auch gedacht", unterbrach Heppner ihre Gedanken. „Höre dir bei der Vernehmung mal genau an, was dir detailliert vorgeworfen wird. Ich will keine zu großen Hoffnungen wecken, aber vielleicht wirst du ja als Sündenbock verwendet. Hatte Petra Hammer die Möglichkeit, Auszahlungen der VENTURA sozusagen umzuleiten?“

Marion schwieg eine Weile, bevor sie zögernd antwortete. „Das wäre tatsächlich möglich. Das Rechnungskontrollwesen der Schadenabwicklung, wo sie arbeitet, überprüft die von mir freigegebenen Zahlungen auf die Richtigkeit der Empfängerkonten. Theoretisch kann sie als dortige Sachbearbeiterin natürlich das Empfängerkonto ändern, aber es widerspricht dann den Daten in der Schadensakte.“ „Wird diese Übereinstimmung denn detailliert überprüft?“, fragte Hanna gespannt. Erneut zögerte Marion mit der Antwort. „Nein... Normalerweise erhalte ich lediglich eine Meldung der Rechnungskontrolle, dass die Überweisung vorgenommen wurde, aber das Empfängerkonto wird nicht noch-mals genannt. Danach schließe ich die Akte und sie wird archiviert. Ich habe schon vor längerer Zeit darauf hingewiesen, dass ein effektiveres Controllingsystem eingeführt werden müsste, aber ich stieß bei der Geschäftsführung auf taube Ohren. Jetzt haben wir den Salat. Und ihr meint wirklich, dass die Sache so abgelaufen sein könnte?“

Hanna Karl und Heppner sahen sich an und nickten. „Zumindest erscheint es möglich. Wir müssten herausfinden können, wie oft Gelder auf dieses ominöse Konto bei der Treightbank geflossen sind und wer die Rechnungskontrolle durchgeführt hat. Außerdem sollten wir herausfinden, wer dieses Konto eröffnet hat - denn du bist es ja nicht gewesen. Erzähle dem Kollegen aber nichts von dem konkreten Verdacht, sondern sage ihm, er solle mich anrufen.“ „Besser, er ruft mich an“, meinte Hanna. „Du bist persönlich involviert und außerdem im Präsidium momentan nicht besonders populär. Wenn ich ihm die Verdachtsmomente darstelle, geht er den Hinweisen vielleicht etwas schneller nach.“

Ein kluges Mädchen, meine Kollegin, dachte Heppner und klopfte ihr anerkennend auf die Schulter als ihn ein Räuspern herumfahren ließ. Hans Bombardier stand im Türrahmen und meinte trocken: „Ich finde es ja prima, dass ihr euch derartige Gedanken um einen Betrugsfall macht, aber vergesst bitte nicht, dass wir Mörder zu jagen haben. Leitet eure Hinweise an die Kollegen weiter, aber -bei aller persönlichen Betroffenheit- macht erstmal eure Arbeit."

Die beiden Gemaßregelten schoben wie die begossenen Pudel ab. Eine Standpauke hatte Heppner bei seiner derzeitigen Stimungs-lage gerade noch gefehlt.

Im MK-Raum erwartete sie ein gutgelaunter Detlef Schall, der eine Unmenge von Holzkisten betrachtete, welche Heppner auf den ersten Blick wiedererkannte. „Wie ich sehe, haben wir unseren Gerichtsbeschluss bekommen und die Kundenkarteien der REDSNAP beschlagnahmt", sprach Heppner seinen Kollegen an - und erhielt ein bestätigendes Grinsen zur Antwort. „Stimmt, und ich darf die Kästen an alle verteilen, die nicht mit dem Aufgabeln von Zeugen beschäftigt sind. Also: Ihr beiden seid sozusagen meine Versuchskaninchen. Greift euch je fünf von den Kästen und marschiert in eure Büros. Ich habe eine Excel-Datei erstellt, in die ihr alle Daten der Personen eintragt, die REDSNAP-Anteile erworben haben. Wer laut Karteikarte abgelehnt hat, dürfte kaum ein Motiv haben, unsere Opfer zu liquidieren. Fertigt eine Kopie der Datei an und füllt sie entsprechend aus. Viel Spaß. Ich bin übrigens raus aus dieser MK und werde mich um unser Hammer-Opfer kümmern dürfen. Das ist doch mal ein Mord nach alter Klasse. Primitiv-reaktiver Täter, der voller Wut - aber ohne Plan handelt. Na, den haben wir bestimmt schnell. Übrigens werden mir Hanna, Tom und Willi Beugen assistieren. Die wissen wenigstens, was sie tun"

In seinem Büro blickte Heppner auf die Kisten und schüttelte den Kopf. 5 Kisten mit je 50 Namen ergeben 250 Datensätze. Pro Datensatz 2 Minuten Aufwand ergibt eine Bearbeitungszeit von gut 6 Stunden. Aufseufzend öffnete er Detlefs Excel-Datei und lachte auf, als er darauf sah. Offenbar hatte sich sein Kollege von den Machern des Personalausweises inspirieren lassen. Denn die Person, die er eingegeben hatte, hieß Max Mustermann.

Heppner öffnete aufs Geratewohl einen Karteikasten und schmunzelte, als er auf seine alte „Freundin“ Franziska Aberer stieß. Ihn überkam die Neugier und er wählte die auf der Karteikarte genannte Nummer. Zu seinem Erstaunen meldete sich fast sofort eine bestimmt klingende Frauenstimme.

„Aberer.“ „Guten Tag, Frau Aberer, mein Name ist Heppner von der Polizei Duisburg. Ich rufe an wegen Ihres Investments bei der REDSNAP…“ „Verdammt noch mal, lassen Sie mich gefälligst in Ruhe! Ich habe keinen Bock mehr auf Ihre Betrügerfirma - und wenn sie mich noch einmal anrufen, werde ich juristisch gegen Sie vorgehen!“ Noch ehe der Polizist das Missverständnis aufklären konnte, hatte Frau Aberer aufgelegt. Hätte sie doch gleich beim ersten Anruf von Tanner und Konsorten so reagiert, dachte Heppner sarkastisch und versuchte sein Glück noch einmal. Bevor er überhaupt etwas sagen konnte, schrie ihm Frau Aberer entgegen, dass sie jetzt die Polizei verständigen werde. „Ist schon am Apparat“, rief Heppner schnell, um ein erneutes Auflegen zu verhindern. „Was?“ „Hier ist die Polizei Duisburg, mein Name ist Heppner. Wir ermitteln in einem Mordfall und haben Ihren Namen aus der Kundenkartei der REDSNAP entnommen. Mir scheint, dass Sie REDSNAP-Anteile erworben haben. Wenn ich Ihre Worte richtig verstanden habe, betrachten Sie die Verant-wortlichen der REDSNAP als Betrüger.“

„Das kann man wohl laut sagen!“, platzte Frau Aberer heraus. „Diese Schurken haben uns quasi unsere gesamten Familienersparnisse abgenommen und sich wahrscheinlich auf den Cayman Islands Luxusvillen gebaut. Wenn ich die Verbrecher in die Finger bekomme, werde ich ihnen zeigen, wozu eine aufgebrachte Chirurgin fähig ist.“ Heppner grunzte nur. „Tja, dazu müssten Sie wohl auf Pathologin umschulen. Man hat nämlich die Füh-rungsriege der REDSNAP mit geradezu chirurgischer Präzision liquidiert - und deswegen ermitteln wir.“

Die Reaktion von Frau Aberer war verständlich, aber jenseits jeglicher political correctness. „Ausgezeichnet! Sagen Sie mir, wer der

Täter war, ich zahle seinen Anwalt. Wer immer sich traute, diese menschenverachtenden Egomanen zu töten, verdient keine Haftstrafe, sondern das Bundesverdienstkreuz.“ „Na na, jetzt aber mal halblang“, protestierte Heppner. „Es mögen Betrüger sein, aber der Verlust von Geld rechtfertigt keine derartigen Rachegefühle.“ „So? In meinem Fall mögen Sie recht haben, aber ich kann Ihnen Namen von Menschen nennen, die noch mehr verloren haben als ein bisschen Geld.“ Frau Aberer holte tief Luft um sich zu sammeln und ihren Zorn zu dämpfen.

„Eine meiner ältesten Freundinnen, Britta Steinmann, wohnt in Düsseldorf-Hubbelrath, leider habe ich Britta von der REDSNAP erzählt. Sie und ihr Mann Peter haben ihr gesamtes Geld, etwa 50.000 €, in die REDSNAP gesteckt. Das Geld ist futsch! Ihr Sohn Sebastian ist 14 Jahre alt und schwerstbehindert. Eigentlich lebt der Junge nur noch für die Ausflüge nach Miami zum Delfinschwimmen - die können sich Steinmanns jetzt nicht mehr leisten. Als ich sie letzte Woche anrief und die schlechte Nachricht überbrachte, beendete Britta das Telefonat sehr schnell - um Peter daran zu hindern, zur REDSNAP zu fahren und eine Dummheit zu begehen“.

Heppner dankte Frau Aberer und fragte sie nach der Telefonnummer ihrer Freundin. Ein Anleger, der seine Wut auf die ihn schädigenden Betrüger kaum zurückhalten kann - das klang interessant. Er wählte die Nummer der Steinmanns und erlebte seinerseits eine heftige Überraschung, denn am anderen Ende meldete sich eine ihm gut bekannte Stimme.

„Tiefenbach, guten Tag. Mit wem spreche ich?“ „André?“, fragte Heppner verdattert... und erhielt ein vorsichtiges „Ja“ als Bestätigung. „Hier ist Klaus Heppner aus Duisburg. Was macht das KK 11 Düsseldorf bei den Steinmanns?“ Die Antwort seines Kollegen versetzte Heppner einen Schock, der sogar ihn sprachlos machte.

„Tatortaufnahme, Klaus. Wenn du mit Peter Steinmann über sein Investment bei der REDSNAP in Duisburg sprechen willst, besorge dir ein Medium oder einen Psychografen. Peter Steinmann ist tot. Er hat seinen behinderten Sohn, seine Frau und anschließend sich selbst erschossen.“

Sechs

13. Juli 2010, 15:30 Uhr

Nur langsam legte sich der Schock bei dieser Nachricht. Klaus Heppner starrte den Hörer in seiner Hand an - noch lange nachdem André Tiefenbach aufgelegt hatte. Er hatte erzählt, dass am Ablauf des Geschehens keinerlei Zweifel bestünden und dass Peter Steinmann einen Abschiedsbrief hinterlassen habe, in dem er den Verantwortlichen der REDSNAP die Schuld an seiner Verzweiflung gegeben hatte. Als André Tiefenbach zum Abschluss des Gesprächs aus dem Abschiedsbrief zitiert hatte, zitterte seine Stimme vor unterdrückter Wut.

„Ich weiß, dass Selbstmord eine Todsünde ist und ich in der Hölle schmoren werde, aber ich sehe keinen anderen Ausweg mehr. Diese Verbrecher haben uns mitleidslos ruiniert, und ich kann nur hoffen, dass jemand das tut, wozu ich nicht in der Lage war - und diese Schweine in die Hölle schickt, um mir Gesellschaft zu leisten."

Bisher hatte Heppner die Worte Jimmys, dass Anlagebetrüger über Leichen gehen würden nur im übertragenen Sinne verstanden. Jetzt wusste er, dass er es wortwörtlich gemeint hatte. Hans Bombardiers Reaktion auf diese Nachricht war weder druckreif noch gedämpft, sodass sie wahrscheinlich noch an der Pförtnerloge des Präsidiums zu hören war.

„Na wenigstens wissen wir, dass es jetzt mal nicht die Falschen erwischt hat", grantelte der MK-Leiter. „Dieser Abschiedsbrief belegt aber zweierlei: dass es eine Menge Leute mit einem Motiv geben dürfte und dass Peter Steinmann nicht unser Täter war. Wenn er schon schreibt *‚wozu ich nicht in der Lage war'*, scheidet er wohl als Täter aus." „Insbesondere, wenn der Suizid schon gestern Morgen stattgefunden hat", fügte Heppner hinzu. „Ich gehe jetzt lieber in mein Büro und ackere weiter an den Kundenlisten." „Bleib lieber hier und nimm dir einen Kaffee. In ein paar Minuten ist die nächste Besprechung und ich möchte, dass alle den gleichen Info-Stand haben."

Binnen weniger Minuten trudelten die anderen MK-Mitglieder ein und verteilten sich auf die vorhandenen Stühle. Ihre Berichte waren jedoch ziemlich enttäuschend. Fast alle Befragten waren zur taterheblichen Zeit nicht zu Hause gewesen oder hatten nichts Auffälliges festgestellt. Niemand hatte ungewöhnliche Aktivitäten an der Villa festgestellt, auch die Überprüfung der im Umkreis des Tatortes geparkten Fahrzeuge ergab, dass es sich um die Pkw von Anwohnern oder von Besuchern der umliegenden Firmen gehandelt hatte. „Also Fehlanzeige auf der ganzen Linie", seufzte ihr Chef. „Hat denn niemand etwas Positives zu vermelden?" „Doch, ich vielleicht", meldete sich Rudi Brack. „Ich habe mir die Festplatten der Rechner aus der Villa vorgenommen und habe erstmal mit dem zentralen Server begonnen. Ich hatte das Glück, sehr schnell auf eine Excel-Liste mit Kundendaten zu stoßen. Wenn ich mich nicht sehr täusche, habe ich alle Käufer von REDSNAP- und TRANSICO-Papieren gefunden. Wir werden uns also nicht die Mühe machen müssen, alle Datensätze aus den Karteikästen manuell zu erfassen, sondern nur überprüfen müssen, ob die Personen bereits erfasst sind."

„Gute Arbeit, Rudi!", lobte der MK-Leiter. „Wie viele Datensätze sind denn vorhanden?" „Halte dich fest: 1143. Wenn wir uns nur auf die REDSNAP beschränken, sind es immer noch 454. Dürfte eine Menge Arbeit geben." „Sei doch froh", erklang Peter Elgerts sarkastische Stimme aus dem Hintergrund. „Jetzt verteilt sich die Arbeit auf eine komplette MK, während ihr bei einer stinknormalen Ermittlungskommission wegen Anlagebetrugs doch höchstens mit vier Leuten hättet daran arbeiten können." „Erzähle das mal unserem Chef", entgegnete Jimmy Hellwich. „Der ist doch erst zufrieden, wenn wir die Arbeit komplett an euch abrücken können".

Willibert Tartner, Chef des KK 23, war seit Klaus Heppners Ermittlungen gegen seinen Stellvertreter Christian Paulsen ausgewiesener

Feind des KK 11. Hans Bombardier zuckte nur mit den Achseln. „Willi Tartner hat mich übrigens vor einer guten Stunde angerufen und ultimativ verlangt, dass ihr (und damit deutete er auf Rudi Brack und Jimmy Hellwich) unverzüglich wieder zum KK 23 zurückkehrt, um eure Vorgänge abzuarbeiten. Ich habe ihn gefragt, ob er noch ganz richtig tickt. Wenn ich Spezialisten brauche, dann die vom Wirtschaftskommissariat." „Denke ich auch", meinte Jimmy - und Rudi nickte. „Ich habe sowieso im Moment nur vier Verfahren wegen Insolvenzverschleppung und eines wegen Stoßbetrugs auf dem Tisch liegen..." „Und ich nur vier Vernehmungsersuchen wegen Anlagebetrugs", fügte Rudi hinzu. „Eurem Chef ist das aber egal", meinte Bombardier und grinste plötzlich. „Er will sich jetzt bei der neuen Gruppenleiterin beschweren".

Fast alle im Raum prusteten los. Kriminaloberrätin Jaqueline Orzessek, die seit einem Jahr als Leiterin der Kriminalgruppe II fungierte, war Mitte 40, kleidete sich aber wie Anfang 30 - was aufgrund ihrer grazilen Figur durchaus seinen Reiz hatte. Da sie aber mit Vorliebe eng anliegende Blusen und ultrakurze Miniröcke Marke Britney Spears trug, hatte sie in rekordverdächtigem Tempo den Spitznamen „Kriminal-Britney" erhalten. Hinter ihrem Rücken flüsterten die Kollegen ihrer Kriminalgruppe, sie sei eher eine Barbie - schlank mit großem Busen, aber alles aus Plastik und innen vollständig hohl. Zudem schien sie ihre Sympathien nach Gutdünken zu verteilen und protegierte ihre Lieblinge ungeachtet ihres tatsächlichen Könnens. Ihre Beliebtheit im Präsidium glich dadurch der einer pestkranken Beutelratte. Heppner war das gleich, da er dienstlich nicht viel mit ihr zu tun hatte.

„Vielleicht sollte ich mal mit der Dame reden. Ich habe sie letzte Woche auf dem Flur getroffen und sie sprach mich sehr freundlich auf meinen Zwist mit dem KK 23 an. Wenn ich sie anrufe und vernünftig mit ihr rede, wird sie die Abordnung von Jimmy und Rudi hoffentlich bestehen lassen." „Dann mache das", entschied der MK-Leiter. „Aber denke daran, Klaus: Du bist in festen Händen. Mache Marion lieber nicht eifersüchtig. Ich weiß, wovon ich rede." Unter dem Gelächter seiner Kollegen verließ der Angesprochene den MK-Raum, um von seinem Büro aus zu telefonieren.

„Aber natürlich habe ich Zeit für Sie, Herr Heppner. Vielleicht kommen Sie gleich rüber in mein Büro. Ich habe gerade Wasser für einen Tee aufgesetzt. Wenn Sie auch einen möchten, kann ich Ihnen die Wahl lassen zwischen einem klassischen Darjeeling und einem Rooibos." „Sehr freundlich von Ihnen, Frau Orzessek. Ich bin dann in zwei Minuten bei Ihnen."

Die Freundlichkeit der Dame gab Heppner zu denken. Verhält sich ein Angehöriger des höheren Dienstes zu freundlich zu dir, ist Vorsicht geboten, lautet ein ungeschriebenes Gesetz bei der Polizei. Dementsprechend gewarnt begab er sich in ihr Büro im Zimmer 123. Jaqueline Orzessek erhob sich aus ihrem Stuhl, als Heppner ihre Tür öffnete und streckte ihm die Hand zur Begrüßung über den Schreibtisch entgegen. Heppner konnte sich nicht vorstellen, dass sie dabei vergessen hatte, welcher Art ihre Kleidung war. Sie trug ihr übliches Outfit, wobei die Bluse nach Heppners Auffassung mindestens eine Nummer zu klein war, denn es war ihr nicht möglich gewesen, die obersten drei Knöpfe zu schließen. Als sie sich zur Begrüßung nach vorn beugte enthüllte sich dem Ermittler ein durchaus sehenswerter Anblick, nur ein Eunuch wäre hiervon völlig ungerührt gewesen. Er nahm also entsprechend angespannt auf der gegenüberliegenden Seite des Schreibtischs Platz und schlug abwartend die Beine übereinander.

„Herr Heppner, ich habe seit einiger Zeit die Zwistigkeiten zwischen Ihnen und den Mitgliedern des KK 23 verfolgt und ich möchte Ihnen sagen, dass ich dabei vollkommen auf Ihrer Seite stehe. Sie haben sich aus meiner Sicht nicht das Mindeste vorzuwerfen und Ihre Ermittlungen gegen Christian Paulsen waren objektiv und sachlich. Nicht jeder hätte ihren Mut und ihr Können dabei an den Tag gelegt." „Ich freue mich über Ihre gute Beurteilung meiner Arbeit - aber die Behördenleitung hinter mir zu wissen, schützt mich nicht vor der Verachtung der Kollegen." Frau Orzessek beugte sich vor und verschränkte die Arme vor der Brust, wodurch ihre Oberweite nur noch deutlicher hervortrat. „Vielleicht ist die Unterstützung der Behördenleitung nicht das einzige, was ich Ihnen bieten könnte".

Wenn eine Frau damit beginnt, nicht nur leiser zu sprechen, sondern ihre Stimme fast um eine ganze Oktave senkt, erzeugt sie damit automatisch eine erotische Spannung - oder versucht es zumindest. Heppner entschloss sich, den Ahnungslosen zu spielen. „Wenn Sie mich so fragen - da gibt es schon etwas, das Sie für mich tun könnten. Der Leiter des KK 23 will unbedingt, dass Rudi Brack und Jimmy Hellwich die MK verlassen und zu ihrem Kommissariat zurückkehren. Ihre Arbeit ist aber für die MK unverzichtbar, was ihm Hans Bombardier auch gesagt hat. EKHK Tartner will sich deswegen auch bei Ihnen beschweren. Könnten Sie ihn eventuell zur Vernunft bringen?" Frau Orzessek nickte. „Keine Sorge, das mache ich schon. Und sonst kann ich nichts für Sie tun?"

Sie hatte sich erhoben und war hinter ihn getreten, um Heppner in einer vertraulichen Geste auf die Schulter zu klopfen. Ihr Parfüm war süß und schwer und hatte dazu einen Hauch von Moschus - irgendwie kam Heppner sich gerade vor wie die Fliege im Netz einer sich nähernden Spinne. Nein, schlechter Vergleich. Jaqueline Orzessek wirkte wie eine Gottesanbeterin, die sich ein Männchen zum Vernaschen ausgesucht hatte - und das gleich in zweifacher Hinsicht. Der Polizist schüttelte in einem Anfall leichter Panik den Kopf. „Nein, im Moment nicht." „Na gut", meinte sie und zog sich wie resignierend hinter ihren Schreibtisch zurück. „Aber sollten Sie Hilfe oder Unterstützung benötigen, wenden Sie sich an mich - egal, worum es sich handelt." „Das werde ich ganz sicher", murmelte Heppner und machte, dass er aus dem Büro kam. In der Tür ließ ihn eine Bemerkung von ihr noch einmal innehalten. „Ich habe aber jetzt einen bei Ihnen gut. Es könnte also sein, dass Sie mir ebenfalls in Kürze mal einen Gefallen erweisen müssen. Aber keine Sorge - es wird Sie nicht zu sehr belasten - denke ich."

Draußen wischte sich Heppner erstmal den Schweiß von der Stirn, obwohl es nicht wirklich heiß war. Das hatte ihm echt noch gefehlt!

Eine Gruppenleiterin auf Männerjagd. Zurück auf seiner Dienststelle berichtete er Hans von dem Gespräch und seiner mehr als unterschwelligen Spannung. „Bist du dir sicher, dass es eine Anmache war?“, fragte der Kommissariatsleiter - Heppner nickte. „Absolut sicher. Worüber ich mir aber nicht klar bin, ist die Frage, ob sie nun speziell hinter mir her ist oder nur einen männlichen Single aus dem Kollegenkreis sucht, mit dem sie etwas Spaß haben möchte. Wenn letzteres zutrifft muss ich ihr erklären, dass sie sich jemand anderen suchen soll. Wenn sie speziell hinter mir her ist habe ich ein echtes Problem, weil ich sie dann abblitzen lassen muss und sie mir diese Abfuhr mit Sicherheit nicht so schnell verzeihen wird.“ „Fürchte ich auch“, seufzte sein Chef. „Ich weiß nur nicht, was die Orzessek an dir findet. Na ja, so sind die Frauen.“ „Sie hat halt Geschmack“, grinste Heppner zurück. „Wichtig ist aber zunächst, dass Tartner mit seiner Beschwerde bei ihr auf taube Ohren stößt und Jimmy und Rudi bei der MK bleiben.“

Wie auf Kommando stürmten die beiden herein und begannen fast simultan auf Hans einzureden, der schließlich entnervt die Hände hob. „Ich ergebe mich ja schon, aber bitte, einer nach dem anderen. Also was wollt ihr von mir?“ Rudi Brack war derjenige, der mit einem Achselzucken Jimmy das Wort überließ. „Wir haben uns in den letzten Stunden mal um die Datenbanken der REDSNAP gekümmert und dabei einiges herausgefunden. Einerseits gab es offenbar nicht 454, sondern mindestens 486 Leute, die auf die Luftnummer mit den Fischernetzen hereingefallen sind…“ „Luftnummer passt zum Fischernetz, so schwimmen sie immer schön oben“, frozzelte Rudi. „Egal“, meinte Jimmy trocken. „Von Bedeutung ist aber dabei, dass wir einen Ordner gefunden haben, in dem sich fast ausschließlich Drohbriefe befanden. Einige davon waren schon wirklich starker Tobak. So haben einige Geschädigte die Idee gehabt, die Beschuldigten in Fischernetze eingehüllt in der Nordsee verschwinden zu lassen. Andere wollten ihnen ihre röhrenförmigen Geräte in den...“ „Ist gut, kann ich mir vorstellen“, unterbrach Bombardier den bildgewaltigen Redefluss. Jimmy grinste und fuhr fort: „Die meisten dürften mit diesen Briefen und Mails einfach nur Dampf abgelassen haben. Zwei von den Mitteilungen fanden wir aber hochinter-essant." Auf Jimmys aufforderndes Nicken zog Rudi einen leicht zerknitterten Zettel aus der Gesäßtasche und räusperte sich.

„Also vor gut einer Woche hat ein Karsten Wallinger per Mail folgendes geschrieben:

Solltet ihr verdammten Betrüger nicht umgehend meine Kohle rausrücken, knalle ich euch ab wie räudige Hunde. Ich bin ein guter Schütze und eure Köpfe werden mir als Zielscheiben dienen. Ich gebe euch noch bis Dienstag Zeit, danach seid ihr ein Fall für den Totengräber.

Klingt dramatisch, aber er hat die Todesart und den Todeszeitpunkt unserer Opfer genau getroffen." Hans Bombardier nickte nachdenklich. „Ja, das könnte eine heiße Spur werden. Und was ist mit der zweiten Mitteilung?" Auch dazu kramte Rudi einen Zettel hervor, den er umständlich entfaltete. „Hier ist die Drohung ebenso präzise, aber nicht in Bezug auf die Todesart. Hör zu, Hans:

Wenn ich mit euch fertig bin, wird das Blut von der Wand herablaufen. Ob im Sitzen oder auf dem Boden liegend, ihr werdet in euren Büros, wo ihr mich und meine Familie zum zweiten Mal betrogen habt, euer Leben verlieren. Und sollte euer Tod schnell eintreten, werdet ihr dieses Glück nicht verdient haben, denn eigentlich solltet ihr Qualen erleiden."

„War der Absender Lyrikprofessor? Klingt fast wie eine modernisierte Fassung eines Shakespeare-Dramas", meinte Heppner trocken. Rudi Brack breitete resigniert die Arme aus. „Keine Ahnung, was der Bursche beruflich macht, aber seinen Namen kennen wir mittlerweile. Er hat sich auch keine Mühe gegeben, ihn zu verbergen. Absender dieses Briefs war ein Ricardo Gellisi." „Temperamentvoller Italiener also, aha. Ist vielleicht nicht ratsam, sich mit ihm anzulegen", meinte Bombardier gedankenvoll und Jimmy nickte bestätigend. „Erst recht, wenn man bedenkt, wer seine Familie ist. Der Name Ricardo Gellisi tauchte erst im letzten Jahr auf - und es schien von Anfang an, als sei er aus dem Nichts aufgetaucht. Mann, ich wusste echt nicht, wie recht ich bei dem Gedanken hatte. Als das LKA hinsichtlich seiner Identität mauerte, schwante mir Übles und die daktyloskopische Untersuchung des Briefs hat es bestätigt. Gellisi wurde am 28.02.1978 in Modena unter anderem Namen geboren. Und halte dich fest: Er ist tot. Ganz offiziell. Laut amtlicher Unterlagen starb er am 30.10.2006 an den Folgen eines Verkehrsunfalls. Unser Gellisi ist in Wirklichkeit der untergetauchte Errico Streccia aus Saarbrücken."

Jetzt hatte Jimmy doch seinen Knalleffekt gelandet. „Oh Mann, nicht schon wieder so eine Camorra-Scheiße", stöhnte Detlef Schall auf, doch sein Chef machte eine beruhigende Handbewegung. „Gemach Leute, auch das ist nur eine weitere Spur, die wir abarbeiten müssen. Allerdings haben diese Spuren zunächst Priorität 1. Klaus und Peter, ihr fahrt zur Adresse dieses Wallinger. Rudi und Jimmy, ihr holt Streccia alias Gellisi zur Vernehmung. Mal sehen, was diese Knaben zu erzählen haben. Und nehmt am besten das SEK mit. Ich habe schon genug Tote am Hals."

***

Das Aufwachen war wie üblich mit Höllenqualen verbunden gewesen. Gott sei Dank hatte er es noch bis zur Toilette geschafft, bevor das trockene Kotzen seinen Körper in einen bebenden Berg Wackelpudding verwandelte. Nach fünf Minuten beständigen Würgens war der Mann in der Lage, sich auf die zitternden Arme zu stützen und sich in eine kniende Haltung aufzurichten. Trotz der schrecklichen Kopfschmerzen und des Übelkeit erzeugenden Schwindelgefühls schüttelte er den Kopf, biss die Zähne zusammen und richtete sich auf.

Der Blick in den Spiegel schockierte ihn so sehr, dass ihm Tränen in die rot geränderten, blutunterlaufenen Augen stiegen. Ich hatte es doch geschafft, dachte er. Ich hatte Schmerzen und Sucht im Griff, bis… ja, bis sie kamen und ihn vernichtet hatten.

Im Spiegel sah er das dreckige T-Shirt und die schmuddelige Jogginghose, die ihm um den abgemagerten Körper schlotterten - und er schluchzte auf. Ja, früher war er ein athletischer gutaussehender Mann gewesen, mit dem sich seine Frau stolz gezeigt hatte und dem alle seine Kollegen mit Achtung begegnet waren. Das war alles vorbei.

Gestern hatte der Postbote während eines lichten Moments Briefe bei ihm abgegeben, die er gar nicht mehr geöffnet hatte. Das musste er auch nicht, war der Inhalt aufgrund der gelben Umschläge doch offensichtlich: Mahnbescheide, die Gläubiger gegen ihn erwirkt hatten. Er wusste, dass er die Forderungen nicht würde erfüllen können - und dass nun alles zu Ende war.

„Und ich war mal richtig gut", flüsterte der Mann. „Sogar einer der Besten. Wie viele Vergleichskämpfe haben wir gewonnen. Und jetzt..."

Sein suchender Blick blieb an der Schublade des Schreibsekretärs hängen. Ja, es war an der Zeit ein Ende zu machen. Er schwankte auf den Schrank zu, geriet ins Taumeln und räumte bei seinem Sturz die Batterie von leeren Flaschen ab, die auf dem Wohnzimmertisch gestanden hatten. Fluchend zog sich der Mann am Schreibsekretär hoch, zog die Schublade auf und griff hinein.

Die Bernardelli 68 wäre auf den ersten Blick kaum zu sehen gewesen, weil sie in seiner großen Hand fast völlig verschwand. Als Offizierspistole im ersten Weltkrieg gebaut, war dieser Typ bis in die 70er Jahre bei der weiblichen Kriminalpolizei im Einsatz gewesen, erst die Einführung der 9mm-Waffen machte die Kleinkaliberpistole überflüssig. Doch auch ein Projektil von 6,35 mm ist tödlich. Für mich reicht es, dachte der Mann und setzte sich die Waffe an die Schläfe.

Doch noch drückte er nicht ab. Seine Gedanken glichen verblüffend den Worten von Tom Hermanns in der Dienstbesprechung - und er beschloss, so zu sterben wie der ihm unbekannte Peter Steinmann. Er griff zur nächstbesten Flasche, setzte sie an die Lippen und füllte seinen Mund, doch statt zu schießen schluckte er den Weinbrand hinunter.

Das Gefühl der Übelkeit verging und er trank noch einmal. Und noch einmal. Und noch einmal. Bis er keinen Gedanken mehr an die Pistole verschwendete, ... die nächste Flasche mit beiden Händen an den Mund führte und gierig trank. Bis er von einer auf die andere Sekunde das Bewusstsein verlor. Sein letzter Gedanke war: „Und ich war ein guter…“ Dann kam die Schwärze.

***

Leif Johansson sah genauso aus, wie sein Name andeutete. Hellblond, groß und breitschultrig glich er vom Aussehen tatsächlich einem Wikinger, nur dass sein Haar kurz und sein Kinn glattrasiert war. Außerdem war seine Waffe nicht das Breitschwert, sondern seine sonore wohlklingende Stimme.

Der Mann ging zu seiner Hausbar und goss sich ein Glas halb voll Jim Beam ein, in welches er einen Spritzer Zitrone und zwei Eiswürfel plumpsen ließ, bevor er das Glas mit Cola füllte. Den Drink hatte er sich auf den Schreck des gestrigen Nachmittags verdient. Morgen sollte er um 09:00 Uhr im Polizeipräsidium erscheinen und seine Aussage machen, zu der er telefonisch vorgeladen worden war. Er nahm noch einen Schluck bevor er zur Couch zurückkehrte, um darüber nachzudenken, was er den Bullen erzählen würde. Klar, dass er ihnen nicht die Wahrheit erzählen konnte - denn dann hätte er zugeben müssen, eine Menge Menschen mit voller Absicht beschissen zu haben. Auch wenn der Grieche und die anderen den Löwenanteil der Schuld auf sich geladen hatten, würde für ihn und seine Kollegen noch genug übrigbleiben, um sie für Jahre hinter Gitter zu bringen. Große Sorgen machte er sich indes nicht. Wenn einer überzeugend lügen konnte, dann war er es.

Ein Summen seines Handys, welches eine angekommene SMS signalisierte, ließ ihn aus liegender Position hochschrecken. Das dürfte die Nutte sein, die ihn auf Empfehlung der letzten Gespielin kontaktiert hatte. Tatsächlich! Janey Jill nannte sie sich und das Bild, welches sie ihm per Mail zugeschickt hatte, versprach einen vergnüglichen Abend. Sie war schlank, rothaarig, hatte grüne Augen und trug auf dem Foto nur einen mintfarbenen Stringtanga - und obwohl sie ihre Brüste mit den Armen verdeckte war doch klar, dass ihre Oberweite perfekt zu den übrigen Proportionen passte.

Sie wollte sich mit ihm um 19:00 Uhr im Café Museum treffen. Na ja, zwar nicht sein übliches Jagdrevier, aber auch nicht allzu weit von seiner Wohnung entfernt. Und wenn er zu Fuß gehen würde, könnte er auch dort noch was trinken bevor es zur Sache gehen würde. Johansson duschte ausgiebig und sprühte sich mit Aramis ein, bevor er salopp gekleidet seine Wohnung verließ.

Vielleicht hätte er sich in der Tür noch einmal umgedreht und alles genau betrachtet - wenn er gewusst hätte, dass er sein Zuhause nicht mehr wiedersehen würde…

***

Karsten Wallinger zu finden war auch ohne Recherche nach seiner Telefonnummer einfach gewesen, da die Nummer eine Duisburger Vorwahl hatte. Laut Auskunft des Einwohnermelde-amtes wohnte er in der Dorfstraße 145b im Ortsteil Serm, also weit im Süden, fast an der Ortsgrenze zu Düsseldorf-Wittlaer. Diese Gegend in Duisburg hat ihren dörflichen Charakter weitestgehend bewahrt, Serm besteht quasi aus nur zwei Straßen. Heppner kannte sich dort ziemlich gut aus, denn er hatte mit seiner ersten Frau einige Jahre dort gelebt.

Wallinger wohnte in einem Einfamilien-Reihenendhaus, wie sie Ende der 80er Jahre dort mehr oder weniger von der Stange gebaut worden waren. In dem kleinen Vorgarten hätte eine Dogge Platzangst bekommen, aber immerhin hatten Wallinger und seine Frau dort Rasen gesät und drei kleine Blumeninseln angepflanzt. Trotz der Gewitterregen der letzten Tage waren die Blumen jedoch welk und der Rasen hatte ein bräunlich-verbranntes Aussehen angenommen, was eindeutig auf Wassermangel schließen ließ. Auf das Klingeln öffnete eine gepflegt wirkende Endvierzigerin die Tür. Heppners Dienstausweis ließ sie entsetzt zusammenzucken und seine Worte, es sei nichts passiert und sie müssten sich nur einmal mit ihrem Mann unterhalten, beruhigten sie nicht im mindesten.

„Ja, hat er denn etwas angestellt?“, wollte Frau Wallinger wissen. „Keine Ahnung“, meinte Elgert. „Zumindest sieht es im Moment nicht danach aus. Er muss uns allerdings etwas erklären. Ist er denn zu Hause?“ Frau Wallinger schüttelte den Kopf. „Sie haben ihn um eine halbe Stunde verpasst. Donnerstags geht er immer mit zwei Kumpels bei Ho knobeln.“ „Bei Ho?“, fragte Elgert verwundert, doch Heppner winkte ab. „Ich weiß schon, wo das ist. Was hat er denn für Kleidung an? Ich kann mir nicht vorstellen, dass er begeistert ist, wenn wir in die Kneipe reingehen und herumbrüllen, dass die Polizei ihn sprechen will.“ „Ganz sicher nicht“, lachte Frau Wallinger. „Er trägt Jeans und ein St.-Pauli-Shirt. Damit dürfte er bei Ho eigentlich der einzige sein.“.

„Was ist Ho?“, wollte Peter Elgert im Auto von seinem Kollegen wissen - und der lachte. „Eine Sermer Institution, aber die Frage müsste lauten: WER ist Ho? Vor etwa 20 Jahren hat eine vietnamesische Familie mit diesem Namen hier in Serm eine Kneipe übernommen und ein Speiselokal daraus gemacht, zumindest teilweise. Während man im hinteren Teil acht Kostbarkeiten und Hotcook genießen kann, stehen vorn die Dorfbewohner am Tresen, trinken Bier und knobeln - und Familie Ho knobelt mit. Keiner hat geglaubt, dass dieses Konzept Erfolg haben würde, aber das Geschäft brummt und die Ho´s sind hier nicht mehr wegzudenken. Ich bin schon einige Jahre aus Serm weg, aber zum Essen fahren Marion und ich immer noch öfter hin.“ „Rede nicht vom Essen, ich sterbe vor Hunger“, stöhnte Elgert - und Heppner lachte erneut. „Wenn du das Essen riechst, läuft dir das Wasser im Mund zusammen. Vielleicht hast du sogar Zeit, dir was zu bestellen.“

Als Heppner die Gaststube betrat, kam Ming Thruang Ho (so der komplette Name des Besitzers) strahlend auf ihn zu. „So schön, dich mal wieder hier zu sehen. Wo hast du deine Frau gelassen?“ „Heute mal zu Hause“, grinste Heppner. „Ich bin auch ausnahmsweise nicht zum Essen hier, sondern ich suche jemanden - nein, ich habe ihn schon gefunden.“ Und mit diesen Worten trat er zu einem Mann, der offenbar gerade von der Toilette kam. Das klassische braune T-Shirt mit dem Hamburger Wappen spannte sich vor seinem Bauch und der Schriftzug „Weltpokalsiegerbesieger“ verriet das Alter des Kleidungsstücks. Bevor er wieder zu seinen Kumpels am Tresen treten konnte, sprach Heppner ihn an und stellte fest, dass Wallinger ihn offenbar vom Sehen her kannte. „Klar, Sie haben doch mal hier gewohnt. Jetzt erkenne ich Sie auch wieder. Sagen Sie, können wir uns nicht hinten im Speiseraum unterhalten? Sonst heißt es, ich wäre von den Bullen abgeführt worden.“

Ho führte die drei an einen in einer Ecke gelegenen Tisch und fragte, ob sie etwas trinken oder essen wollten. Der bittende Blick seines Kollegen ließ Heppner schwach werden. „Okay, ich schreibe am Laptop, während du dir den Bauch vollschlägst. Ich hätte gern ein alkoholfreies Weizen und eine Steckdose für den Laptop.“ Und während Ho sich um Elgerts Essen kümmerte, begann er mit dem Aufbau des Equipments. Karsten Wallinger sah interessiert dabei zu. Seine amüsierte Miene versteinerte sich jedoch sichtlich, als Heppner ihm mitteilte, sie müssten ihn wegen seines REDSNAP-Investments sprechen.

„Na, das ist aber eine Überraschung“, knurrte er und sein sarkastisches Grinsen sprach Bände. „Ich bin echt beeindruckt, dass die Polizei endlich den Arsch in Bewegung setzt und sich mal um diese Galgenvögel kümmert. Und dass Sie sogar persönlich herkommen, ist wohl so was wie´ne Entschuldigung für Ihre frühere Schlafmützigkeit. Ich hatte schon den Eindruck gewonnen, dass ihr außer bei

Mordfällen gar nicht mehr aus dem Quark kommt." Heppner und sein Partner wechselten einen schnellen Blick. Wallingers Bemerkungen schienen darauf hinzudeuten, dass er die Meldungen über den Dreifachmord noch nicht registriert hatte. Bevor er über den Sachverhalt aufgeklärt werden konnte, stand Elgerts Essen auf dem Tisch. Auch Heppner lief bei dem Geruch der Hotcook-Entenbrust das Wasser im Mund zusammen und es fiel ihm nicht leicht, Wallinger weiter zuzuhören - der frei von der Leber weg seine Geschichte erzählte.

„Ich habe schon vor einem Jahr der Polizei einen Hinweis gegeben, dass es bei den Vögeln in der Villa nicht mit rechten Dingen zugehen dürfte, aber getan hat sich da gar nichts. Anstatt einem ehrlichen Malocher sein Geld zurückzugeben, haben sie nichts weiter als leere Versprechungen auf Lager gehabt. Nur Gelaber, weiter nichts. Mann, da bin ich doch echt ausgerastet. Fast vierzigtausend Euronen haben sich diese Saftsäcke von mir ergaunert - und bis heute habt ihr nix, aber auch gar nix getan. Es ist zum kotzen, sage ich. Mann, eigentlich müsste man andere Maßnahmen gegen von Gersthoven & Co. ergreifen, aber das darf ich einem Bullen… äääh, Polizisten natürlich nicht erzählen." „Brauchen Sie auch nicht", meinte Peter Elgert zwischen zwei Bissen, „Ihr Fax von letzter Woche war deutlich genug."

Wallinger winkte geringschätzig ab. „War doch nur Schau. Ein Kumpel hatte mir gesagt, ich solle ihnen lieber „Moskau Inkasso" als die Bullen auf den Hals hetzen, aber ich dachte, das wäre nur rausgeschmissenes Geld und ich mach das lieber selber. Die haben sich aber nicht gerührt seitdem. Bin mal gespannt, ob ich von denen noch was höre." „Eher nicht", bemerkte Heppner trocken. „Sie hatten schon ganz recht mit der Bemerkung, außer bei Morden kämen wir nicht raus. Die Verantwortlichen der REDSNAP sind gestern ermordet worden und sie haben auch recht mit der Vermutung, dass wir wegen ihres Fax hier sind." „Waaas?", flüsterte Wallinger. „Die sind tot? Wat ne Kacke. Ja, und wat is jetzt mit der Kohle?" Heppner zuckte die Achseln. „Darum kümmern sich unsere Finanzermittler. Der Tod von Gersthovens und seiner Mittäter scheint sie aber nicht zu begeistern, obwohl Sie ihnen ja genau das angedroht haben!?" Wallinger hob beschwörend die Hände. „Hören Sie, das war wie gesagt nur Schau. Ich wollte denen einen Schrecken einjagen, damit sie mir mein Geld wiedergeben, aber es hat nicht geklappt. Sie wirklich zu killen wäre doch total blöd, denn wie sollen Tote mir die vierzig Mille zurückzahlen?“

Das Argument hatte etwas für sich. Trotzdem hakte Heppner nach. „In Ihrer Mail haben Sie angegeben, ein guter Schütze zu sein und sich die Köpfe der Leute um von Gersthoven als Zielscheiben auszusuchen. Wie das Leben so spielt, sind alle per Kopfschuss getötet worden.“ Wallinger war nur kurz irritiert. „Na und? Dat is Zufall. Klar, ich schieße nicht schlecht und ich war vor drei Jahren sogar Schützenkönig der Bruderschaft St. Sebastianus. Wenn die Kerle mit einer Jagdflinte abgeknallt wurden, habe ich ein Problem, aber irgendwie glaube ich nicht daran. Wo sind die Kerle denn gestorben?“ Elgert tupfte sich mit einer Serviette den Rest Sauce aus den Mundwinkeln und entschloss sich, zu antworten.

„In der Villa. Wo waren Sie denn gestern Nachmittag zwischen 16.00 Uhr und 18.00 Uhr?“ Wallinger warf den Kopf nach hinten und begann zu lachen. „Oh Mann, da hab ich aber Glück gehabt. Um die Zeit, na da kann ich Ihnen zwei Gründe nennen, warum ich es nicht gewesen sein kann. Gestern Nachmittag war ich mit unserem Hund bei unserer Tierärztin, was mindestens ein halbes Dutzend Leute im Wartezimmer gesehen haben - von der Tierärztin und ihrem Personal ganz zu schweigen. Und wie soll ich eine Langwaffe in die Villa befördert haben, ohne dass ich die halbe Stadt in Panik versetzt hätte?“ „Keine Langwaffe“, widersprach Heppner schnell. „Wie es aussieht, sind alle drei Opfer mit der gleichen Faustfeuerwaffe erschossen worden.“

Wallinger kam jetzt aus dem Lachen nicht mehr heraus. „Nee nee, dann kann ich Ihnen noch einen dritten Grund nennen. Wirklich schießen kann ich nur mit einem Gewehr. Schon beim Bund haben sich alle gleich in Deckung geworfen, wenn mir auf dem Schießstand ein StUffz eine P38 in die Hand gedrückt hat. Ich hatte beim Schießen eine Streuung, die war echt geil. In meiner Einheit gab es die stehende Redewendung: „Wenn der Wallinger schießt, gibt es nur einen sicheren Ort: Hinter seinem Rücken“. Das ist seitdem auch nicht besser geworden. Nee nee, wenn sie mit einer Pistole oder einem Revolver abgeknallt wurden, bin ich aus der Nummer raus.“

Die beiden Polizisten sahen sich konsterniert an. Weniger seine mangelnde Zielgenauigkeit, als vielmehr sein Alibi ließen ihn als Täter ausscheiden. Heppner kannte die Tierarztpraxis in Mündelheim aus früheren Besuchen mit diversen Haustieren seiner Kinder und beschloss, am folgenden Morgen dort anzurufen. „Was für einen Hund haben Sie denn?“, wollte Elgert noch wissen. „Einen Labrador, ein zehn Jahre altes Weibchen. Sie hatte zwei Tage nichts gefressen und Frau Bredon stellte fest, dass sie sich den Magen verdorben hat. Nichts Wildes, aber unangenehm für das Tier.“ „Na, mit dem haben Sie aber offenbar mehr Mitleid als mit den Toten“, platzte Heppner heraus. Wallinger sah ihn kalt an. „Mitleid mit denen? In meiner Situation? Gott bewahre. Es waren Dreckschweine, die ihre Existenz auf das Leid anderer gegründet haben. Sie haben andere gnaden- und bedenkenlos um ihr Geld gebracht und ihre Opfer in Not und Verzweiflung gestürzt. Der Verlust meiner 40.000 € hätte fast dazu geführt, dass wir unser Haus verloren hätten, wofür wir unser Leben lang gespart hatten. Mein Sohn musste sein Jurastudium für ein Semester unterbrechen und jobben, um sich den Uni-Besuch erlauben zu können. Und dann soll ich Mitleid mit Typen haben, die so etwas sehenden Auges verursachen? Nein. Das einzige was ich empfinde ist Ärger, weil ich mein Geld jetzt endgültig abschreiben kann.“ Wallinger schüttelte entschieden den Kopf, unterschrieb wortlos seine Aussage und verzog sich zu seinen Freunden am Tresen.

„Oh Mann, war der geladen“, meinte Elgert mit einem letzten Seitenblick auf Wallinger. „Der hätte ohne Frage ein Motiv gehabt, aber bei seinem Alibi…“ Er schüttelte den Kopf. „Das werden wir sicher noch öfter erleben, Kumpel. Über den Verlust ihres Geldes werden die meisten Geschädigten stinkwütend sein. Ein Motiv hätten demnach alle. Das gibt wahrscheinlich noch einen Haufen Beinarbeit. Hoffentlich bist du gut im Training." „Ich laufe Halbmarathons", entgegnete Elgert trocken und winkte Ho, um die Rechnung zu bezahlen.

Hans Bombardier blickte die beiden bei ihrer Rückkehr ins Präsidium mit müden Augen an. „Sagt mir nichts, ihr beiden. Ich will vor morgen früh nichts mehr hören und wenn ihr euren Bericht geschrieben habt, verzieht ihr euch nach Hause. Morgen früh um halb acht seid ihr wieder hier und zwar ausgeschlafen. Ach so, falls es euch interessiert: Jimmy und Rudi haben Errico Streccia aufgetrieben und sind gerade dabei, ihn zu vernehmen. Ich gehe auch nach Hause, mir reicht's für heute."

Elgert bot Heppner an, den Bericht zu schreiben, sodass er schnell zu Marion kam. Wenn er jemals Verzweiflung bei ihr gesehen hatte, dann an diesem Abend. Nach der Durchsuchung hatte sie einen Anruf ihres direkten Vorgesetzten Michael Pelzer erhalten, der ihr barsch befahl, sofort an ihrem Arbeitsplatz zu erscheinen. Dort angelangt war sie aufgefordert worden, von sich aus zu kündigen, bevor sie mit Schimpf und Schande davongejagt werde. Die polizeiliche Durchsuchung, so meinte Pelzer, sei doch der unwiderlegbare Beweis ihrer Schuld. Wenn sie alles zugeben würde, könnte man schließlich über eine Rückzahlung des Geldes in Raten reden. Die VENTURA würde schließlich nicht aus Unmenschen bestehen - und vielleicht könnte man ja ihr Haus als Wiedergutmachung übernehmen. Einwände Marions wischte er mit einer unwirschen Handbewegung beiseite und meinte, die Beweislage sei ja wohl eindeutig. Als sie sich weigerte die Kündigung zu unterschreiben, warf er sie kurzerhand aus seinem Büro und rief ihr im Beisein einiger Kollegen noch nach, dass sie das letzte Mal in diesem Gebäude gewesen sei - hier sei kein Platz für Diebe und Lügner. Mehr als diese Worte hätten die Blicke der Kollegen geschmerzt, die sie musterten, als sei sie wirklich schuldig.

An diesem Abend sah Heppner zum ersten Mal Tränen in Marions Augen, die keine Freudentränen waren. Trotz seiner Zusicherung, dass seine Kollegen alles tun würden um den wahren Täter zu finden, weinte sie sich in seinen Armen in den Schlaf. Auch Heppner selbst fand lange keine Ruhe und sah nach draußen, wo immer wieder Wolken den Mond verdeckten. Zweiteilen müsste man sich können, dachte er. Nur so kann ich sowohl den Mörder als auch den Dreckskerl finden, der meine Liebste vernichten will. Was soll ich tun? Eine Antwort fiel dem Polizisten nicht ein, bevor er nach geraumer Zeit in einen unruhigen Schlaf fiel.

Sieben

14. Juli 2010, 06:30 Uhr

Celalettin Yener seufzte und startete per Knopfdruck den Hubmotor, welcher die beiden angehängten Plastiktonnen in die Höhe hievte und ihren Inhalt in den Müllwagen kippte. Er war mit seinen Kollegen seit zwei Stunden auf Tour und wie üblich hatte sich der Ekel vor dem Gestank bereits nach wenigen Minuten verflüchtigt wie der morgendliche Dunst über dem Kantpark, in dessen Nähe ihr Dienstfahrzeug kreiste.

„Hey, Celal, hast du Hatice endlich einen Antrag gemacht?“, rief ihm sein Kollege Heiner Stocks zu, der gerade mit den nächsten beiden Tonnen zum Wagen kam. Yener schüttelte den Kopf. „Nein, noch nicht. Ihre Eltern wollen, dass sie einen Cousin aus ihrem Dorf in der Nähe von Mardin heiratet. Wenn sie erfahren, dass ihre einzige Tochter jemanden liebt, der als Müllmann arbeitet, gibt es Ärger. Für sie und für mich.“

Stocks sah ihn ungläubig an, während er die leeren Tonnen entfernte und durch die vollen ersetzte. „Das ist doch gequirlte Kacke, Kleiner“, schnauzte er. „Du bist doch mehr als ein Müllwerker. Das ist für dich doch nur ein Nebenjob, um dein Informatikstudium zu finanzieren. Wenn du Hatices Eltern erzählst, dass sie einen Akademiker als Schwiegersohn bekommen, springen sie doch vor Freude in die Luft, oder?“

Der junge Mann vor ihm machte ein bekümmertes Gesicht. „Eher nicht“, murmelte er. „Ich brauche noch zwei Jahre bis zum Examen und Hatice ist schon 22. Für ihre Eltern bedeutet dieses Alter, dass es Zeit zum Heiraten und Kinder bekommen ist. Ihr Cousin besitzt in der Türkei einiges an Land und er ist eine gute Partie, auch wenn er schon Mitte 40 ist. Du weißt doch, wie in den ländlichen Gebieten die Ehen arrangiert werden."

Der ältere Mann rollte nur mit den Augen. Obwohl ihm die Geschichte nicht neu war, bestürzte ihn die Einstellung der Bevölkerung Anatoliens doch immer wieder. „Du solltest trotzdem etwas unternehmen", rief er Yener zu, während er ein kleines Hoftor öffnete, um die dort aufgestellten Mülltonnen herauszuholen. „Denke daran, das Leben ist viel zu kurz, um..." Seine Stimme erstarb in einem Krächzen.

Yener sah zu ihm herüber und er versteifte sich, als er sah, dass sein Kollege langsam rückwärtsgehend aus dem Torweg herauskam. „Was hast du, Heiner?", rief er ihm zu - Stocks drehte sich um. Sein eigentlich sonnengebräuntes Gesicht war aschfahl geworden und seine Augen waren weit aufgerissen.

„Was ist los?", wiederholte Celalettin und wollte an seinem Kollegen vorbeieilen, der jedoch in diesem Moment aus seiner Starre erwachte und ihn zurückhielt. „Geh da nicht rein", krächzte Stocks. „Da geht erst mal keiner rein. Ruf die Bullen - und zwar zügig. Und danach rufst du den Chef an, dass er einen anderen Wagen auf unsere Tour schicken muss. Wir sind raus."

„Aber wieso?", wunderte sich der junge Türke. Stocks schüttelte sich noch einmal, bevor er in härterem Ton weitersprach.

„Hatte ich dir nicht gerade gesagt, das Leben sei kurz? Nun, für den Burschen, der mit eingeschlagenem Schädel da im Hof hinter den Mülltonnen liegt, ist es auf jeden Fall vorbei."

***

Errico Streccia ist eine echt harte Nuss", stöhnte Rudi Brack. „Wieso? Redet er nur, um nach seinem Anwalt zu schreien?", knurrte Hans Bombardier sarkastisch. Brack schüttelte den Kopf und öffnete den Mund, doch Jimmy antwortete zuerst. „Nö, er redet wie ein Wasserfall, aber er labert nur Scheiße. Wir haben ihn damit konfrontiert, dass er nicht Gellisi heißt, sondern Streccia - das hat ihn nicht sonderlich gekratzt. Dann habe ich ihm gesagt, dass die Typen, die ihn betrogen haben, alle auf Mafia-Art gekillt worden sind - dann ging der Wortschwall los. Allerdings bestand seine Aussage nur in wüsten Beschimpfungen der Toten. Ich bin ja schon abgebrüht, aber selbst ich habe heute ein paar neue Bezeichnungen für unsere Opfer gelernt.“

„Aber der Knaller kommt noch“, unterbrach ihn Rudi. „Gegen 01.00 Uhr klingelte plötzlich das Telefon. Amtsleitung, wie ich im Display sehen konnte. Es meldete sich ein Kriminaloberrat Geiger vom BKA und forderte ultimativ, die Befragung von Streccia alias Gellisi einzustellen und ihn auf freien Fuß zu setzen. Würden wir das nicht tun, könnten wir uns schon mal einen neuen Job suchen.“ „Na klasse, jetzt mischt sich auch noch das BKA ein“, stöhnte ihr Chef entnervt. „Habt ihr Streccia denn wirklich laufen lassen?“ „Für wie blöd hältst du uns denn?“, empörte sich Rudi. „Der schmort derzeit im Polizeigewahrsam auf kleiner Flamme. Dieser Oberrat hat uns übrigens einen Besuch angedroht. Allerdings will er nicht selbst kommen, sondern schickt seine Fußsoldaten los. Ich würde daher vorschlagen, die Zitrone auszuquetschen, bevor das BKA anrückt.“ „Ja. Aber ich stehe dafür erst mal nicht zur Verfügung“, murmelte Jimmy. „Ich muss dringend zum Zahnarzt, weil mir heute Morgen beim Frühstück eine Krone rausgefallen ist. Im Moment hält sie nur mit Zahnpasta. Bevor ich sie verschlucke…“ „Na schön, schieb ab“, knurrte Hans. „Damit das nicht den ganzen Tag dauert. Ich brauche dich so schnell wie möglich wieder hier.“

Jimmy verzog sich schleunigst. Da auch Klaus Heppner Zahnarztbesuche nicht unbedingt liebt, war sein mitleidiger Gesichtsausdruck nicht gespielt. Hans Bombardier teilte ihn als Ersatz für Jimmy ein, Rudi Brack und er holten Streccia aus dem Gewahrsam.

Streccia entsprach nicht unbedingt Heppners Erwartungen vom Abkömmling eines Mafiaclans. Er war mindestens 190 cm groß, hatte modisch geschnittenes, mittelblondes Haar und wenn er sprach, war nicht der Hauch eines italienischen Akzents zu erkennen. Trotz der nicht gerade bequemen Unterbringung in der Gewahrsamszelle wirkte er, als wäre er gerade einem Modemagazin entsprungen - ohne dabei übertrieben aufgestylt zu wirken. Die dunkelblaue Stoffhose und das blassblaue Seidenhemd sahen aus, als wären sie gerade erst gebügelt worden. Seine Miene überraschte den Ermittler, denn statt Ärger über den Aufenthalt im Gewahrsam, zeigte sich dort eine gewisse Amüsiertheit. In seinem Büro angekommen beschloss Heppner, ihm die Selbstzufriedenheit aus dem Gesicht zu wischen.

„Meine Kollegen haben Sie schon gefragt, wer Sie sind. Ich pfeife drauf, ob Sie Streccia oder Gellisi heißen. Ich will gar nicht wissen, wer Sie sind. Beantworten Sie mir nur folgende Frage: Was sind Sie?“

Die provozierende Frage zeigte Wirkung. Jede Spur von Amüsiertheit wich aus Streccias Gesicht und machte einer Mischung aus Verwirrung und Ratlosigkeit Platz. Heppner und Brack hatten sich dermaßen auf Streccias Mimik konzentriert, dass sie das Öffnen der Bürotür gar nicht bemerkt hatten. Erst als sie eine fremde Stimme hörten, schreckten sie auf.

„Vielleicht kann ich diese Frage besser beantworten“, sagte die Frau, die sich lässig an den Türrahmen gelehnt hatte. „Mein Name ist Angelika Stephan und ich bin vom OA 34 beim BKA.“

„Ach, so ist das“, sagte Rudi Brack gedehnt, während er langsam um Heppners Schreibtisch herumging. Der sog tief die Luft ein und nickte mehrmals, während er die Lippen zusammenpresste.

Das OA 34 war die Abteilung des BKA für verdeckte Ermittlungen, wozu auch die Führung von VP, den Vertrauenspersonen, gehört. Im Gegensatz zu den VE, den verdeckten Ermittlern, handelt es sich hierbei um Menschen aus dem kriminellen Mi-lieu, die aus unterschiedlichen Motiven für uns arbeiteten. „Es tut mir leid, dass ich ihnen nicht sofort von meiner Verbindung zum BKA erzählt habe, aber das bindet man nicht jedem sofort auf die Nase“, meinte Streccia jetzt, während er der BKA-Beamtin zuwinkte, die sich bei seinen Worten neben ihn setzte und zu erklären begann.

„Wie sie sicher wissen, ist Errico der jüngere Bruder von Taddeo Streccia. Vor vier Jahren kam es zu einem Vorfall in Würzburg, wo Errico die Interessen der Familie vertreten sollte. Unglücklicherweise verliebte er sich in die Tochter einer verfeindeten Familie. Ja, ich weiß“, kam sie Jimmys Einwand zuvor, „es klingt wie Romeo und Julia, aber so war es nun einmal. Auch das Ende war ähnlich - als die Affäre herauskam, versuchten die beiden zu flüchten. Verfolgt von Killern beider Familien verlor Errico die Kontrolle über sein Auto und krachte in einen Brückenpfeiler. Lucia Perlone starb, er selbst hatte schwerste Kopf- und Gesichtsverletzungen - die Killer verzichteten nur darauf, ihn zu liquidieren, weil sie ihn für tot hielten. Errico wandte sich daraufhin ans BKA, um uns mit Informationen über die „ehrenwerten Familien“ zu versorgen. Der Unfall machte es uns leicht, seinen Tod vorzutäuschen. Der Familie wurde eine geeignete „Ersatzleiche“ zur Bestattung übergeben und unser Zeuge erhielt ein neues Gesicht und eine neue Identität. Er ist in den vergangenen drei Jahren zu unserem bedeutendsten Informanten geworden, und wir haben ihm die Sicherstellung mehrerer Tonnen Rauschgift und die Festnahme etlicher hochrangiger Mafiosi zu verdanken. Ich muss wohl nicht extra darauf hinweisen, dass alles, was hier besprochen wird, in diesen Räumlichkeiten bleibt“, beschloss die Beamtin ihre Erläuterungen.

„Gut, das erklärt einiges“, ließ sich Rudi Brack vernehmen. „Und wie passen Sie ins Bild?“ „Ich bin seine VP-Führerin. Ich nehme seine Angaben auf und gebe sie entsprechend weiter, um sie ins Verfahren einzubringen, ohne ihn zu gefährden.“ „Wie haben Sie Kenntnis davon erhalten, dass Errico bei uns ist?“, wollte Heppner jetzt wissen, doch Errico beantwortete die Frage selbst. „Meine jetzige Freundin weiß nichts von meiner Vergangenheit. Das einzige was sie weiß ist, dass sie eine bestimmte Nummer anzurufen hat, wenn ich urplötzlich verschwinden oder in Kontakt mit der Polizei geraten sollte. Sie hat also gestern Abend diese Nummer angerufen, nachdem ich zum Verhör mitgenommen wurde. Dieser Kontaktmann hat dann das BKA informiert…“ „Woraufhin wir einen Anschiss von einem KOR Geiger bekommen haben“, unterbrach Rudi Brack ihn wütend. Frau Stephan wedelte beschwichtigend mit der Hand. „Da ist mein Abteilungsleiter wohl mal wieder übers Ziel hinausgeschossen. Wahrscheinlich hat er auch keine Erklärungen abgegeben, sondern nur losgepoltert. Fiddler on the roof (das ist sein Spitzname) steigt jedem, der seine VP in Gefahr bringt, umgehend aufs Dach.“

„Na schön, verziehen“, meinte Rudi, „aber wir ermitteln nicht gegen Errico, nicht mal wegen rückwärts Guckens in der Einbahnstraße. Er hat einen Drohbrief an ein paar Leute geschrieben, die eines wenig natürlichen Todes gestorben sind!“ „Ich ziehe es vor, Ricardo genannt zu werden“, meinte Streccia/Gellisi, „Errico Streccia gibt es nicht mehr. Er ist gestorben und begraben, ich habe mit ihm abgeschlossen.“ „Nicht ganz, denke ich“, warf Rudi ein. „Schließlich haben Sie Liechtenstein und von Gersthoven mit der Nase darauf gestoßen, Mitglied einer übel beleumundeten italienischen Familie zu sein.“ „Das war nur Show und diente nur dem Zweck, den Burschen Angst einzujagen, damit sie mir mein Geld zurückzahlen. Ich hatte vom BKA 50.000 € bekommen, um mir hier eine neue Existenz aufzubauen. Ich wollte das Geld anlegen und bin auf die gleichen Typen hereingefallen wie mein Bruder vor fünf Jahren. Es ist nicht zu fassen.“ Gellisi schüttelte konsterniert den Kopf.

„Wie haben Sie überhaupt herausgefunden, dass von Gersthoven in Wirklichkeit Tanner ist, beziehungsweise war?“, fragte Heppner interessiert. Gellisi zuckte die Schultern. „Ich bin zur Villa gefahren und wollte mir den Laden mal ansehen - leider erst nach meinem Kauf von REDSNAP-Anteilen. Als ich mich unter meinem neuen Namen als Investor vorstellte, machte mich Liechtenstein mit dem Vertriebsleiter bekannt. Ich bin fast umgefallen, da ich meinen Bruder bei der Geldübergabe an Tanner begleitet hatte und diesen jetzt als angeblichen von Gersthoven wiedersah. Er hat mich dank der plastischen Chirurgie nicht erkannt - aber ich wusste sofort, was in dem Laden abging. Zwei Tage später habe ich den Brief an die Bande geschrieben und in unserem typischen Jargon mein Geld zurückgefordert. Hat übrigens geklappt, sie haben mir sogar Zinsen bezahlt, die Idioten. Sie wussten wohl gleich, mit wem sie es zu tun hatten. Glücklicherweise ahnten sie aber nicht, dass meine Familie mich für tot hält und meine Drohungen nur heiße Luft waren. Ich hätte ja nicht mal meine liebe Familie benachrichtigen können." Bei den letzten Worten triefte seine Stimme vor Ironie.

„Sie sind ein extremes Risiko eingegangen", warf Heppner ein. „Sie können von Glück sagen, dass die Burschen den Spieß nicht umgedreht und von Ihnen Geld gefordert haben, damit sie Ihre Familie nicht informieren." „Das habe ich ihm auch gesagt", meinte Angelika Stephan kopfschüttelnd. „Er hätte um ein Haar seine ganze Tarnung auffliegen lassen, um so ein paar blöde Anlagebetrüger zu beschimpfen. Das ist genau das Verhalten, was wir unseren VP als absolutes No-Go beschreiben. Aber so sind Theorie und Praxis. Er hat mich allerdings über die wahre Identität des angeblichen von Gersthoven informiert und ich habe dem LKA Saarland einen Bericht geschrieben. Er ist allerdings zunächst zurückgehalten worden, da wir nicht plausibel hätten erklären können, wie wir an die Infos gelangt sind."

„Trotzdem bleibt da noch eine Frage: Wo waren Sie vorgestern Nachmittag zwischen 16.30 Uhr und 17.40 Uhr?" Rudi Brack kam abrupt wieder zum Wesentlichen. Die Antwort erfolgte prompt, wenn auch von unerwarteter Seite. „Bei mir zur Berichterstattung", sagte Angelika Stephan knapp. „Wir haben uns um 16.00 Uhr in Frankfurt auf der Zeil getroffen und bis etwa 19.00 Uhr zusammengesessen. Wenn die Tat im gerade genannten Zeitraum verübt wurde, war Ricardo Gellisi 270 km entfernt und verfügt über das beste Alibi, das es gibt: Er war in der Obhut der Polizei."

Heppner und Brack sahen sich betreten an. Wieder ein Verdächtiger weniger, dachte Heppner und sein Kollege nickte, als habe er seine Gedanken gelesen. Heppner überließ ihm die Protokollierung der Aussage und ging hinüber zu Hans Bombardier, um ihm das Ausscheiden des ersten Verdächtigen zu berichten. Er nickte nur und meinte, eine weitere 'Ndrangheta-Geschichte hätte er nicht mehr ausgehalten.

„Euer zweiter Verdächtiger ist auch aus dem Rennen. Peter hat mit der Tierärztin gesprochen und Wallinger war zur fraglichen Zeit tatsächlich mit seiner Hündin in ihrer Praxis.“ „Also ist keiner von beiden der Täter. Mist!“, fluchte Heppner. „Keine schnelle Klärung, sondern wieder mal nervtötende Kleinarbeit.“ Sein Chef nickte - und zum ersten Mal konnte Heppner auch bei ihm Spuren von Müdigkeit erkennen.

„Bei Detlef, Hanna & Co. ist übrigens auch helle Aufregung. Es wurde eine zweite Leiche gefunden, die ebenfalls mit einem Hammer liquidiert worden ist. Allerdings lag sie diesmal nicht an der Ruhr, sondern hier in der Innenstadt unweit deiner Wohnung, Klaus. Aber keine Sorge: Du stehst nicht im Verdacht.“

Für eine kurze Sekunde war der alte Humor in Bombardiers Augen aufgeflackert, um jedoch sofort wieder zu verschwinden. Er seufzte und fuhr sich mit der Hand durch die schütter werdenden Haare, bevor er weitersprach.

„Zwei Männer um die 30, die durch stumpfe Gewalt auf den Kopf starben - und das innerhalb von 24 Stunden. Na, sei's drum. Ich habe für Peter und dich schon die nächste Spur zum abarbeiten. In der Erlenstraße 131 in Wanheimerort wohnt ein Tobias Kastner. Er hat nach den Daten aus dem Server der Villa 86.000 € in die REDSNAP investiert. Er geht nicht ans Telefon und muss daher persönlich befragt werden. Eigentlich sollten das Jimmy und Rudi machen, aber Jimmy ist beim Zahnarzt und Rudi muss sich gleich um den ersten Callcenter-Agent kümmern.“

Heppner war's gleich. Bevor er sich jedoch Elgert schnappte und losfuhr, führte er noch ein Telefonat mit Otto Quandt, einem der Finanzermittler vom KK 22. Unschwer zu erraten, dass es in dem Gespräch um seine eigenen Ermittlungen im Fall Marion ging. Quandts Antwort auf Heppners Ansinnen ließ seine Augenbrauen überrascht hochschnellen.

„Du kommst zu spät, denn den Auftrag habe ich schon erhalten, Klaus." Quandt lachte leise, als Heppners Erstaunen offenbar über die Leitung übertragen wurde. „Du darfst doch nicht glauben, wir Jungs vom KK 15 seien von gestern. Wenn das stimmt, was ihr glaubt, war das eine fette Intrige - und darauf, andere falsch zu verdächtigen stehen wir gar nicht. Also reg dich ab, kümmere dich um deine Mörder und lass uns weiter ermitteln. Ich halte dich auf dem Laufenden."

Heppner beschloss, seine Meinung über das „Schrottkommando" zu revidieren. Scheinbar lag die Angelegenheit in guten Händen. Dies gab Elgert und ihm die Möglichkeit, sich auf der Fahrt nach Wanheimerort unbeschwert über ihren Zeugen zu unterhalten.

„Laut EMA-Daten ist Tobias Kastner 41 Jahre alt, Deutscher und geschieden. Polizeilich ist er bisher nicht in Erscheinung getreten. Erkenntnisse über seinen Beruf liegen nicht vor", leierte Peter Elgert die Daten vom Stammblatt der Spurenakte herunter. Heppner nickte geistesabwesend und versuchte, in seinem Sitz eine bequeme Haltung einzunehmen. In der schusssicheren Weste, die er diesmal angelegt hatte, fühlte sich der Ermittler extrem eingeengt. In Gedanken bedauerte er die Kollegen des Streifendienstes, die derartige Zwangsjacken ständig tragen mussten. Gott sei Dank war es weder heiß noch drückend, wenn sich auch im Westen über Rheinhausen bereits die Wolken des nächsten Regengusses zeigten. „Zappele nicht so rum und konzentrier dich auf das Fahren", schlug sein Kollege vor. „Du weißt, dass du nur von der Fuchsstraße in die Erlenstraße reinkommst. Es sei denn, du willst entgegen der Einbahnstraße fahren." Heppner verkniff sich einen gehässigen Kommentar zu dessen eigenen Fahrkünsten und grunzte nur etwas zur Bestätigung.

Tobias Kastner wohnte im Erdgeschoss eines Mehrfamilienhauses, das wie der gesamte Stadtteil schon bessere Tage gesehen hatte, aber einen eigenwilligen Charme besaß. Die geschlossene Häuserfront bestand aus viergeschossigen Häusern, die nach Schätzung der Polizisten etwa zu Anfang des letzten Jahrhunderts gebaut worden waren. Die Ermittler fanden erst 50 m jenseits der Haustür einen Parkplatz - und pünktlich zum aussteigen setzte ein Wolkenbruch ein, der die beiden schimpfend in den Hauseingang flüchten ließ. Nur drei der fünf Klingeln waren belegt. Heppners Läuten an der Schelle mit dem Namen Kastner beantwortete eine verwaschen klingende Stimme mit der Aufforderung, sich zum Teufel zu scheren, da er kein Geld mehr habe. Als Heppner ihm mitteilte ziemlich genau zu wissen weshalb, ließ er die beiden ein. Heppner kam gar nicht dazu zu sagen, dass sie Polizisten waren. Manche Fehler erweisen sich als fatal.

„Soso, sie meinen also zu wissen, warum ich pleite bin. Sie wissen nichts, gar nichts." Der Mann, der diese Worte mit schwerer Zunge ausspie, wirkte deutlich älter als Anfang 40, obwohl er so groß wie Heppner und breitschultrig war. Der Grund seiner verwaschenen Aussprache war überall in der Wohnung zu sehen. Soweit das Auge reichte, standen und lagen Bier- und Schnapsflaschen herum, auch das Erscheinungsbild Kastners zeugte von ausgiebigem Alkoholkonsum. Er war unrasiert und unfrisiert - seine Kleidung, ein fleckiges T-Shirt und eine löchrige graue Jogginghose, war offenbar zum letzten Mal gewechselt worden, als er zuletzt geduscht hatte. Nach Heppners Einschätzung war das einige Wochen her. Die Zeit vergeht. Willkommen im Pumakäfig. Als Kastner nach einer noch nicht geleerten Flasche griff, fiel Elgert ihm in den Arm.

„Hören Sie, was und wie viel Sie trinken ist mir eigentlich völlig egal, aber wir möchten einige Sachen von Ihnen wissen." „Und was?" Die Antwort war fast mehr gegrunzt als gesprochen. „Zum Beispiel, woher sie die 86.000 € hatten, die Sie bei der REDSNAP in den Sand gesetzt haben."

Die Frage schwebte noch im Raum, als Kastner Elgert mit einer für seinen Zustand unfassbaren Geschwindigkeit nach hinten stieß, nach einer Flasche griff und sie in Richtung der Polizisten schleuderte. Noch während sie auswichen, riss er die Schublade eines Schreibsekretärs auf - und nur einen Sekundenbruchteil später sahen die Beamten in die Mündung einer kleinen Pistole. „Woher das Geld stammt? Das wisst ihr verdammten Pisser doch nur zu genau!“ „Ich glaube, hier liegt ein Irrtum vor…“, begann Heppner, während er wie sein Kollege langsam die Hände hob. Es ist praktisch unmöglich, die Waffe aus dem Holster zu ziehen und schneller zu sein als jemand, der seine Waffe bereits im Anschlag hält. Zudem wirkte Kastner jetzt wesentlich nüchterner als noch vor wenigen Sekunden. „Ein Irrtum, soso. Ich werde dir gleich Irrtum zeigen, du verdammter Aasgeier!“

Es war großes Glück für Klaus Heppner, dass es nur ein Kleinkalibergeschoss vom Kaliber 6,35 mm war welches seine rechte Brustseite traf, noch bevor er den peitschenden Knall hörte. Dennoch hatte er das Gefühl, von einem auskeilenden Pferd aus den Schuhen getreten zu werden. Die Luft entwich seinen Lungen und während er rücklings umkippte, dachte er: Das war es jetzt. So ist es, erschossen zu werden. Merkwürdigerweise spürte er außer einem heftigen Druck keinen Schmerz. Aus weiter Ferne hörte er, wie Elgert Kastner anschrie, auf einen Polizisten geschossen zu haben. Dann wurde ihm schwarz vor Augen.

„Ganz ruhig bleiben, Klaus. Es ist alles in Ordnung.“ Diese Worte wurden von einem Tätscheln auf seine Wangen begleitet, das eher an saftige Ohrfeigen erinnerte. Heppner öffnete die Augen und sah Elgert vor sich, der ihn erleichtert ansah, während er sich aufzurichten begann. „Die Weste hat das Projektil aufgehalten. Du dürftest zwar einige Wochen einen heftigen blauen Fleck haben, aber deine Rippen sind anscheinend heil.“ „Halte keine Volksreden“, unterbrach der Angeschossene seinen Kollegen. „Wo ist Kastner?“ „Rausgerannt, als wäre der Teufel hinter ihm her. Er hat wohl geglaubt, wir wären von der anderen Fraktion und keine Bullen. Er hat nur zwei Minuten Vorsprung, die Fahndung habe ich schon eingeleitet."

Als Heppner sich vorsichtig aufrichtete, protestierte sein Oberkörper überraschend wenig. Ein Griff an seine Brust offenbarte, dass nicht einmal die Weste angekratzt war. Das Projektil hatte statt Heppners Lungen sein Blackberry getroffen und sein elek-tronisches Leben beendet. Fluchend steckte der Polizist es wieder ein. „Zum Wagen, aber schnell!"

Der Regen hatte mittlerweile aufgehört und die wieder durch die Wolken brechende Sonne ließ die Feuchtigkeit in dichten Schwaden über die Fahrbahn wabern. Die Aufregung wies den Polizisten den Weg. Am Wanheimerorter Markt standen drei Männer, offenbar türkischer Herkunft, und schrieen sich die Kehle aus dem Leib. Es gelang Heppner kurzfristig lauter zu brüllen als sie - und obwohl er heftig husten musste, konnte sein Partner in das entstehende Schweigen fragen, was los war. Die Antwort kam in klassischer Duisburger Kanaksprak. „Scheiß stinkende besoffene Hurensohn hat misch gehalten Wumme unter die Nase und hat genommen Schlüssel von meine 3er BMW. Is mit Auto einfach abgehauen, die Hackfresse. Wenn isch den sehe mach isch ihm platt, die Sau."

Zwischen weiteren Beschimpfungen erfuhren die Beamten, dass es sich um einen blauen BMW 318i mit Kennzeichen DU - MA 9387 handeln sollte. Kastner war offenbar über die Fischerstraße Richtung Hochfeld gefahren. Elgert gab Typ und Kennzeichen des Fahrzeugs durch und sah Heppner an.

„Krankenhaus?" „Bist du blöd oder was?", schnaubte sein Kollege. „Mir geht es blendend. Ich will diesen Typen haben. Der soll mir meine Windjacke und mein Blackberry bezahlen. Wir kreisen erstmal ein bisschen in der Gegend, vielleicht läuft uns der Bursche einfach so über den Weg." „Ja klar. Der wird auch so blöd sein, sich in der Nähe rachsüchtiger Türken aufzuhalten - aber na gut."

Elgert setzte den Vectra in Bewegung, während Heppner seine Blicke schweifen ließ. Ob es was mit altersbedingter Weitsichtigkeit zu tun hat oder nicht, jedenfalls sah Heppner schon an der übernächsten Ecke einen sich langsam entfernenden BMW, bei dem es sich tatsächlich um das gesuchte Auto handelte. Sie pirschten sich an und versuchten konstanten Abstand zu halten, doch um Angelika Stephan zu zitieren, zwischen Theorie und Praxis klafft ein großer Unterschied. Hier war es der Kreisverkehr an der Kaiserswerther Straße in Wanheim, der das Schicksal ihrer Observation besiegelte. Kastner drehte nämlich einfach eine Ehrenrunde, er hatte erkannt, dass er verfolgt wurde. Er tat das Naheliegende und gab Vollgas. Bereits an der Atroper Straße zeigte der Tacho 90 km/h, rote Ampeln waren für ihn kein Kriterium - was die bei Grün in den Kreuzungsbereich fahrende Mazda-Fahrerin zu einer Vollbremsung veranlasste. Sie kam rechtzeitig zum Stehen, der hinter ihr fahrende Polo fuhr mit Karacho in ihr Heck. Die Verfolger umkurvten die beiden Wracks und blieben an Kastner dran, der mittlerweile mit 120 km/h fuhr und stetig beschleunigte. „Der wird sich und andere noch umbringen“, schrie Elgert seinem Kollegen zu, während dieser unablässig ihre Position ins Funkgerät bellte.

Besoffene und Kinder sollen ja sehr viel Glück haben. Zumindest auf Kastner traf dies zunächst in vollem Maße zu. Nicht nur, dass überraschend wenig Verkehr herrschte - die Autos, die seine Fahrtrichtung querten verfehlten ihn teilweise nur um Zentimeter - und obwohl Elgert sein Bestes tat, vergrößerte sich sein Vorsprung ständig. Als er in Hüttenheim nach rechts in die Mündelheimer Straße abbog, schloss Heppner nur noch die Augen. Kastner schleuderte auf die Gegenfahrbahn, touchierte einen entgegenkommenden Kleinbus, dessen Fahrer das Steuer herumriss und in den Zaun des Netto-Marktes krachte - und raste mit nahezu unverminderter Geschwindigkeit weiter.

Offensichtlich hatten die beiden Beamten des Verkehrsdienstes, die auf der Mündelheimer Straße mit Radarpistolen Geschwindigkeitskontrollen durchführten die Funkfahndung nicht mitbekommen, denn ein Polizist ging tatsächlich auf die Straße, um Kastner anzuhalten.

Diese Absicht dauerte ungefähr 1,35 Sekunden, dann brachte sich der Kellenschwinger mit einem olympiareifen Sprung in Sicherheit. „Die Radarmessung hätte ich gern fürs Poesiealbum", meinte Heppner trocken, als sie an den entgeisterten Kollegen vorbeirasten.

Rechts und links flogen die Industrieanlagen der Hüttenwerke Krupp Mannesmann und Thyssen an den Verfolgern vorbei, ohne dass sie im mindesten Notiz von ihnen nahmen. „Der Kerl hat ein Narrenglück, aber die Kurve in Ehingen schafft er nie", brüllte Heppner seinem Kollegen zu, der mit zusammengekniffenen Augen nach vorn starrte. Er umkrampfte das Steuer so fest, dass seine Fingerknöchel weiß hervortraten und auf seiner Stirn bildeten sich feine Schweißtropfen. „Fein, dann landet er einfach nur in einem Acker. Den kriegen wir", murmelte er wie in Trance.

In Ehingen beschreibt die Mündelheimer Straße eine scharfe Linkskurve und wird zur Uerdinger Straße. Es ist nicht möglich, schneller als mit 70 Sachen durch diese Kurve zu fahren, wenn man sich an den Verlauf der Richtungsfahrbahnen hält. Wenn. Ja nee, is klar, hätte Atze Schröder jetzt gesagt. Kastner nahm die Kurve in perfekter Ideallinie, schnitt sie also über die Gegenspur wie ein frisches Brötchen. Auch jetzt gab es keinerlei Gegenverkehr, und ob seines schier unfassbaren Glücks fragte Heppner sich, warum Kastner nicht Roulette spielt.

Doch das Glück ist eine launische Sache. Es kommt und geht, man kann sich darauf nicht verlassen - sonst ist man es. Im englischen gibt es die Redewendung „running out of luck", was so viel heißt, dass das Glück aufgebraucht ist.

Bei Kastner war dies an der Kreuzung zur B 288 der Fall. Diese Kreuzung ist schon im Normalfall ein Unfallbrennpunkt - für einen angetrunkenen Fahrer mit überhöhter Geschwindigkeit ist sie einfach nur eine Todesfalle. 100 Meter zurückliegend blieb den Verfolgern nur die Rolle hilfloser Zuschauer.

Kastner jagte, ohne auch nur ansatzweise zu bremsen, in die Kreuzung hinein. Zuerst erwischte ihn ein Tanklastzug, der in Richtung Krefeld fuhr und den BMW mit fast 70 km/h von links in Höhe der Hinterachse traf. Der Wagen wurde wie von einer Titanenfaust herumgewirbelt und verwandelte sich in einen Brummkreisel, während der Tanklaster nach rechts ausbrach und auf das Gelände der Total-Tankstelle raste, wo er die Zapfsäulen für Truck-Diesel ummähte und seitlich in einen gerade tankenden 7,5-Tonner krachte. Während Heppner dieses Schauspiel mit Entsetzen beobachtete und den Notruf ins Funkgerät schrie, hatte Elgert alle Hände voll zu tun, den Vectra halbwegs kontrolliert zum Stehen zu bringen. Hierdurch bekamen sie nicht mit, wie der schleudernde Wagen Kastners von einem aus Richtung Krefeld kommenden Autotransporter frontal gerammt wurde. Das Geräusch des Aufpralls stand einer Explosion in nichts nach. Der BMW wurde zur Seite geschleudert und Trümmer flogen in alle Himmelsrichtungen auseinander. Wie durch ein Wunder gelang es dem Fahrer des Autotransporters, die Kontrolle über seinen Laster zu behalten und ihn zum Stehen zu bringen.

Als das Wrack mit Kastner zum Stillstand kam, hatte es keine Kotflügel mehr, keine Motorhaube und keine Räder. Die beiden Türen waren aufgesprungen und hingen schief in den Angeln, die Airbags waren aufgebläht. Heppner hatte vor Jahren beim BKA Autos gesehen, die das Ziel von Terroranschlägen gewesen waren. Diesen Vergleich musste der BMW nicht scheuen. Der Verkehr ruhte - alle Fahrer hatten ihre Wagen verlassen und liefen nun in Richtung des Wracks. Heppner erreichte es zuerst.

Kastner lebte. Er war blutüberströmt, seine Arme waren verdreht und der in den Fußraum gedrückte Motor hatte seine Beine offensichtlich mehrfach gebrochen. Dennoch war er augenscheinlich bei Bewusstsein. Als er Heppner erkannte, weiteten sich seine Augen vor Staunen.

„Wieso… tut es so weh, wenn ich schon tot bin?“ Die Worte kamen leise und mühsam aus seinem Mund, aus dem ein dünner Blutfaden sickerte. „Und ich muss tot sein… ich hab Sie doch abgeknallt.“ Kastner hustete und der Blutfaden aus seinem Mund verbreiterte sich. Heppner öffnete seine Windjacke und zeigte ihm die darunter befindliche Schutzweste. Seine Augen weiteten sich in plötzlichem Begreifen und er nickte. „Sagen Sie nichts mehr, wir haben einen Rettungshubschrauber angefordert“, meldete sich Peter Elgert, der hinter seinen Kollegen getreten war. „Die anderen Unfallbeteiligten sind okay, die Notabschaltung der Zapfsäule hat funktioniert und es besteht keine Explosions- oder Brandgefahr. Die Feuerwehr ist mit schwerem Trenngerät auf dem Weg. Wir bekommen Sie schon aus dem Trümmerhaufen heraus.“ Mit diesen Worten begann er, die Platzwunden am Kopf Kastners zu versorgen.

Ein Krachen ließ Heppner herumfahren - und ihm fiel die Kinnlade herunter. Offensichtlich fasziniert von dem Chaos auf der Kreuzung war ein Polofahrer ohne zu bremsen in das Heck ihres stehenden Dienstwagens gekracht und hatte das geschafft, was die Polizisten bei der Verfolgungsfahrt hatten vermeiden können: nämlich den Vectra in einen Schrotthaufen zu verwandeln.

Erst jetzt hörte Heppner das Martinshorn der sich nähernden Streifenwagen. Es spricht für die Professionalität der uniformierten Polizisten, dass sie keine großen Worte machten, sondern schnell und effektiv die Unfallstellen sicherten und Platz schafften für Feuerwehr, Krankenwagen und den kurz darauf landen-den Hubschrauber. Während der Polofahrer mit einer Gehirnerschütterung (dank Airbag) per Krankenwagen abtransportiert wurde, schnitten Rettungskräfte Kastner aus dem Wrack heraus, schnallten ihn auf eine Trage und versorgten ihn mit kreislaufstabilisierenden Mitteln. Noch bevor sich die Türen von Christoph 9 schlossen, brachte der Pilot die Turbinen bereits auf Touren.

Vom Gelände der Tankstelle aus sah Heppner dem in der Ferne verschwindenden Hubschrauber nach. „Er fliegt zum BGU“, meinte Elgert, sein Kollege nickte. Die berufsgenossenschaftlichen Unfallkliniken in Buchholz gehörten zu den Spezialkliniken für Unfall- und

Brandverletzte und waren der Ort, an dem der Helikopter mit Namen Christoph 9 stationiert war. „Ist doch schon merkwürdig“, murmelte Heppner, „der Kerl hat auf mich geschossen, auf seiner Flucht etliche Menschen in Lebensgefahr gebracht und trotzdem will ich, dass er überlebt.“ „Klar willst du das“, meinte sein Partner, „er soll dir ja auch deine Fragen beantworten.“ „Nicht nur. Irgendwas stimmt mit dem Burschen nicht und ich will wissen, was das ist“, meinte Heppner trocken und hustete. „Gib mir mal bitte dein Handy, ich will Marion anrufen und ihr Bescheid geben, dass alles okay ist.“

Seiner Freundin am Telefon zu erzählen, dass jemand auf ihn geschossen hatte, fiel Heppner nicht einmal im Traum ein. Er beschränkte sich stattdessen auf die Mitteilung, dass sein Blackberry kaputt sei und er sich ein neues besorgen müsse. Marion stellte keine Fragen, bat aber darum, dass ihr Freund sie vom Büro aus anrufen soll. Nachdem die hilfsbereiten Streifenpolizisten ihre immobilen Kollegen zum Präsidium zurückgebracht hatten, ging das Donnerwetter los - und damit ist kein Wetterphänomen gemeint.

Acht

14.07.2010, 15:00 Uhr

Der Anblick von Opfern massiver Gewalteinwirkung war für Detlef Schall beileibe nichts Neues oder Ungewohntes, dennoch konnte sich der altgediente Mordermittler eines kalten Schauers nicht erwehren, als er auf den Körper im Hinterhof blickte. Das Haar des Toten musste einmal hellblond gewesen sein, was an der linken Schläfe noch erkennbar war, der Rest hatte jedoch inzwischen die Farbe eines frisch gebrannten Ziegelsteins angenommen - und um den Kopf der Leiche hatte sich eine Blutlache ausgebreitet, die an den Rändern schon zu gerinnen begann. Auch das teure Hemd des Getöteten war mit Blut getränkt, einer seiner Mokassins hatte sich vom Fuß gelöst und lag unter einer der großen Rolltonnen verborgen.

Ede Vollstraß hatte bereits vor wenigen Minuten angefangen, die am Fundort vorhandenen Spuren zu sichten und zu katalogisieren. Fritz Sattmann hatte sich der Spiegelreflexkamera bemächtigt und fotografierte jeden einzelnen Blutspritzer an den Mülltonnen und den Ziegelwänden. Der Tote sah inzwischen aus wie ein in Tesafilm eingepacktes Paket, da die Spurensicherer auf der Suche nach DNA-Spuren des Täters den Körper komplett abgeklebt hatten.

„Habt ihr schon eine Ahnung, wer der Bursche ist?“, fragte Schall - Sattmann nickte knapp. „Seine Geldbörse ist verschwunden und mit ihr wohl EC- und Kreditkarten, aber der Täter hat den Ausweis hier in einen der Mülleimer geworfen. Der Tote sah nicht nur aus wie ein Nordmann, sondern hatte auch einen solchen Namen. Leif Johansson hieß er und wohnte in der Mercator-straße 164, also in der gleichen Straße wie Klaus. Merkwürdig, was? Vielleicht kennt Klaus ihn sogar.“

„Ich werde ihn fragen“, knurrte Schall und wechselte das Thema. „Offensichtlich trat der Tod durch einen oder mehrere Schläge auf den Kopf ein. Mann, wer sucht sich so einen Hünen aus, um ihn zu erschlagen? Der Bursche muss doch mindestens ebenso groß gewesen sein!“

„Oder auch nicht“, murmelte Vollstraß - Schall sah überrascht auf. Der Tatortexperte deutete auf einige Blutspritzer, die an der Hauswand zu sehen waren. „Schau dir das Muster an, Detlef. Die Blutflecke haben je nach Winkel des Auftreffens eine typische Form. Ein aus größerer Höhe fallender Tropfen streift die Wand nur und bildet einen länglichen Streifen - je nach Form und Länge können wir die Fallhöhe berechnen.

Hier sind die Blutflecke an der Wand in einer Höhe von 30 bis 90 cm und sie sind entweder im Aufsteigen oder im Winkel von 90 Grad aufgetroffen. Die Spritzer sind unterschiedlich, also hat es mit hoher Wahrscheinlichkeit mehrere Schläge gegeben. Und…“ Vollstraß zögerte mit dem Fortfahren. Schall musste ihm auffordernd zunicken, damit er weitersprach.

„Detlef, der Täter muss kein Hüne mit gleicher Statur wie Johansson gewesen sein. Nach dem Spurenbild zu schließen, hat das Opfer entweder auf Knien oder in der Hocke gekauert, als ihn die Schläge trafen. Der Mann ist ermordet worden, soviel steht fest. Bestimmt ist er nicht freiwillig in diesen Müllverschlag gekrochen. Wer immer diese Tat begangen hat, ist ein eiskalter Killer ohne jegliche Gewissensbisse. Und die Wunden…“ Er zögerte erneut.

„Ich habe doch auch schon den Toten von gestern untersucht, den der Schäfer in der Rheinaue gefunden hat. Die Wunden sind sich verdammt ähnlich, Chef. Ich habe das mulmige Gefühl, dass dieser Jurij Frantecki von dem gleichen Täter ermordet wurde wie Leif Johansson.“

Detlef Schall wurde mit einem Mal eiskalt ums Herz, was nicht nur an der brutalen Tat lag. Ihm war urplötzlich in den Sinn gekommen, warum ihm der Name des heutigen Toten bekannt vorkam. Er griff zum Handy und wählte Rudi Brack an.

Der Ermittler sah auf, als das Telefon ihn aus dem Grübeln riss. „Na, Rudi, noch gefrustet über das Ausbleiben deines Telefonverkäufers?“, erklang die Stimme Detlef Schalls. „Nee, nicht wirklich“, knurrte der Angesprochene. „Wir sind beim KK 23 doch gewohnt, dass unsere Betrüger entweder nicht zur Vernehmung kommen oder Märchen aus Tausendundeiner Nacht erzählen. Da ist es mir lieber, wenn der Kerl bleibt, wo der Pfeffer wächst.“

„Da wird er in Kürze tatsächlich sein“, murmelte sein Kollege. „In Französisch-Guayana?“, wunderte sich Brack, doch Schall schnaubte nur. „Nee, unter der Erde, mein Freund. Johannsen hat einen wirklich plausiblen Grund gehabt, nicht zu kommen. Er ist nämlich mausetot. Jemand hat diesem Wikinger kurzerhand den Schädel eingeschlagen und ihn hinter zwei Mülltonnen entsorgt.“

***

Obwohl er das Gefühl hatte, dass seine Blase platzen würde, füllte sich das Gefäß nicht mit einem Tropfen. Frustriert stellte der Mann den Probenbecher, in dem er seine Urinprobe abgeben wollte wieder ab. „Ist schon in Ordnung“, versuchte ihn die Arzthelferin zu trösten, „der Doktor kommt gleich und kümmert sich um Sie“.

Der Mann schüttelte den Kopf. Er hatte genug von Ärzten und ihren Machenschaften. Zu viel hatten Mitglieder dieses Standes ihm bereits angetan. Er schlug mit der flachen Hand so auf den Tresen, dass die beiden jungen Frauen dahinter erschreckt aufblickten. „Ich werde jetzt gehen“, sagte er leise. „Ich habe meine Augen im Spiegel gesehen und die Farbe sagt mir alles. Ich unterziehe mich keiner Dialyse mehr, weil inzwischen alle Venen kaputt sind - und die Nebenwirkungen verursachen mehr Qualen als meine zerstörten Nieren. Lasst mich einfach in Ruhe.“ „Aber wenn Sie jetzt gehen, werden Sie…“ „Sterben?“, beendete er den Satz der jungen Frau. „Natürlich. Irgendwann jedenfalls, aber noch nicht sofort. Etwas Zeit habe ich noch. Deshalb ist es jetzt an der Zeit, andere Maßnahmen zu ergreifen.“

Seine Frau hatte die letzten Worte mitgehört und ergriff seine Hand. „Aber Matthias...“ Der Mann richtete seinen Blick auf ihr besorgtes Gesicht und zwang sich zu einem Lächeln. „Es gibt noch eine Möglichkeit, Miri. Ich habe einen Weg gefunden, denke ich. Aber ich kann noch nichts Genaues dazu sagen. Nur so viel: ich muss deswegen nachher noch mal kurz weg. Mache dir bitte keine Sorgen.“

Die Rückfahrt von der Arztpraxis verlief in bedrückendem Schweigen, welches nur von der Musik aus dem CD-Player des Autos überdeckt wurde. Als sie vor der Tür ihres Hauses anhielten brach Miriam das Schweigen. „Matthias…, mache bitte keine Dummheiten. Ich will dich nicht verlieren.“ „Das wirst du auch nicht, Miri. Du bist mein Leben, das weißt du.“ Sie flog in seine Arme und barg den Kopf an seiner Schulter, um ihre Tränen zu verbergen. „Komme zurück, hörst du? Wir finden einen Weg.“

Matthias nickte nur stumm und sah seiner Frau nach, als sie die Tür aufschloss und im Haus verschwand. Ich habe dir versprochen, dass du mich nicht verlieren wirst, dachte er. Leider werde ich dazu eine Dummheit begehen müssen. Er legte den Gang ein und fuhr los, als das nächste Lied aus den Lautsprechern tönte - bei dessen Text er grimmig nickte. Gloria Gaynor sang ‚I will survive’. Gutes Motto, dachte er. Auch ich werde überleben - wenn die Sache klappt.

Nur eine halbe Stunde später hielt er vor einem unauffälligen Mehrfamilienhaus, in dem sein ausersehenes Opfer wohnte. Er atmete mehrmals tief durch, schloss die Augen und konzentrierte sich, um die bohrenden Schmerzen zu vertreiben. Nein, keine Morphintabletten, er wollte voll konzentriert sein. Matthias wusste genau, wo sich die gesuchte Wohnung befand und als er nach seinem Klingeln hörte, dass sich von innen Schritte näherten, griff er in seine Manteltasche und ertastete den harten Gegenstand darin, den er mit einem Ruck hervorzog - und sich anschließend gegen die sich öffnende Tür warf. Die Frau im Inneren wurde zurückgeschleudert und begann schrill zu schreien. Ohne zu zögern setzte er ihr die Spitze des Messers unter das Kinn und hielt ihr den Mund zu. „Keinen Laut, du Schlampe - oder ich jage dir die Klinge durch die Lügenzunge in dein Spatzenhirn.“ Die Frau erstarrte, während ein dünner Blutfaden aus der aufgerissenen Haut ihre Kehle hinab zu rinnen begann.

Matthias schloss die Tür. Er hatte alles bedacht - nur den Nachbarn nicht, der das Ganze mit vor Entsetzen aufgerissenem Mund durch seinen Türspion beobachtet hatte.

***

Die Stimmung im MK-Raum war stark angespannt. Soeben hatte Detlef Schall über die Auffindung von Johanssons Leiche berichtet und die gesamte Kommission begann wild darüber zu spekulieren, ob seine Ermordung mit den Ereignissen in der Villa zusammenhängen würde. Die Meinung war geteilt, doch die meisten hielten seinen Tod unmittelbar nach der Liquidierung der REDSNAP-Verantwortlichen nicht für zufällig. Elgert und Heppner beteiligten sich nicht an der Diskussion, doch so unauffällig sie sich auch verhielten, dem suchenden Blick ihres Chefs entgingen sie nicht.

„Euch haben sie ja wohl ins Hirn geschissen!“ Hans Bombardier drückte sich wieder einmal sehr drastisch aus. „Nicht sofort zu sagen, dass man Polizist ist, gehört zu den größten Anfängerfehlern überhaupt. Und das euch beiden! Es ist unfassbar. Sei froh, dass du die Weste anhattest.“ „Nun mach mal einen Punkt“, begehrte Elgert auf. „Kastner war der Typ, der nur ungern mit der Polizei redet. Eher mit jemand anderem. Dachten wir jedenfalls. Wer konnte ahnen, dass ein abgehalfterter Alki plötzlich schießt wie Django und fährt wie Sebastian Vettel?“ „Jemand, der die Hintergrundinfos über ihn einholt“, meinte Detlef Schall leise und zerknirscht. „Ich habe sie besorgt -

leider jetzt erst." Er setzte sich und sah seine Kollegen lange und ernst an, bevor er zu sprechen begann.

„Tobias Kastner war bis vor drei Jahren einer von uns. Er war nicht irgendein Polizist, sondern Leiter des Mobilen Einsatzkommandos Bielefeld, konnte daher besser schießen und Auto fahren als fast jeder andere Polizist. Bei einem Einsatz wurde er angeschossen und erlitt eine schwere Nervenverletzung, die dauerhaft starke Schmerzen verursachte, welche er mit Tramal und Alkohol bekämpfte. Durch die Suchtmittel veränderte sich seine Persönlichkeit. Zuerst ging seine Ehe kaputt, anschließend baute er einen Verkehrsunfall, flüchtete und prügelte sich mit den Kollegen, die ihn zur Blutprobe bringen wollten. Kastner wurde nahegelegt, den Dienst zu quittieren. Wegen seines Dienstunfalls erhielt er eine fünfstellige Abfindung, die er für den Kauf des Hauses Erlenstraße 131 verwandte.

Ich habe mit seinem Bankberater gesprochen und der hat mir erzählt, dass Kastner vor 9 Monaten die Grundschuld erhöhen und ein Darlehen aufnehmen wollte. Der Antrag wäre auch genehmigt worden, aber das Verfahren zog sich hin und eines Tages sagte Kastner, dass er die Summe nicht mehr brauchen würde - im Gegenteil: er stellte sogar eine Teilablösung des Darlehens in Aussicht. Das war, wenn ich die Daten vergleiche, kurz nachdem er die REDSNAP-Aktien gekauft hatte." „Also dürfte er sich das Geld anderweitig besorgt und darauf gehofft haben, mit den Spekulationsgewinnen sein Haus abzahlen zu können", murmelte Bombardier bedrückt. „Und die Kohle stammte dann wahrscheinlich von einem Kredithai", sprudelte es aus Hanna Karl heraus. „Deshalb auch seine Reaktion auf unser Erscheinen. Kann ja auch gar nicht anders sein, denn wer außer einem Kredithai hätte einem abgehalfterten Alki 86.000 € geliehen?" „Du liegst schon wieder falsch", korrigierte Detlef scharf. „Vor neun Monaten war Tobias Kastner alles andere als ein Alki. Er hatte dank einer neuen Schmerztherapie die Sucht schon vor zwei Jahren scheinbar überwunden und erschien bei seinen regelmäßigen Besuchen in der Bank stets frisch rasiert und in Schlips und Kragen. Erst vor sechs Wochen muss es zum kapitalen Absturz gekommen sein." „Klar -

und zwar als er erkannte, dass sein Investment keinen Gewinn abwirft, sondern zum Totalverlust wird“, schloss Hans Bombardier.

Langsam wurde allen klar, dass Kastner als weiteres Opfer von Liechtenstein und seinen Kumpanen zu betrachten war. Das machte Heppner wütend - und er sah, dass es den anderen genau-so ging. Bis auf Hans Bombardier vielleicht, dieser sah jetzt sehr müde aus. „Verdammt“, fluchte er, „irgendwas hat mir der Name Kastner sofort gesagt und ich habe nicht reagiert. Ich glaube, ich werde alt.“ Zur Überraschung aller stand er auf und nahm seine Jacke. „Vertritt mich für den Rest des Tages, Detlef. Ich habe einfach genug für heute. Ein Kollege, der fast erschossen wird, ein Ex-Kollege, der mit dem Tod kämpft und eine weitere Leiche - das macht mich heute fertig.“ Hans Bombardier mit derart schlurfenden Schritten laufen zu sehen verwunderte Klaus Heppner und er entschloss sich, seinen Chef nach Hause zu fahren. Er nahm das Angebot dankend an, obwohl er nur bis nach Duissern musste und in der Regel die Straßenbahn nahm.

„Es geht mir alles tierisch auf den Geist, Klaus. Wenn Mordermittlungen nicht mehr Priorität haben, sondern politischem Kalkül unterworfen sind, vergeht mir die Lust am Arbeiten.“ Auf Heppners konsternierten, fragenden Blick seufzte er und schloss die Augen. „Ich hatte vorhin eine Diskussion mit der ganzen Führungsriege des Präsidiums. Man wollte mich doch allen Ernstes dazu bewegen, unsere Ermittlungen bis nach der Love-Parade ruhen zu lassen, weil die Kräfte für den Einsatz gebraucht würden. Ich lache mich krank! Meine Spezialisten für Mordermittlungen sollen sich auf die Nebenwachen setzen und Strafanzeigen wegen Taschendiebstahls oder leichterer Körperverletzungen aufnehmen, statt einen dreifachen Mörder zu jagen. Ich habe natürlich protestiert, aber man wischte meine Einwände mit dem Hinweis -auf Druck seitens des Innenministeriums- zurück. Man will diese Veranstaltung und zwar um fast jeden Preis. Denen ist egal, ob ein Mörder entkommt - Hauptsache sie haben eine gute Presse. Ich konnte erzählen was ich wollte, die Entscheidung steht fest. Unsere MK wird am kommenden Freitag auf Eis gelegt. Ich könnte kotzen.“

Bis zu seinem Haus fiel kein Wort mehr. Sein Idol Hans Bombardier in dieser Verfassung zu sehen, erschütterte Klaus Heppner mehr als er gegenüber sich selbst zugeben wollte. Ausgerechnet bei ihm Frustration an der Grenze zum Burnout oder sogar darüber hinaus zu erkennen war geradezu beängstigend. Als er ausstieg, beugte sich Hans noch einmal zu seinem Kollegen in den Wagen und versuchte ein Lächeln, welches jedoch etwas schief war. „Lass dich nicht beunruhigen, Klaus. Diese Phasen haben wir alle mal.“ Ja, aber bei dir hätte ich sie niemals vermutet, dachte Heppner, während sein Chef die Tür zuschlug und zur Haustür ging.

Bei Heppners Rückkehr hatten sich die Details der Geschichte mit Kastner unter den Kollegen bereits herumgesprochen und die Ereignisse stellten die Auffindung von Johanssons Leiche bei weitem in den Schatten. Die Erleichterung, dass er angeschossen, dabei aber nicht verletzt wurde, war jedenfalls allgegenwärtig.

Nachdem Heppner den letzten Kollegen freundlich, aber bestimmt abgewimmelt hatte, schrieb er sich bis zum Ende des Tages buchstäblich die Finger wund. Sein Bericht über den Vorfall allein umfasste 25 Seiten, zudem waren etliche Formblätter auszufüllen:

Antrag auf Ersatz für im Dienst beschädigte Zivilkleidung: 5 Seiten, dreifach

Antrag auf Ersatz für im Dienst beschädigte private Geräte: 3 Seiten, dreifach

Antrag auf Überprüfung einer Schutzweste nach Einschlag, dreifach

Bericht über Sachschadensunfall, siebenfach

Zeugenschaftliche Stellungnahme zu Verkehrsunfall mit schwerem Personenschaden, siebenfach

Und so weiter, und so weiter….

Heppner war nur froh, dass weder Hanna noch er selbst geschossen hatten, dann hätte der Schreibkram sicherlich die ganze Nacht gedauert. Das Ganze war nur blöde und stupide, der Polizist fluchte fast den ganzen Nachmittag vor sich hin. Trotzdem hielt dieser miese Tag ein positives Highlight für ihn bereit - und zwar einen Anruf Otto Quandts, der offenbar schon ein Ergebnis vermelden konnte.

„Das Konto bei der Treightbank auf den Namen deiner Ehefrau in spe wurde vor ziemlich genau neun Monaten eröffnet. Zwei Tage später gingen auf dem Konto 24.311,46 € ein, und zwar von einem Konto der VENTURA. Wie bescheuert müsste Marion denn sein, ein schwarzes Konto auf den eigenen Namen zu eröffnen? Ich habe mir daher die Eröffnungsunterlagen rüber faxen lassen, die Nummer des in Kopie vorgelegten Ausweises überprüft - und es ist tatsächlich Marions Ausweis. Allerdings wurde das Geburtsdatum verändert und sie ist um 15 Jahre jünger gemacht worden. Ich habe daraufhin beim EMA eine Kopie des originalen Ausweises angefordert und demnach wurde nicht nur das Foto ausgewechselt, sondern auch die Unterschrift verändert. Ich weiß nicht, wer das betreffende Konto eröffnet hat, Klaus, aber eins ist sicher: Marion war es nicht. Am besten kommst du hoch und siehst dir das Foto mal an. Vielleicht kennst du die Dame."

Auf dem Weg in Quandts Büro durchbrach Heppner zwar fast die Schallmauer, doch die Fax Kopie war dermaßen schlecht, dass er die Person auf dem Foto nicht erkannt hätte, wäre sie auch seine Schwester gewesen. „Mist!", fluchte er. Es wäre zu schön gewesen, hätte er Petra Hammer wiedererkannt. Ein Trost war jedoch, dass niemand die Person auf dem Foto mit Marion hätte verwechseln können. „Tja, da kann ich dir leider nicht helfen." „Halb so wild, Klaus. Wenn wir die Original-Dokumente vorliegen haben, kann das KK 15 sie auf Fingerabdrücke der Konto-eröffnerin untersuchen lassen. Mal sehen, was dabei herauskommt."

Als Heppner endlich mit seinen Berichten fertig war, ließ er buchstäblich den Bleistift fallen und eilte nach Hause, um Marion die

Neuigkeiten zu berichten. Sie flog vor Erleichterung in seine Arme, der Aufprall gegen seine Brust erinnerte ihn schmerzhaft an den Einschlag der 6,35er Kugel in seine Schutzweste. Sein Zusammenzucken und der Griff an die rechte Brustseite ließ Marion zurückweichen. „Ist was mit dir?“, fragte sie erschreckt. Heppner rieb sich die Brust (schlechte Idee!), zuckte erneut zusammen und versuchte dies als Achselzucken zu tarnen. Eine haarsträubend blöde Idee, wie sich herausstellte, denn seine Nervenenden schrien geradezu um Hilfe. „Och… es hat da ein kleines Missverständnis gegeben. Ich hatte eine… sagen wir mal … tätliche Auseinandersetzung mit jemandem, der mir keine Auskunft geben wollte. Leider ist dabei mein Handy zu Bruch gegangen.“

Die Halbwahrheit entlarvte sich spätestens, als Marion genauer hinsah und das kleine, ausgefranste Loch in der Windjacke sah. „Das… das… ist es das, was ich denke?“, fragte sie entsetzt. Heppner zuckte erneut die Achseln, diesmal nicht gespielt und verzog wieder das Gesicht. „War nur ein kleinkalibriges Geschoß. Für mein Blackberry hat es aber gereicht. Ich muss mir morgen ein neues besorgen. Außer einer Prellung an den oberen Rippen bin ich heil und gesund - im Gegensatz zu dem Burschen, der auf mich geschossen hat.“ Heppner schilderte seiner Freundin die Verfolgungsjagd und ihr dramatisches Ende, während sie in die Küche gingen. Erst als ihm der Geruch von Ente à la Orange in die Nase stieg fiel ihm auf, dass sein Magen schon seit langer Zeit nach Nahrung schrie. Heppners Bärenhunger führte allerdings dazu, dass er mehr über Marions kulinarisches Meisterwerk herfiel als es zu genießen. Sie winkte ab, als ihr Freund sich dafür entschuldigen wollte. „Solange du nicht die Knochen hinter dich an die Wand wirfst wie beim Ritteressen, freue ich mich nur, dass es dir offenbar schmeckt - und dass du überhaupt noch essen kannst, du Held.“

Was kann man sich mehr wünschen als eine Frau, die in jeder Lebenslage Verständnis für dich hat, dachte Heppner verträumt. Einen solchen Menschen kann man nur lieben. Sein Ansatz, es ihr auch physisch zu beweisen wurde vom Klingeln seines Telefons unterbrochen. Anonymer Anrufer. Nicht schon wieder.

„Heppner.“ „Klaus, hier ist Detlef. Ich habe gerade einen wütenden Anruf unserer Kriminal-Britney erhalten, die außer sich ist, weil niemand sie darüber informiert hat, dass du angeschossen worden bist. Sie besteht darauf, dass du dich sofort zu einem kompletten Check-Up ins Krankenhaus begibst. Sonst würde sie dir auf der Stelle aus fürsorgerischen Gründen die Führung der Dienstgeschäfte untersagen. Wenn ich an deiner Stelle wäre, würde ich ihrer Anweisung folgen. Also schwing deinen Arsch in eine Klinik, lass dich für gesund erklären, dann ist alles okay.“

Echt geil, dachte Heppner aufgebracht. Jetzt fängt die Orzessek schon an, sich in meine Gesundheitsfragen einzumischen. Da aber auch Marion meinte, er solle sich besser eingehend untersuchen lassen, fügte sich Heppner brachialer weiblicher Logik und fuhr los. Zudem kam ihm eine Idee, und er fuhr ins BGU.

Dort war die Notaufnahme glücklicherweise gerade nicht mit Patienten überlaufen. Nur ein junger Mann in Sportkleidung, der seinen sichtbar geschwollenen Fuß auf der Sitzbank gelagert hatte, wartete noch darauf, aufgerufen zu werden. „Bin beim Training umgeknickt. So ein Dreck! Wahrscheinlich hat es die Außenbänder erwischt. Und was ist mit Ihnen?“ „Nichts wildes“, beruhigte Heppner die mitteilungsfreudige Neugiernase. „Bin angeschossen worden. Weiter nix.“

Ab und zu liebt Heppner es halt, seine Mitmenschen zu schocken - und hier gelang es. Während der neugierige Patient noch mit offenem Mund an Heppners Körper nach Verletzungen suchte, öffnete sich die Schwingtür zum Behandlungsraum und der Polizist schlüpfte grinsend durch. Der junge Assistenzarzt, der ihn untersuchte, schickte ihn schnell zum Röntgen und empfing Heppner wenige Minuten später ziemlich aufgeregt.

„Sie haben Glück, Herr Heppner, bei Ihnen ist nicht mal eine Rippe angeknackst. Keine Frakturen, keine Luxationen, nur eine mittelschwere Prellung. Aber dass Sie hier sind, ist eine glückliche Fügung. Tobias Kastner ist vor einer Stunde aus der Narkose erwacht und will mit Ihnen reden. Er kennt zwar Ihren Namen nicht, schreit aber nach dem Polizisten, den er angeschossen hat. Er liegt auf der D3, der neurologischen Intensivstation."

Heppner zuckte zusammen. „Neurologie? Waren die Kopfverletzungen so schwer?" Dr. Stein schüttelte den Kopf. „Sprechen Sie am besten mit Dr. Manning von der D3. Das ist sein Fachgebiet."

Station D3 war abgeschottet wie ein Hochsicherheitstrakt. „Die meisten Patienten und ihre Familien sind nicht daran interessiert, dass jemand sie in diesem Zustand sieht." Dr. Manning war um Erklärung bemüht. „Sie schickt wirklich der Himmel und irgendein Schutzengel hat sicher seine Hand mit im Spiel gehabt." Bei der Vorstellung, Orzessek als Engel zu sehen, musste Heppner unwillkürlich grinsen, wurde aber schnell wieder ernst. „Wieso sind Sie so froh, mich hier zu sehen, Herr Doktor? Was ist mit Kastner? Besteht immer noch Lebensgefahr?"

Dr. Manning sah sehr ernst aus, als er weitersprach. „Es hat schon was von einem Wunder, dass Kastner den Unfall überhaupt lebend überstanden hat. Es gibt unterhalb des Beckens keinen Knochen, den er sich nicht mindestens einmal gebrochen hat - umgangssprachlich gesprochen. Zudem hat er Frakturen am linken Handgelenk und am rechten Oberarm. Die Kopfverletzungen sind eigentlich oberflächlich und weniger schlimm, aber die Rotationsbewegung beim letzten Aufprall beunruhigte uns, sodass wir ein MRT seiner kompletten Wirbelsäule gefahren haben. Das Ergebnis war..." Dr. Manning verstummte kurz und schüttelte frustriert den Kopf.

„Kastner stirbt, Herr Heppner - und nichts und niemand kann dies aufhalten. Das Gehirn eines Menschen wird über den Liquor Kanal im Rückenmark und die darin befindliche Flüssigkeit mit Nährstoffen versorgt. Wir haben festgestellt, dass die Versorgungsleitungen zum Gehirn durch den Bruch des dritten Nackenwirbels abgeklemmt wurden. Verstehen Sie mich nicht falsch: Kastner ist nicht gelähmt, da die Nervenleitungen nicht verletzt wurden. Wir können den Bruch versorgen und verhindern, dass eine Lähmung eintritt - doch wir können die Liquor- Leitung nicht reparieren. Wir kommen nicht an die zerstörte Stelle heran, ohne ihn sofort und unwiderruflich umzubringen. Seine Aussichten sind erschreckend."

„Was erwartet ihn, Herr Doktor?", fragte Heppner tonlos. „Eine Art Alzheimer im Zeitraffer. Aufgrund der fehlenden Versorgung wird eine Gehirnzelle nach der anderen absterben und der Zustand ist progressiv: Das heißt, es wird immer schneller bergab gehen. Wenn Sie mich fragen, ich an seiner Stelle hätte es vorgezogen, bei dem Crash sofort draufzugehen."

Wem sagst du das, Doc, dachte Heppner beklommen. Dazuliegen und zu registrieren, wie die eigene Persönlichkeit immer schneller im Nebel verschwindet, stellte er sich grauenhaft vor. „Wie lange hat er noch, Herr Doktor?" Dr. Manning zuckte die Schultern. „Das kann ich nicht genau eingrenzen. Es kann Tage dauern, Wochen… - Monate allerdings nicht mehr. Ich stelle die Prognose, dass er stirbt, bevor die Verletzungen an den unteren Extremitäten ausgeheilt sind." „Weiß er es? Ich meine, kennt Kastner seinen Zustand?" Dr. Manning schüttelte den Kopf. „Er ahnt vielleicht, dass es nicht gut um ihn steht, aber er kennt keine Details. Sprechen Sie mit ihm, solange es noch geht. Er will es. Was er von Ihnen will, weiß ich allerdings nicht."

Bevor der Polizist in Kastners Zimmer gehen durfte, wurde er mit Kopfhaube, Mundschutz und Chirurgenkittel quasi in ein Duplikat Mannings verwandelt. Heppner betrat die Intensivstation, die hermetische Tür schloss sich mit einem schmatzenden Geräusch hinter ihm.

Kastner befand sich in einer Art Halbschlaf. Sein Kopf war fixiert, verpflastert und teilweise geschoren, Arme und Beine steckten in

Plastikschienen, die mittels einer Seilwinden-konstruktion hoch gelagert wurden - und in seinen Körper wurde an mindestens sieben verschiedenen Stellen irgendetwas hineingepumpt. Monitore zeigten die sattsam bekannten Zacken und das EKG gab im Sekundentakt Blips von sich. Heppner war kein Arzt, aber dass Kastners Blutdruck bei 90:60 lag und er über einen Schlauch unter der Nase mit Sauerstoff versorgt wurde schien selbst ihm nicht gerade verheißungsvoll zu sein. Als er an Kastners Bett trat, öffnete dieser die Augen und sah seinen Besucher an.

„Gut, dass du hier bist." Kastners Stimme war schwach, aber deutlich vernehmbar. „Hast du was abbekommen bei dem Schuss?" Heppner schüttelte leicht den Kopf. „Du hast mein Blackberry erschossen und mir eine Prellung verpasst, das war alles." Der Verletzte lächelte erleichtert. „Gott sei Dank. Mann, hättet ihr bloß mal gesagt, wer ihr seid. Ich hätte niemals auf dich geschossen." Der Polizist nickte nur. „Glaube ich dir. Ich weiß inzwischen, wer du bist." „Du weißt wer ich war. Oder besser: Was ich war. Das ist gut. Mir hat noch keiner wirklich gesagt, wie es um mich steht. Die Ärzte haben nicht geantwortet und die Schwestern drucksen herum. Also von Kollege zu Kollege: Werde ich das hier überleben - und wenn ja, wie?"

Wie antwortet man am besten auf diese direkte Frage? Heppner wusste es nicht und schwieg, während er überlegte. Kastner deutete das Schweigen richtig. „Also werde ich sterben oder ein Krüppel sein. Super. Einfach super." „Was wäre dir denn lieber?", fragte Heppner ihn leise. „Ich würde lieber tot sein als anderen zur Last zu fallen. Das war immer mein Prinzip. Wenn ich als hilfloser Pflegefall dahinvegetiere, soll man den Stecker ziehen. Aus und fertig." „Okay, Junge, dann mach dich auf was gefasst. Es sieht Scheiße aus", sagte der Polizist und teilte seinem Ex-Kollegen die Diagnose Dr. Mannings kurz und schonungslos mit. Kastner schloss die Augen und schwieg einige Minuten lang. Dann begann er mit noch geschlossenen Augen zu Heppners Überraschung zu lachen, leise und bitter.

„Das passt ja zu meinem verpfuschten Leben wie die Faust aufs Auge. Ich war mal ein richtig guter Polizist, weißt du? Damals wurde mir beigebracht, Antworten auf alle Fragen zu finden. Du hast sicher einen ganzen Haufen davon. Stelle sie, solange ich noch antworten kann." „Okay, dann erzähle mir, wieso du in die REDSNAP investiert hast."

Kastner schnaubte durch die Nase, was seinen Sauerstoffschlauch verrutschen ließ. Die neben Kastner stehende Schwester korrigierte es sofort. „Danke. Wie du vielleicht weißt, gehört mir das Haus Erlenstraße 131, in dem ich wohne.

Vor einem Jahr begannen Schwierigkeiten, weil zwei Mieter ihre Miete nicht mehr zahlten. Ein Kumpel aus alten Tagen riet mir, mein Glück mit Aktien zu versuchen. Da ich davon nicht viel verstand, rief ich eine Nummer an, die ich aus der Zeitung hatte und forderte die unverbindliche Beratung an, die dort angeboten wurde. Ein paar Tage später rief eine Frau zurück, die mich auf die REDSNAP-Aktie hinwies. Ich hielt mich für schlau, weil ich nicht sofort kaufte, sondern mich erst im Internet vergewisserte. Bei Google fand ich nur begeisterte Stimmen zu diesem Konzept, also nahm ich meine letzten 6000 € und kaufte diesen Scheiß."

„Was ist mit den übrigen 80.000?", wollte Heppner wissen. Kastner verdrehte die Augen. „Es lief am Anfang richtig gut. Die Aktie stieg wirklich, und meine Beraterin..., wie hieß sie denn noch..., fragte ständig, ob ich nicht nachkaufen wolle. Ich sagte ihr, dass ich kein Geld habe - und sie riet mir, einen Kredit aufzunehmen und zwar schnell, um die nächste Kursrallye noch mitzunehmen. Als ich ihr sagte, dass es mit der Auszahlung des Bankkredits noch dauern würde riet sie mir, es bei einem Finanzdienstleister namens EPSILON AG zu versuchen. Diese Firma würde Darlehen zu Konditionen vergeben, die nicht weit über den üblichen Zinssätzen lägen. Als Sicherheit hätte ich ja schließlich mein Haus. Im Übrigen lägen die Gewinne der REDSNAP-Aktie ja weit über dem geforderten Zinsniveau. Die höheren Zinsen der EPSILON würden also meinen Gewinn nur ein bisschen verkleinern. Ich ließ mich also überzeugen und rief bei der EPSILON an.“

Als Kastner den Namen zum zweiten Mal nannte, klingelte es in Heppners Kopf. EPSILON. Makezinis. Jimmy und Rudi, die von den Verbindungen zwischen Liechtenstein und Makezinis berichtet hatten. Er fragte Kastner nach dem Namen Makezinis und dieser schloss zur Bestätigung die Augen.

„Die EPSILON vermittelte mir den Privatkredit dieses Christos Makezinis. Ich rief ihn an und er war begeistert über meine Absicht, das geliehene Geld in die REDSNAP zu stecken, weil er angeblich selbst eine Menge dieser Aktien gekauft habe. Er gab mir sogar schriftlich, dass er meine Aktien zum Kaufpreis übernehmen werde, sofern die Aktien oberhalb eines bestimmten Kurses notiert würden. Als Absicherung der Vereinbarung wurde mein Haus eingetragen.

Ich erhielt also die 80.000 € und orderte dafür REDSNAP-Aktien. Wenig später ging der Aktienkurs in den freien Fall über. Ich versuchte ebenso verzweifelt wie vergeblich, Makezinis zu erreichen. Erst als die vereinbarte Grenze unterschritten war, rief er mich an und fragte heuchlerisch, warum ich ihn nicht früher kontaktiert hätte, jetzt müsse er wegen seiner eigenen Verluste den Kredit leider fällig stellen. Das gab mir den Rest. Am nächsten Tag hing ich wieder an der Flasche.“

Mit vor Wut zusammengebissenen Zähnen erklärte Heppner seinem Ex-Kollegen, dass die 80.000 € nach dem Aktienkauf wieder in die Tasche des Mannes gewandert waren, von dem er sie geliehen hatte. Kastner schnaubte noch einmal - zum Missvergnügen der Pflegerin, mit dem gleichen Effekt wir zuvor. „Danke. Das habe ich mir mittlerweile auch zusammengereimt. Diese Dreckschweine! Auf sie hätte ich ballern sollen statt auf dich. Jetzt ist es dafür zu spät. Bevor ich mich wieder bewegen kann, habe ich zumindest vergessen, dass es sie gibt.“

Heppner blickte verwundert auf. Kastners Gesicht drückte echtes Bedauern ob dieser verpassten Chance aus. Offenbar wusste er immer noch nichts von dem Dreifachmord in der Villa - doch allmählich schien ihm etwas zu dämmern.

„Sag mal… kann es sein, dass ich dein Gesicht aus der Zeitung kenne? Du bist doch beim KK 11 und euer Besuch bei mir hatte irgendetwas mit…“ Er stockte. „Sag jetzt bloß nicht, irgendjemand hat diesen Liechtenstein abgemurkst?“ „Liechtenstein, von Gersthoven und Makezinis“, bestätigte Heppner. Kastner schloss die Augen und begann wieder zu lachen. „Oh Mann, das ist ein guter Witz. Makezinis auch? Na, dann habe ich in der Hölle wenigstens Gesellschaft. Tu mir einen Gefallen und schicke mir schnellstens einen Notar her. Ich muss testamentarisch festlegen, dass aus meinem Nachlass ein guter Verteidiger für den Täter bezahlt wird.“ „Stell dich hinten an“, knurrte der Polizist. „Du kannst dir nicht vorstellen, wie oft wir das in den letzten Tagen gehört haben. Wer immer es war, verdient mildernde Umstände en masse.“

Kastner nickte nur und schloss die Augen. Da seine zunehmende Erschöpfung nicht mehr zu übersehen war, stand Heppner auf und gab ihm einen leichten Klaps auf die unverletzte linke Schulter. „Ruh dich aus. Ich komme morgen wieder.“

Vor der Tür lehnte er die Stirn an die kühle Metallverkleidung der Wand, doch dies beruhigte ihn nur wenig. Scheiße, scheiße, scheiße, dachte Heppner immer wieder. Er war einfach nur wütend. Wütend auf die Betrüger, die eine Unzahl von Menschen in die Verzweiflung getrieben hatten und wütend auf sich selbst. Hätte ich unbedingt selbst die Verfolgung aufnehmen müssen, fragte er sich? Wäre der Unfall dann nicht passiert? Warum hatte ich mich nicht sofort als Polizist zu erkennen gegeben? Er schlug bei jeder dieser Fragen seinen Kopf gegen die Wand, bis ihn ein Räuspern innehalten ließ.

„Sind Sie der angeschossene Polizist?“ Die Frage wurde von einer Frau Ende 30 in Schutzkleidung gestellt, die Heppner aus verweinten

Augen bittend ansah. Als dieser nickte, stellte sie sich als Teresa Kastner vor. „Tobias ist... nein, war mein Mann. Wir haben uns vor Jahren getrennt, stehen aber noch in Kontakt. Weshalb sind Sie hier? Wollten Sie sich davon überzeugen, ganze Arbeit geleistet zu haben, oder was?“

Ihre Vorwürfe passten großartig zu Heppners Schuldgefühlen und steigerten nur noch seine eigene Wut. So griff er die Frau nur bei den Schultern, drehte sie herum und schob sie in das Zimmer Kastners hinein. „Fragen Sie ihn doch selbst“, zischte er sie an, bevor er die Tür hinter ihr zuschlug.

Dr. Manning beobachtete Heppner kopfschüttelnd, als dieser sich die Schutzkleidung vom Körper riss und sie in die vorgesehenen Behälter pfefferte. „Sie und auch Frau Kastner sind ein tolles Beispiel für die Frustrations-Aggressions-Hypothese. Sie beide haben in einer bestimmten Situation eine Entscheidung getroffen, sind über die Auswirkungen nicht begeistert und darüber so wütend, dass sie aufeinander losgehen.“ „Anstatt schlau herumzu- quatschen, sollten Sie lieber Kastner helfen“, fauchte Heppner wütend. Der Arzt war bereits verschwunden, bevor er sich entschuldigen konnte.

Marion war erleichtert, als Klaus Heppner ihr das Ergebnis der Untersuchung mitteilte. „Ich habe etwas, das großartig gegen Prellungen hilft“, meinte sie und zog ihn ins Schlafzimmer. Heppner grinste. Er konnte sich nicht vorstellen, dass ihre Methode etwas mit einer klassischen Salbenpackung zu tun hatte - und behielt Recht.

Was soll man sagen: Es half.

Neun

15. Juli 2010, 07.30 Uhr

„Ich bin außerordentlich erleichtert, dass Ihnen nichts Nennenswertes passiert ist“. Jaqueline Orzessek faltete die Hände und sah Klaus Heppner, der vor ihrem Schreibtisch saß, lange und intensiv an. Die Gruppenleiterin hatte ihn bei Dienstantritt umgehend zu sich beordert. „Sie können sich nicht vorstellen, was ich für Befürchtungen hatte, als ich von der Schießerei erfuhr. Wieso bin ich nicht umgehend informiert worden?“ „Wahrscheinlich, weil ich das Vorkommnis selbst gemeldet habe und Hans daher wusste, dass ich nicht verletzt bin“, konterte Heppner knapp. „Und dass Sie nicht ins Krankenhaus gegangen sind, verstehe ich auch nicht“, meinte sie kopfschüttelnd, während sie aufstand. Ihr Rock war heute hellgrau, aber die Länge (besser: Kürze) hatte nichts Konventionelles an sich. „Sie sind nicht aus Stahl, auch wenn Sie so aussehen.“ „Danke, das sagt meine Freundin auch“, schoss Heppner eine vorsichtige Warnung ab, doch diese verpuffte wirkungslos. „Ich habe uns einen Tee gemacht. Augenblick, ich hole ihn eben. Und nennen Sie mich doch Jackie.“

Zu diesem Zeitpunkt befand sich Heppner etwa drei Minuten in ihrem Büro. Er wusste nicht, warum der Tee nicht auf ihrem Schreibtisch, sondern im mittleren Fach des Aktenbocks stand. Nicht, bis sie sich mit dem Rücken zu ihm bückte.

Ihr Rock war so eng, dass Heppner sich vorher schon gefragt hatte, warum sich ihr Slip nicht darunter abzeichnete. Jetzt wurde es ihm klar: sie trug gar keinen. Über ihre Absicht konnte angesichts des Blickes, den sie ihm noch in gebückter Stellung über die Schulter zuwarf, kein Zweifel bestehen. Als der Ermittler aufstand, legte sie den Kopf in den Nacken und begann in Vorfreude zu stöhnen. Heppner bereitete ihr eine unangenehme Überraschung, denn er ergriff ihre Schultern, drehte sie herum und stieß sie in ihren Stuhl zurück.

„Jetzt lassen Sie mich mal eines klarstellen: Ich bin nicht interessiert an Ihren Spielchen. Ich mag zwar geschieden sein und Ihr Interesse erregen, aber lebe in einer festen Beziehung und liebe meine Freundin. Suchen Sie sich also jemand anderen. Habe ich mich klar genug ausgedrückt?“ Heppners Stimme klang schneidend und seine Worte waren scharf akzentuiert wie ein Skalpell.

Jaqueline Orzessek sah ihn konsterniert an, dann veränderte sich ihr Gesichtsausdruck in eine Maske des Hasses. „Du wagst es ernsthaft, mich zurückzuweisen? Bist du dir über die Konsequenzen im Klaren? Glaubst du nicht, dass man meinen Worten mehr glauben wird als deinen, wenn ich die Sache einfach herumdrehe? Wenn ich behaupte, dass du mich angemacht hast und ich mich deiner nur mit knapper Not erwehren konnte? Was, wenn ich das hier vorweise?“ Und mit diesen Worten riss sie an ihrer Bluse, dass die obersten Köpfe abrissen und Heppner sehen konnte, dass sie neben dem Slip auch auf den BH verzichtet hatte.

Jaqueline Orzesseks Brüste als hässlich zu bezeichnen wäre zwar gelogen gewesen, aber Heppner wandte sich trotzdem ab und ging zur Tür. „Lauf nur weg, du Schlappschwanz“, hörte er die Frau hinter sich keifen - und drehte sich zu ihr um. Sie hatte die Überreste ihrer Bluse ganz ausgezogen und fallen lassen und sah den Beamten herausfordernd an. „Ich werde gleich eine Meldung über sexuelle Belästigung fertigen, es sei denn, du überlegst es dir anders.“

Heppner legte den Kopf schief und dachte einen Moment nach, was sie offenbar erneut falsch interpretierte, denn sie zog sich lächelnd hinter den Schreibtisch zurück und setzte sich mit gespreizten Beinen in den Bürostuhl. Erst als der Ermittler die Arme vor der Brust verschränkte und breit zu grinsen begann, erlosch ihr Lächeln.

„Ich bin ein großer Fan von Michael Crichton und kann Ihnen die Lektüre sehr empfehlen. In „Enthüllung“ ist dieses Szenario hier wunderbar beschrieben - und auch dort hat es nicht funktioniert, Frau Orzessek. Wenn Sie es tatsächlich wagen sollten, mich zu diskreditieren wird nicht nur meine Aussagen gegen Ihre stehen, sondern auch mein Ruf gegen den Ihren. Die Ermittlungen werden sich auf unsere dienstliche und private Vergangenheit erstrecken - und angesichts Ihres gerade gezeigten Verhaltens kann ich mir nur allzu gut vorstellen, dass es bei Ihnen ein paar Dinge gibt, die Sie lieber geheim halten wollen. Noch haben Sie die Wahl. Bedenken Sie vor allem, dass Sie mich einer Straftat beschuldigen, die ich nicht begangen habe. Überlegen Sie sich also genau, ob Sie wegen des Juckens zwischen Ihren Beinen wirklich eine Straftat begehen wollen. Und übrigens: Ich bestehe auf der Anrede in Höflichkeitsform, jetzt und für alle Zeiten - denn auf Brüderschaft werde ich mit Ihnen sicher nicht trinken.“

Jaqueline Orzesseks Gesicht drückte jetzt nur noch puren Hass aus. Sie riss den Hörer ihres Telefons an sich und wählte ein paar Ziffern. „Hier Orzessek. Kommen Sie schnell. Ja, es ist etwas passiert, KHK Heppner hat gerade versucht, mich zu vergewaltigen. Ja, ich warte.“

Niemand hat je erfahren, ob sie sich wunderte, weil der Verleumdete nicht aus dem Raum stürmte, sondern mit verschränkten Armen und sardonisch grinsend stehen blieb. Sie riss jedoch erstaunt die Augen auf, als neben Petra Kallweit, der Leiterin des KK 12, auch Hanna Karl und Stefanie Tebber, die Gleichstellungsbeauftragte des Präsidiums, hereinkamen. „Ha, das ist ja klasse! Toll, dass sie so schnell kommen konnten. Hören sie, es ist kaum zu fassen, was sich Herr Heppner gerade geleistet hat. Er...“ Weiter kam sie nicht, denn Simone Kallweit winkte ab. „Frau Orzessek, wir kennen den Sachverhalt bereits. Sie haben mir gerade mitgeteilt, von Herrn Heppner sexuell belästigt worden zu sein. Ist das richtig?“ Jaqueline Orzessek sah Heppner triumphierend an. „Jawohl. Da drüben liegt meine Bluse, die er mir zerrissen hat. Das ist Beweis genug.“

Simone Kallweit nickte nachdenklich. „Das ist wirklich Beweis genug.“ Sie schüttelte den Kopf. „Ich kann mich nicht erinnern, jemals einen Fall wie diesen gehabt zu haben. Du etwa?“, fragte sie Stefanie Tebber, die ebenfalls entschieden den Kopf schüttelte. Dann wandte sie sich wieder an Jaqueline Orzessek.

„Frau Orzessek, ich werde gegen Sie ein Strafverfahren wegen falscher Verdächtigung gemäß § 164 StGB einleiten. Sie über Ihre Rechte als Beschuldigte zu belehren, halte ich für müßig, denn Sie kennen Ihre Rechte sicherlich sehr gut. Wenn ich Ihnen einen guten Rat geben kann: Melden Sie sich krank und gehen Sie nach Hause. Alles Weitere wird Ihnen sicherlich durch die Behördenleitung und die Staatsanwaltschaft mitgeteilt werden.“

Wer den Gesichtsausdruck der Orzessek als kreidebleich bezeichnet hätte, betrachtet einen Tsunami sicherlich als große Welle. Sie verlor jegliche Gesichtsfarbe, sank mit offenem Mund auf ihren Stuhl und bedeckte ihre Brüste mit beiden Händen. „Aber… wieso …. woher…“, stammelte sie. Heppner beschloss, sie nicht länger im Unklaren zu lassen und griff in die Tasche seiner Weste. Als er das Diensthandy hervorzog, tat Hanna es ihm gleich - und an den Displays konnte die entsetzte Halbnackte erkennen, dass die Verbindung immer noch stand. „Ich ahnte so etwas, als Sie mich in aller Frühe herbeizitiert hatten“, seufzte Heppner. „Also habe ich Vorsichtsmaßnahmen getroffen. Hanna hat unseren Dialog mitgehört und Frau Tebber informiert, als die sexuelle Belästigung unübersehbar wurde. Als Sie Frau Kallweit anriefen, standen die beiden neben ihr. Pech gehabt, würde ich sagen. Ich hatte Sie gewarnt.“

„Raus“, flüsterte die Gruppenleiterin. „Gehen Sie raus. Alle. ALLE!“ Die Wiederholung kam als Schrei. Ihre Besucher nickten und gingen. Vor der Tür nahm Heppner Steffi Tebber beiseite. „Du bist doch auch sozialer Ansprechpartner der Behörde. Ich hätte allen Grund, diesem notgeilen Miststück die Pest an den Hals zu wünschen, aber ich glaube, sie braucht Hilfe.“ Seine Kollegin stimmte ihm zu. „Ich hatte schon länger den Eindruck, aber bisher hat sie mich immer brüsk zurückgewiesen. Mal sehen, was ich tun kann."

„Danke, Hanna. Das war schnell und adäquat reagiert." Hanna Karl winkte ab. „Hatten wir doch vorher alles durchgesprochen. Ich hab nur das getan, was notwendig war." Sie klopfte Heppner auf den Oberarm und drehte sich zum Gehen um, hielt aber noch einmal inne. „Was passiert jetzt mit der Orzessek? Nicht, dass ich ihr einen Dämpfer nicht gönnen würde, aber… na ja, es ist halt nicht so schwer, Gefühle für dich zu entwickeln. Ich spreche da aus Erfahrung. Aber Schwamm drüber." „Wahrscheinlich wird sie erst mal krankgeschrieben. Im Ernst, sie ist weniger ein Fall für die Justiz als für einen sozialen Ansprechpartner oder einen Psychiater. Der Fall ist geklärt, ich stehe in keinerlei Verdacht und bestehe auch nicht auf einer Anzeige. Ich möchte nur nicht, dass dieses geile Luder in Kürze über meine dienstliche Beurteilung entscheidet." „Das halte ich für nachvollziehbar", erwiderte Hanna grinsend. Sie ging und ließ ihren Kollegen nachdenklich zurück.

Dass ein Chef oder eine Chefin sich zu einem oder einer Untergebenen hingezogen fühlt, ist nichts Neues. Es gibt Unmengen von Managern m/w, die sich in ihre Position „hochgeschlafen" haben. Hierbei kam Heppner ein Gedanke. Was, wenn…

„Nein, bei mir hat er nicht landen können. Er hat auch nur ein paar Anspielungen gemacht, die ich aber einfach ignoriert habe. Wieso fragst du?" Marions Stimme am Telefon nahm einen Tonfall an, der ihre Neugier verriet. „Ach, nur so. Ich frage mich immer, warum und wieso jemand etwas tut - und ich habe mich gefragt, ob die harsche Reaktion deines Chefs nicht eine Folge einer Zurückweisung gewesen ist." „Glaube ich nicht", meinte Marion entschieden. „Dass er mich angemacht hat, war eher, um seinen Ruf als „Firmenmacho" zu untermauern. Ich passe auch gar nicht in sein..., wie sagst du immer von Jimmy…, ach ja, Beuteschema." Und beschrieb den Typ Frau, hinter dem Michael Pelzer ihrer Meinung nach her sei. Ihre Beschreibung führte zu einem raschen Telefonat mit dem Leiter des KK 15, der versprach, sich um die Sache zu kümmern. Einigermaßen beruhigt kehrte Heppner in den MK-Raum zurück, wo ihn ein erregtes Stimmengewirr erwartete. Es dauerte einige Sekunden, bevor sich Detlef Gehör verschaffen konnte. Heppner sah sich erstaunt um. Hans Bombardier war nirgends zu sehen.

„Nun beruhigt euch, Leute. Wir werden das auch so über die Bühne bekommen.“ Detlefs sonore Stimme ließ die aufgebrachten Diskussionen verstummen. „Wir machen zunächst mal weiter wie gehabt, also mit der Befragung der Anleger. Bisher haben wir erst einige Callcenter-Agents und etwa 10% der Anleger befragt, also sputet euch ein bisschen. Ihr braucht auch keine Lebensgeschichten aufzuschreiben, sondern versucht, euch so knapp wie möglich an das Befragungskonzept zu halten. Ab- marsch.“ Als sich die Kollegen -noch immer diskutierend- trollten, wandte sich Detlef an Hanna und Klaus Heppner.

„Tja, wir hatten vorhin Besuch von Dietmar von Homburg.“ Heppner stöhnte gequält auf. Von Homburg war Leiter der Verwaltung, somit Stellvertreter des Polizeipräsidenten und ein Prinzipienreiter par excellence. Hanna verdrehte die Augen. „Ja und? Was wollte er hier? Hat er sich über die Kosten der MK beschwert oder was?“ „Schlimmer“, knurrte Detlef Schall. „Hans hat aus seiner Sicht zu viele Überstunden. Er ist einfach hier hereingestiefelt und hat Hans ins Zwangs-Dienstfrei geschickt. Unser Chef darf sich hier nicht mehr sehen lassen, bis er weniger als 1500 Stunden hat. Das heißt: Wir werden Hans erst in fast einem halben Jahr wiedersehen.“ „Das kann er doch nicht machen“, flüsterte Heppner mit aufgerissenen Augen. „Und ob er das kann“, meinte Schall grimmig. „Da wir momentan keinen Polizeipräsidenten haben, ist er als Chef der Verwaltung automatisch der Behördenleiter. Er meinte, dass er aufgrund der fürsorgerischen Verantwortung keine Wahl hätte. Dass Hans in den letzten Tagen weniger Überstunden als sonst gemacht hatte, führte von Homburg auf diese Überlastung zurück. Und auch das Argument, Hans müsse die MK leiten, zog nicht - von Homburg meinte nur, wenn er der einzig Geeignete beim KK 11 wäre, hätte er seine Leute (also uns) schlecht ausgebildet. Aber keine Sorge: Hans ist zwar nicht im Dienst, steht aber am Telefon bereit. Und wenn ihr mich fragt: Die Gründe unseres Möchtegern-PP waren nur Geschwafel. Tatsächlich hat Hans ihm wahrscheinlich nur zu häufig widersprochen."

Langsam aber sicher finde ich den Polizeidienst nur noch zum Kotzen, dachte Heppner bitter. Wenn Engagement bestraft wird, gibt es keinen Grund mehr, Leistung abzuliefern. „Und wer führt unsere MK weiter?", fragte er und runzelte die Stirn, als Detlef Schall grinsend auf sich selbst zeigte. „Du?", fragte er ungläubig. „Aber du hast doch…" „Selbst eine MK?", vollendete Schall den Satz. „Na ja…, es haben sich so viele Parallelen ergeben, dass die beiden Kommissionen zusammengelegt wurden. Unsere beiden Toten waren nämlich Kollegen. Beide waren Telefonklopper und arbeiteten bei der gleichen Firma, nämlich…" „Der REDSNAP", vollendete Heppner stöhnend. Das konnte doch nicht wahr sein! Offenbar wollte ein Killer nichts weniger, als alle Telefonbetrüger Duisburgs unter die Erde zu bringen.

Kopfschüttelnd nahm er sich einen Kaffee und berichtete Schall von dem Eklat bei der Orzessek. Der lachte leise. „Na, die sind wir jedenfalls erst mal los. Die spuckt uns nicht mehr in die Suppe - und von Homburg kann überlegen, wer sie ersetzt. Das bringt ihn wenigstens auf andere Gedanken. Für euch beide", er zeigte auf Hanna und Heppner, „habe ich auch eine neue Aufgabe. Fahrt zum LKA und findet heraus, warum das Analyseergebnis der grauen Substanz aus der Ecke in Makezinis Büro die Chemiker so überrascht hat. Fahrt aber bitte nicht den nächsten Dienstwagen zu Schrott."

Der Weg zum LKA in Düsseldorf ist nicht besonders weit, aber verkehrsmäßig ungünstig. Schon am Ende der A 59 stand das Team in einem 2 km langen Stau, der sie wünschen ließ, beamen zu können wie Scotty, oder in einer Zeitmaschine zu sitzen. Bis zur Völklinger Straße brauchten sie glatte 90 Minuten, bei ihrer Ankunft schimpfte Klaus Heppner bereits wie ein Rohrspatz. „Verdammt! Ich weiß ja, dass 90% der Autofahrer in Deutschland Idioten sind, aber müssen ausgerechnet heute Morgen alle auf der Straße sein?" „Nun beruhige dich doch, wir sind ja schließlich angekommen", lachte Hanna Karl, während sie dem Posten am Tor ihren Dienstausweis vorzeigte.

Das Gelände des LKA Düsseldorf umfasst eine gewaltige Fläche, was angesichts der mannigfaltigen Aufgaben der obersten Landesbehörde auch erforderlich ist. Heppner war nicht zum ersten Mal hier, wodurch sie den Weg zum OA 5, der technischen Abteilung, problemlos fanden. Dr. Herzog, der Leiter der chemischen Analyse, wurde von der Angestellten im Empfang benachrichtigt und empfing die Duisburger mit einem freundlichen Lächeln. Entgegen gängigen Wissenschaftlerklischees war er kein weltfremder Eierkopf, sondern ein in einen modischen, dreiteiligen Anzug gekleideter Mittfünfziger. Nach wenigen einführenden Worten griff er nach einem auf seinem Schreibtisch liegenden Bericht.

„Meine Abteilung hat die Substanz mühelos analysieren können. Mit einer Zusammensetzung von 98,2% SiO^2 und 0,6 % Fe^2O^3 handelt es sich eindeutig um Quarzsand. Die Körnung lag bei Werten zwischen 0,4 und 1,2 mm, der Sand ist also der Handelsklasse „A" zuzurechnen. Färbung und Körnung lassen diesen Sand einer Firma aus Warschau zuordnen. Das Produkt findet hauptsächlich Verwendung im Straßenbau, Restmengen wurden schon häufig wegen der geringen Entflammbarkeit als Löschmittel für industrielle Standaschenbecher verwendet." Dr. Herzog blickte von seinem Bericht auf. „Soweit ich den Kollegen Bombardier richtig verstanden habe, dürfte dies keine Überraschung sein. Allerdings haben wir Beimengungen gefunden, die überhaupt nicht zu Quarzsand passen. Wie gesagt, es waren nur minimale Spuren, aber wir konnten sie analysieren. Danach waren diese Beimengungen gar nicht mehr unbekannt." Mit diesen Worten reichte er ein Blatt herüber, welches die Polizisten stirnrunzelnd musterten.

„30% Glyceroltritinat, 65% Cellulosenitrat und 5% Vaseline", las Heppner ratlos. Dr. Herzog nickte. „Es ist für die heutige Zeit außergewöhnlich, aber bei der Beimengung handelt es sich um Kordit. Ich weiß nicht warum, aber der Quarzsand ist in Kontakt gekommen mit der Treibladung aus einer Patrone - oder dem, was davon übriggeblieben ist. Kordit war früher als Treibmittel bei Gewehrpatronen beliebt, geriet aber durch den waffentechnischen Fortschritt nach dem zweiten Weltkrieg fast in Vergessenheit. Nur in den süd- und südosteuropäischen Ländern wird es bei der Munitionsherstellung noch verwendet." „Also auch in Griechenland", murmelte Heppner - Dr. Herzog nickte. „Ja, z.B. die Fa. Hellenic Defense Systems verwendet noch Kordit zur Herstellung von kleinkalibriger Munition." „Das passt", meinte Hanna. „Wahrscheinlich hat Makezinis für seine Tokareff Munition aus Griechenland mitgebracht und sie geladen." „Gut und schön, aber wie ist das Kordit an den Quarzsand gelangt? Herr Dr. Herzog, kann der Sand die Rückstände schon deshalb aufgenommen haben, weil im gleichen Raum eine Waffe abgefeuert worden ist?" Der Chemiker schüttelte entschieden den Kopf. „Auf keinen Fall. Der Sand ist von kristalliner Struktur und die Oberflächenglätte jedes einzelnen Korns hätte die Partikel abgleiten lassen. Nein, der Sand muss in direktem Kontakt mit einem abgefeuerten Projektil gestanden haben."

Hanna und Heppner sahen sich an. „Die vierte, die fehlende Patrone", murmelte Hanna. „Aber welchen Grund könnte der vierte Schuss gehabt haben?" „Ist doch logisch. Wir haben an der Hand von Makezinis Schmauchspuren gefunden. Der Täter hat wohl Makezinis die Waffe in die Hand gedrückt und auf einen Sandhaufen gefeuert, um einen erweiterten Suizid vorzutäuschen." „Sofern Makezinis nicht selbst einen Probeschuss auf den Sandhaufen abgegeben hat, um z.B. die Lautstärke zu testen." „Ja, und dann hat er den Sandhaufen fast spurlos verschwinden lassen, ist in die anderen Zimmer gegangen und hat die beiden anderen gekillt. Und wo ist die vierte Hülse? Nee nee, das ist nicht plausibel." „Ich versuche ja nur zu argumentieren wie ein Rechtsanwalt", verteidigte sich Hanna. „Du weißt doch, dass die Vertreter unserer Beschuldigten vor Gericht die unmöglichsten Argumente auspacken, um sie zu entlasten - selbst wenn alles völlig unlogisch ist."

„Moment“, warf Heppner ein. „Liechtenstein soll doch den Standascher schon vor einiger Zeit umgetreten haben. Ich kann mir nicht vorstellen, dass Makezinis in seinem penibel sauberen Büro einen ganzen Sandhaufen liegen ließ.“ „Stimmt schon - und die Partuschek hat auch nichts von einem Sandhaufen erzählt. Wir haben aber auch nicht so genau gefragt.“ „Sollten wir nachholen“, stimmte Heppner seiner Kollegin zu.

Sie bedankten sich bei Dr. Herzog und machten sich wieder auf den Heimweg. Als sie auf die A 59 einbogen, ballten sich auf der linken Rheinseite die nächsten Gewitterwolken zusammen. Na toll, dachte Heppner sarkastisch, Gewitter hatten wir schon lange nicht mehr - doch es blieb zunächst trocken. Kaum im Büro angekommen, klingelte sein Telefon. Die Nachricht, die er erhielt, ließ ihn erneut die Treppen im Präsidium zum dritten Stock in großen Sätzen heraufeilen. Atemlos erreichte er sein Ziel, das KK 15.

„Klaus, das ist Michael Pelzer, Bezirksleiter der VENTURA für den Niederrhein. Ich frage ich mich langsam, ob ich ihn wirklich als Zeuge vernehmen sollte oder lieber doch als Beschuldigten.“ Die Stimme von KHK Andreas Kurz klang scharf und der Blick, mit dem er Pelzer musterte, hatte eine gewisse Härte angenommen. „Einige meiner Vermutungen haben sich bestätigt und ich wollte dich gern bei der Vernehmung dabeihaben. Setz dich und nimm dir einen Kaffee, meiner ist besser als der von Hans.“

Es ist eine stillschweigende Absprache, dass sich ein Kollege, der eine solche Aufforderung erhält, aus der Vernehmung heraushält und stummen Beobachter spielt. So nippte Heppner nur an seinem Kaffee (wirklich gut!) und besah Pelzer genauer.

Der Mann wirkte auf den ersten Blick ausgesprochen seriös. Fast 190 cm groß und schlank, stand ihm der anthrazitfarbene Anzug mit hellgrauem Hemd und der schmal gestreiften Krawatte ausgesprochen gut. Als er das Jackett öffnete, wurde das Etikett sichtbar. Lagerfeld. Respekt, dachte Heppner, der Versicherungsbranche geht es sichtbar gut. Dennoch wurde Pelzer unter dem Blick seines Kollegen zunehmend nervös. Sein Blick flackerte - und obwohl es nicht gerade heiß war, zeichneten sich die ersten Schweißtropfen auf seiner Stirn ab.

„Ich verstehe nicht, was Sie von mir wollen“, meinte er mit gewollt fester Stimme. „Sie haben mir gerade gesagt, dass meine Vorwürfe gegen Frau Paschen falsch sind. Also erstens bin ich noch nicht davon überzeugt und zweitens: Wieso hätte ich mich dann strafbar gemacht? Alle Beweise sprachen gegen sie. Ich hätte mich höchstens geirrt.“ „Und genau das bezweifele ich“, meinte Andreas Kurz scharf.

„Herr Pelzer, die Finanzermittlungen haben ergeben, dass Frau Paschen, die von Ihnen angezeigt wurde, das Konto bei der Treightbank gar nicht eröffnet haben kann. Der vorgelegte Ausweis war definitiv eine Fälschung. Das Foto zeigt auch auf gar keinen Fall Marion Paschen und auch die Personaldaten passen nicht zu einer Frau ihres Alters. Wen das Foto zeigt, lassen wir erst mal dahingestellt sein.“ „Ja wieso?“, meinte Pelzer. „Warum sollte Frau Paschen nicht so clever sein, ihren eigenen Ausweis zu verfälschen? Das stelle ich mir doch am einfachsten vor. Woher sollte man denn an einen anderen kommen?“ „Theoretisch möglich“, räumte Kurz ein, „wenn die Kontoeröffnung nicht ausgerechnet am 22. Oktober des letzten Jahres stattgefunden hätte. Gerade für diesen Tag haben Sie Frau Paschen ein perfektes Alibi gegeben, indem Sie sie zu einer mehrtägigen Fortbildung nach Hamburg geschickt haben, wo sie auch nachweislich war.“

Pelzers Kehlkopf zuckte mehrfach auf und ab, als er krampfartig schluckte. „Dieser Umstand hätte Ihnen auffallen müssen, wenn Sie die Verdachtsmomente geprüft hätten, statt nur auf den Anschein zu achten. Diese vorschnelle Beschuldigung einer Mitarbeiterin wäre an sich schon pflichtwidrig, aber ich habe da noch etwas anderes festgestellt.“ Andreas beugte sich vor und sah Pelzer direkt an, der den Blick sofort abwandte.

„Aufgrund der bestehenden Verdachtsmomente haben wir uns auch mit ihren Kontenverbindungen beschäftigt. Es steht Ihnen natürlich frei, mit Ihrem Geld zu tun, was Ihnen beliebt, aber uns sind regelmäßige Zahlungen auf ein bestimmtes Konto aufgefallen. Darüber hinaus war Ihre Sekretärin so freundlich, Ihren Terminkalender zu übermitteln. Dabei sind uns durch Kreuzvergleiche ein paar Dinge aufgefallen."

Die Worte von Andreas Kurz steigerten die Nervosität Pelzers erheblich. Sein Blick wurde unstet und die Schweißtropfen auf seiner Stirn so stark, dass er ein Taschentuch hervorholen und sich die Stirn abtupfen musste. Dies hinderte Heppners Kollegen jedoch nicht daran, fortzufahren.

„Seit einem Jahr überweisen Sie mehr oder weniger regelmäßig Geldbeträge auf ein bestimmtes Konto. Den Überweisungszweck bezeichnen Sie nur mit „bekannt". Ich möchte jetzt genau wissen, warum Sie Monat für Monat 1500 € auf das Konto von Petra Hammer überweisen!"

Andreas Kurz hatte während seiner Worte sowohl seine Lautstärke erhöht, als auch den Abstand zu Pelzer verkürzt - der soweit es ging in seinem Sitz zurückwich. Seine Antwort kam stockend und fast unhörbar. „Also…, nun ja…, ich weiß nicht…, was hat das überhaupt mit der Anzeige zu tun? Was erdreisten Sie sich eigentlich, mein Konto zu überprüfen?"

„Weil wir den Verdacht haben, dass diese Überweisungen mit dem Fall zu tun haben. Petra Hammer ist in diesem Fall unsere Hauptverdächtige. Sie ähnelt tatsächlich der Person auf dem Ausweisfoto - und wenn wir die Originalunterlagen der Bank auf Fingerabdrücke überprüfen, wette ich darauf, dass wir Prints von Frau Hammer finden! Für mich ist nur die Frage, warum Sie derart verzweifelt versuchen, sie da raus zu halten! In welcher Beziehung stehen Sie zu ihr?"

Pelzer wehrte sich verzweifelt. „In gar keiner..., ich meine, beruflich natürlich, aber sonst…, ach, das ist doch alles Scheiße.“ Er schlug die Hände vors Gesicht und schüttelte den Kopf. „Sie müssen das verstehen, wenn das rauskommt, bin ich beruflich erledigt. Warum stellen Sie die Geschichte nicht einfach ein und lassen mich in Ruhe?“ „Weil Sie bewusst und gewollt eine Mitarbeiterin vor allen Kollegen unmöglich gemacht und falsch beschuldigt haben. Ersteres ist eine Sauerei und das zweite sogar eine Straftat. Also hören Sie endlich auf zu schwafeln und sich selbst zu bemitleiden. Entscheiden Sie sich: Klartext oder Verweigerung der Aussage, weil Sie sich selbst belasten würden. Allerdings ist es möglich, dass der Staatsanwalt eine wahrheitsgemäße Aussage als Rücktritt von einer Straftat betrachten könnte und das Verfahren einstellt.“ Andreas Kurz’ Stimme hatte einen versöhnlicheren Klang angenommen und er setzte sich auf die Kante seines Schreibtischs. Pelzer sah auf. Man konnte sehen, wie er mit sich kämpfte, bevor er zu sprechen begann.

„Ich…, es tut mir leid, was geschehen ist. Ich habe das alles nicht gewollt, aber es ist mir irgendwie außer Kontrolle geraten. Ich bin kein Kind von Traurigkeit und ich habe einen Schlag bei Frauen - wenn Sie wissen, was ich meine.

Letztes Jahr beim Betriebsfest ist die Sache ein bisschen aus dem Ruder gelaufen. Ich habe zu viel getrunken und war voll wie ein Eimer. Als ich morgens wach wurde, lag ich nicht in meinem Bett, sondern im Bett von Petra Hammer. Ich war entsetzt, nicht weil sie hässlich wäre - aber etwas mit einer Untergebenen anzufangen ist im Verhaltenskodex der VENTURA ein absolutes No-Go und wird mindestens mit Strafversetzung und Zurückstufung, wenn nicht sogar mit dem Rausschmiss geahndet. Aus dem Grunde war ich ziemlich wild darauf, die Sache geheim zu halten. Ich habe gegenüber Petra auch nie einen Hehl daraus gemacht, dass ich das lediglich als One-Night-Stand betrachte.

Kurze Zeit später fing sie jedoch an, im Büro Andeutungen zu machen. Ich habe versucht, sie deswegen zusammenzufalten, aber sie hat nur gelacht und gemeint, ich solle mir die Konsequenzen vorstellen. Sie hielt die gemeinsame Nacht für den Beginn einer richtigen Beziehung und bezeichnete mich gegenüber anderen Bekannten schon bald als ihren Freund. Irgendwann sagte sie plötzlich im Büro, ihr Freund würde sie jetzt finanziell unterstützen und sah mich dabei bedeutungsschwer an. Erpressung, ganz klar. Als ich ihr das unter vier Augen auf den Kopf zusagte, lachte sie nur und meinte, schließlich müsste einer von uns beiden ja für die gemeinsame Zukunft vorsorgen. Gemeinsame Zukunft, dass ich nicht lache! Als ob ich mit dieser Tussi zusammen sein wollte. Ist zwar ziemlich hübsch, aber eiskalt und berechnend. Dazu mit Ausnahme einer gewissen Bauernschläue strohdumm. Aber was hatte ich denn für eine Wahl?“

„Klar hatten Sie eine Wahl“, konterte Andreas Kurz trocken. „Sie hätten nur zu uns kommen und Anzeige wegen Erpressung erstatten müssen.“ „Und dann die beruflichen Konsequenzen tragen? Nein, danke“, schnaubte Pelzer. „Die kommen jetzt ohnehin auf Sie zu“, stellte Andreas klar. „Und darüber hinaus hat es Sie locker einen fünfstelligen Betrag gekostet.“ Pelzer nickte bekümmert. „Wem sagen Sie das? Ich könnte kotzen. Vor allem deshalb, weil Petra die Kohle nicht vernünftig angelegt, sondern für Klamotten und anderen Schnickschnack ausgegeben hat. Sogar die gemeinsamen Urlaube, zu denen sie mich gezwungen hat, durfte ich bezahlen. Ich sage das schon mal von selbst, wenn Sie meine Sekretärin nach meinem Terminkalender gefragt haben werden Sie wissen, dass die Urlaubszeiten von Petra und mir übereinstimmen. Drei Wochen Fuerteventura im Sommer und zwei Wochen Skiurlaub in Ischgl. Pah! Ich wollte nach Obertauern, aber das war ja nicht mondän genug.“

Andreas Kurz stand jetzt auf und ging um seinen Schreibtisch herum, offenbar befriedigt darüber, dass Pelzer zu sprechen begonnen hatte. „Soweit, so gut“, sagte er. „Aber was war jetzt mit der Unterschlagung?“

Pelzer zucke die Achseln und seufzte. „Mann, als ich den Fehlbetrag von unserer Buchhaltung gemeldet bekam, blieb mir beinahe das

Herz stehen. Wenn ich ehrlich bin, habe ich zuallererst an Petra gedacht, die ja in der Leistungskontrollabteilung sitzt und die Auszahlungen kontrolliert - aber ich habe diesen Gedanken verdrängt. Ich war erleichtert, als der erste Verdacht Frau Paschen betraf und habe nicht weiter nachgefragt, um unsere interne Abteilung da rauszuhalten. Einerseits hätte es geheißen, dass ich meinen Laden nicht unter Kontrolle habe, andererseits wäre bei intensiven Ermittlungen mein Verhältnis mit Petra bekannt geworden. Das konnte ich doch einfach nicht zulassen. Oh Mann!“

„Also haben Sie, um persönlichen Konsequenzen zu entgehen, eine Anzeige gegen Frau Paschen erstattet, obwohl Sie selbst von ihrer Schuld nicht wirklich überzeugt waren“, folgerte Kurz - Pelzer nickte. „Es tut mir ja auch leid, aber ich war überzeugt davon, dass sich ihre Unschuld bei den polizeilichen Ermittlungen herausstellen würde.“ „Und trotzdem haben Sie Frau Paschen vor allen Kollegen beschuldigt und diskreditiert. Allein die Bezeichnungen, mit der Sie sie in Gegenwart von Zeugen belegt haben reichen für eine Verleumdungsanzeige.“ Pelzer wand sich wie ein Aal und seine langsam zurückgekehrte Selbstsicherheit verflog. „Wie gesagt: Es tut mir unendlich leid und ich bin bereit für jede Maßnahme, die ihr Ansehen und ihren Ruf bei der VENTURA wiederherstellt.“ „Das betrachte ich auch als das mindeste“, entfuhr es Heppner. „Können Sie es sich auch nur entfernt vorstellen, wie sie unter der falschen Beschuldigung und der Entehrung gelitten hat?“ Pelzer wandte sich zu ihm um und sah aus, als wolle er im Boden versinken. „Ich…, darüber habe ich gar nicht nachgedacht. Ich weiß jetzt, dass ich etwas Entsetzliches getan habe. Noch heute werde ich die Sache bei der VENTURA klarstellen.“ Pelzer hielt inne und schien zu überlegen. Dann sprach er weiter.

„Übrigens hat mich Petra auf die Idee gebracht, bei der Treightbank nachzufragen, auf wessen Namen das Konto läuft, auf das unser Geld überwiesen wurde. Ich hatte ihr erzählt, was passiert war und sie meinte, irgendwo muss das Geld ja gelandet sein. Als ich ihr sagte, dass dies ja nur die halbe Wahrheit sei und ermittelt werden müsste, wer das Geld überwiesen habe, meinte sie, es wäre vielleicht besser für alle Beteiligten, wenn nicht zu intensiv herumgeschnüffelt würde. Ich habe mir immer einzureden versucht, dass sie damit nur auf unser Verhältnis anspielen wollte, aber jetzt ist mir alles klar. Neben Frau Paschen war sie ja diejenige, die am ehesten die Möglichkeit hatte, die Gelder umzuleiten."

Andreas nickte Heppner auffordernd zu. Der stand auf und setzte sich Pelzer gegenüber auf den Schreibtisch, so wie Andreas es zuvor getan hatte. „Petra Hammer ist Zeugin in einem Mordfall, der hier bearbeitet wird. Sagen Sie: Wie beurteilen Sie die finanzielle Lage von Frau Hammer? Wäre sie in der Lage gewesen, einen sechsstelligen Betrag in Aktien zu investieren?" Pelzer warf den Kopf zurück und lachte auf. „Petra? Gott bewahre! Sie war doch permanent klamm. Sie hätte keine 1000 € dafür ausgeben können, geschweige denn mehr." Heppner sah Andreas an und nickte. „Petra Hammer hat nach ihrer Aussage 100.000 € in eine Schwindelaktie investiert, die von unseren Mordopfern vertrieben wurde. Die Schlussfolgerungen dürften wohl auf der Hand liegen."

Heppner stand ohne ein weiteres Wort auf und ging. Der Rest der Angelegenheit war Sache von Andreas Kurz. Noch auf dem Rückweg ins Büro griff er nach seinem Blackberry, steckte es aber fluchend wieder weg, als er die Einschussspuren sah. Wird Zeit, dass ich mir ein neues besorge, dachte er.

Auf die Nachricht von der bevorstehenden Rehabilitierung reagierte Marion eher matt. „Pelzer kann viel erzählen", meinte sie. „Bevor ich von ihm nichts Offizielles höre, glaube ich nicht an eine Kehrtwende der VENTURA. Die brauchen weniger das Geld, als vielmehr einen Sündenbock - und den hatten sie mit mir schon gefunden." „Ich bin da nicht so sicher, mein Liebling. Einerseits muss Pelzer sich sehr anstrengen, dich und damit auch sich selbst zu rehabilitieren, andererseits ist fraglich, wie lange er sich trotz dieser Maßnahme noch in seiner Position halten kann. Ich glaube, die Bosse der VENTURA werden sehr allergisch auf das gegen ihn laufende Strafverfahren reagieren."

Zehn

15. Juli 2010, 12.30 Uhr

Detlef Schall machte ein missmutiges Gesicht, als Heppner den MK-Raum betrat. „Dein Freund Professor Kürten lässt dich grüßen“, knurrte er. „Tom war dort, um sich die Obduktionen von Frantecki und Johansson anzusehen und hat ihm wohl den Sektionssaal vollgekotzt.“ Heppner grinste nur. „Dann müssen die Assistenten mal nicht nur Blut und Gedärme aufwischen. Ist doch mal was anderes für sie.“ Sein Chef grunzte nur. „Die Sectio war übrigens höchst interessant. Offenbar wurden beide Personen mit dem gleichen Gegenstand erschlagen. Professor Kürten meint, dass es ein mittelgroßer Hammer gewesen sei. Die Schläge wurden mit großer Wucht geführt, was auf abgrundtiefen Hass des Täters schließen lässt. Dem Kerl möchte ich nicht im Dunklen begegnen.“ Heppner verzog nur das Gesicht, doch Schall war noch nicht fertig.

„Die Partuschek ist nirgendwo aufzutreiben“, grummelte er. „Ich hätte zu gern von ihr gewusst, wieso wir an den Sandresten Korditspuren finden konnten - und wo der restliche Sand geblieben ist. Jimmy vernimmt übrigens gerade mit Rudi einen weiteren Zeugen. Diesmal ist es kein Geschädigter, sondern sozusagen ein Kollege unseres sauberen Trios. Der Kerl heißt Berthold Klausner und war Telefonverkäufer bei Liechtenstein. Geh mal rüber und hör die die Geschichte mit an. Vielleicht ist was Inter-essantes dabei.“

Bei Heppners Eintreffen standen Jimmy Hellwich und Rudi Brack rechts und links neben einem etwa 25 Jahre alten Mann, der Kopfbewegungen wie ein Tenniszuschauer machte, während die Fragen abwechselnd von beiden Seiten auf ihn einprasselten. Es war deutlich zu sehen, dass Heppners Kollegen routiniert dabei waren, eine Festung sturmreif zu schießen. Der Vernommene war chancenlos. Sein hellblaues Polohemd zeigte trotz fallender Temperaturen große Schweißflecke an Brust und Rücken - und er wischte sich die Hände immer wieder an seiner grauen Leinenhose trocken. Heppner blieb von ihm unbemerkt an der Tür stehen und lehnte sich gegen die Wand. Es dauerte nur wenige Sekunden, bis der Zeuge zum Zeichen der Aufgabe seine Hände hob.

„Okay, okay, Sie haben gewonnen. Ist gut, ich sage aus. Besser jetzt als nachher vor dem Richter." „Oder vor dem Lauf der Pistole des Täters", sagte Hellwich zynisch. „Oder im Angesicht eines Hammers", entfuhr es Heppner, dem sich sofort alle Köpfe zuwandten. Der Vernommene zuckte zusammen, als der Ermittler vom Schicksal seiner Kollegen Frantecki und Johanssen berichtete. „Oh Scheiße! Bloß das nicht. Na gut, dann rede ich Tacheles.

Ich arbeite seit knapp einem Jahr offiziell für Liechtenstein, vorher hatte ich für Makezinis gearbeitet. Dabei ist es eigentlich völlig schnurz, auf wen der Laden angemeldet ist. Makezinis war immer der Boss des Ganzen. Liechtenstein und auch Tanner, den wir vor den Kunden immer mit von Gersthoven anreden mussten, tanzten nach seiner Pfeife."

Rudi Brack nickte. „Was hatte es mit diesem REDSNAP-Gerät auf sich? Haben Sie mal eins gesehen?" Klausner lachte verächtlich. „Mann, das war doch alles nur Schau. Bei uns wusste doch jeder, dass dieses Ding nur in der Fantasie von Makezinis existierte. Wenn sie glauben, dass auch nur ein Cent in die technische Entwicklung geflossen ist, sind Sie noch blöder als unsere Kunden. Denen kann man doch alles erzählen, Hauptsache man wedelt schön mit einer zweistelligen Renditeerwartung vor ihrer Nase herum. Behaupte einfach, du hättest das Patent auf ein Gerät, das Hundescheiße sammelt, daraus Dünger macht und jede Stadt der Welt ein paar Dutzend davon kaufen will - schon fangen bei den Trotteln die Dollarzeichen in den Augen zu blinken an. Die fragen gar nicht nach technischen Daten, sondern nur, wohin sie überweisen sollen. Die sind ja so was von gierig und bescheuert, sage ich Ihnen. Selbst wenn man sie schon zweimal beschissen hat, lernen sie nicht dazu, sondern fallen auf jede Schmeichelei rein. Wenn ich einfach behaupte, ich hätte die Firma A verlassen, weil die Kunden dort beschissen worden seien, ich das nicht mehr mitmachen wollte und deshalb zur Firma B gewechselt bin, nehmen sie mir das ab. Die Idioten wissen ja nicht, dass nur der Firmenname und der Geschäftsführer ausgewechselt wurden - und ich nicht einmal das Büro verlassen musste. Dann erzähle ich ihnen was von einer neuen Aktie, die ihre Verluste mehr als ausgleichen würde - und schon kaufen die Idioten sie mir ab. Damn easy."

Die Worte Klausners ließen Heppners Blutdruck gefährlich steigen, da ihm das Bild Tobias Kastners noch deutlich vor Augen stand. Jimmy schien es ähnlich zu gehen, denn er fragte Klausner, ob ihm der Name etwas sagen würde. Klausner nickte begeistert. „Na klar, dem hat doch die kleine Olcak die Aktien verkloppt. Wir haben uns königlich amüsiert, weil der Bursche doch ein ehemaliger Bulle ist. Mann, was haben wir gelacht. Wie kann einer alleine so blöd sein! Wir haben über 80 Mille aus ihm herausgequetscht - und das war Kohle, die er sich bei Makezinis geliehen hatte. Wie geil ist das denn. Aber wie kommen Sie gerade auf ihn?"

Wenn die anwesenden Beamten erwartet hatten, dass Klausner nach Jimmy Hellwichs Schilderung von Kastners Schicksal einen Funken Mitgefühl zeigen würde, waren sie schief gewickelt, denn er grinste nur. „Tja, dann müssen sich die Erben von Makezinis wegen der Rückzahlung eben an die Erben von Kastner wenden. Ist mir doch egal."

Rudi Brack konnte sich nicht mehr beherrschen und sprang auf Klausner zu, doch Jimmy hielt seinen Kollegen zurück. „Beruhige dich, Freund. Der kriegt noch sein Fett. Und Sie", er wandte sich an Klausner, „fühlen Sie eigentlich auch noch was anderes als die physischen Bedürfnisse Ihres Körpers?" Klausner grinste. „Na klar, und zwar bin ich stinkesauer auf den Burschen, der Makezinis abgemurkst hat. Der hatte mir nämlich erzählt, dass er die REDSNAP demnächst zumachen will, weil die Sache ausgelutscht ist - aber schon die nächste Sache am Start hat. Er sprach von einem Fluggleiter mit vier Rotoren, an jeder Ecke einen, die das Verkehrsgerät der Zukunft sein sollen. Keine verstopften Straßen mehr, keine Schlaglöcher und keine roten Ampeln. Du gehst aus dem Haus, setzt dich in deinen Skyglider und fliegst zur Arbeit." „Klingt ja so was von toll", meinte Rudi zynisch, „und was sollten Sie dabei machen? Testpilot spielen?" Klausner lachte erneut. „Ich? Ich bin doch nicht bescheuert, mich in so eine Luftnummer zu setzen. Luftnummer, das ist ein wirklich guter Witz. Meinen Sie wirklich, dass das Ding mehr war als eine Schnapsidee, um den Anlegern die Kohle abzunehmen? Ich bitte Sie. Nee, ich sollte das machen, was Tanner bei der REDSNAP gemacht hat: Also den Vertrieb leiten. Ich bin nämlich gut als Telefonverkäufer, müssen Sie wissen."

„Oh ja, das sind Sie. Sie müssen eine Menge Geld für das Bescheißen einer Unzahl von Menschen bekommen haben. Oder sehe ich das falsch?", fragte Jimmy scharf. Klausner zuckte die Achseln. „Weniger, als Sie bestimmt denken. Ich habe nicht mehr als 1200 € netto verdient. War echt´n Hungerlohn für den Job, den ich gemacht habe. Deshalb habe ich ja so einen Hals, weil ich als Geschäftsführer der Vertriebs GmbH fast 10.000 Eier im Monat gemacht hätte."

„Ach je, als Telefonklopper hat man auch so ein schweres Leben", heuchelte Rudi Brack. Klausner schaute irritiert von einem zum anderen. „Hee, sind wir hier bei einer Mordermittlung oder wollt ihr den Toten noch aufs Grab spucken? Ist doch alles vorbei und gegessen. Ich dachte, ihr wollt den Mörder finden - und jetzt quetscht ihr mich wegen der Geschäfte aus." „Klar doch, weil beides höchstwahrscheinlich zusammenhängt", stellte Jimmy Hellwich klar, während sich seine Wangenmuskeln vor Anspannung verkrampften. „Ihr habt so viele Menschen ruiniert, dass theoretisch jeder von ihnen Grund gehabt hätte, euch die Lampe auszuknipsen. Also dann Klartext, Junge: Welche von euren Kunden sind wirklich fähig, so etwas zu tun?"

Klausner zuckte die Achseln. „Ach, eigentlich keiner von meinen Kontakten. Das waren alles Weicheier, die nach dem Verlust ihrer Kohle nur noch heulten. Typische Familienväter, Mütter und Rentner. Nur einer schien mir richtig gefährlich. Das war so ein Italiener. Der hat aber Ruhe gegeben, nachdem er seine Kohle zurückgekriegt hat. Sonst? Nee, echt keiner. Ich kann Ihnen da nicht helfen. Kann ich jetzt gehen?“ „Fürs Erste, ja“, sagte Rudi angewidert und sah Jimmy an, der ihm zunickte.

Klausner stand auf und wandte sich zum Gehen, doch nicht nur der Anblick von Heppner, dem er unerwartet gegenüberstand und der ihn mit angewidertem Blick eiskalt fixierte, sondern auch Jimmys nächste Worte ließen ihn wie erstarrt stehen bleiben. „Wir sehen uns zur Beschuldigtenvernehmung wieder. Sie werden sich wegen Anlagebetrugs verantworten müssen, ob die Hauptbeschuldigten tot sind oder nicht. Nach den Dateien aus den Rechnern der Villa waren Sie persönlich dafür verantwortlich, dass 108 Menschen diesen Rotz namens REDSNAP-Aktie gekauft haben. Und Sie wussten, dass es Rotz war - was Sie uns vorhin ja eindeutig bestätigt haben. Aber das haben Sie den Opfern ja nicht erzählt. Nein, Sie haben den Dreck als die größte Erfindung seit Einführung des Rades angepriesen, also absichtlich gelogen. Und das ist Betrug, denn es ist egal, ob Sie oder Makezinis die Kohle der Opfer einkassiert hat. Und übrigens: Dass Sie mit einem Hungerlohn abgespeist worden sind, war ebenso gelogen. Die 1200 €, die Sie erwähnten, waren nur das Grundgehalt. Wir haben auch die Provisionslisten gefunden, nach denen Sie binnen 9 Monaten 96.000 € in bar ausgezahlt bekommen haben. Respekt, Bursche. Wir haben diese Einkünfte übrigens dem Finanzamt nachgemeldet. Sie hatten das ja offenbar vergessen. So ein Pech aber auch…“

Rudi Brack schob den taumelnden Klausner grinsend aus der Tür. „Alles verstanden? Der Kerl hat seine Provisionen cash bekommen und sie nicht versteuert. Das darf er jetzt auf einen Rutsch nachholen - und eine fette Strafe kommt obendrauf. Das wird teuer, sage ich dir und dafür wandert er mit Sicherheit in den Knast. Aber er hat es verdient.“ „Alles gut und schön, aber was hat er darüber erzählt, was er zur Tatzeit gemacht hat. Und vor allem, was er gesehen und gehört hat?", fragte Heppner. Rudi zog ein verdrießliches Gesicht. „Über die Morde hat er nichts wirklich Wichtiges erzählt", meinte Rudi. „Er hat die ganze Zeit über telefoniert und die wütenden Kunden beschwichtigt. Gesehen und gehört hat er gar nichts, das nehme ich ihm zur Abwechslung sogar ab." „Also was den Mord angeht, ist Klausner eine taube Nuss", bilanzierte Jimmy.

Auch Detlef Schall war seiner Meinung. „Und er war der einzige von den REDSNAP-Leuten, der überhaupt was zu den Geschäften gesagt hat. Die anderen haben stumpf nach ihrem Anwalt gebrüllt. Blöder Mist! Und die Partuschek haben wir immer noch nicht aufgetrieben. Wenigstens sitzt Petra Hammer oben bei Hanna und Tom. Vielleicht ist ihr noch etwas eingefallen." „Diese kleine Mistkröte kommt mir gerade recht", knurrte Heppner so böse, dass Detlef Schall ihm überrascht nachsah, als er aus der Tür stürmte.

„Ich habe Ihnen doch schon alles gesagt, was ich weiß", hörte der Polizist Frau Hammer sagen, als er leise Hannas Zimmer betrat. „Wenn Sie mir sagen, dass von Gersthoven einen anderen Namen hatte, und Makezinis hinter allem steckte, dann weiß ich von alledem nichts. Was kann ich Ihnen noch erzählen?" „Zum Beispiel, woher Sie die 100.000 € hatten, die sie zum Investieren benutzten", versetzte Heppner scharf. Petra Hammer fuhr herum und sah Heppner entsetzt an - der mit eiskalter Miene fortfuhr.

„Wir haben ein paar Finanzermittlungen bei Ihnen durchgeführt. Die Zahlen auf jedem Konto waren tiefrot und auf reguläre Weise wären Sie nie an so viel Geld gelangt. Gleichzeitig verschwinden bei ihrem Arbeitgeber genau 100.000 €. Eins plus eins ergibt zwei. Wir werden beweisen, dass Sie das Konto bei der Treightbank eröffnet und das veruntreute Geld darüber gewaschen haben. Ist alles nur eine Frage der Zeit. Ich will nur wissen, was wir nicht selbst beweisen können: Wie sind Sie an den Pass von Marion Paschen gelangt und warum verwendeten Sie gerade diesen Pass zum Eröffnen des Kontos?"

Petra Hammer sah sich hilfesuchend nach Hanna und Tom Hermanns um, doch auch deren Gesichtszüge hatten sich verhärtet, beide hatten die Arme in einer Geste der Abwehr verschränkt. Petra Hammer sank buchstäblich in sich zusammen, ihr hübsches Gesicht war leichenblass geworden. „Warum, Frau Hammer? Sie haben einen guten Job, einen annehmbaren Verdienst und sehen gut aus. Warum also die Affäre mit Pelzer?“

Petra Hammers Schultern zuckten, als sie leise zu schluchzen begann. „Sparen Sie sich das Selbstmitleid, das Geheule zieht hier nicht“, fauchte Hanna sie an. „So können Sie vielleicht einen meiner männlichen Kollegen beeindrucken, aber mich nicht. Beenden Sie die Show und beantworten Sie die Fragen meines Kollegen, aber ein bisschen plötzlich!“ Sie schlug die flache Hand mit Wucht auf die Tischplatte und der Knall ließ Petra Hammer zusammenfahren.

Ihre Tränen waren in Lichtgeschwindigkeit versiegt und sie sah die Polizistin mit weit aufgerissenen Augen an. „Wie können Sie es wagen, mich so zu behandeln? Ich werde mich über Sie beschweren!“ „Von mir aus in dreifacher Ausfertigung und mit Goldrand“, grinste Hanna zynisch. „Und jetzt antworten Sie - oder Sie verweigern mit allen weiteren Konsequenzen die Aussage!“ „Ist ja schon gut, ich werde ja reden“, jammerte Petra Hammer. Sie schlug die Hände vors Gesicht und atmete tief ein und aus, immer wieder, bis sie sich beruhigt hatte und von einem zum anderen sah. Schließlich blieb ihr Blick auf Heppners Gesicht hängen.

„Wissen Sie eigentlich, wie es ist, nichts und niemand zu sein? Ich glaube nicht. Ich komme von ganz unten. Ich bin in Bruck-hausen aufgewachsen, umgeben von Dreck, Schnaps und Zigaretten - wie es auf der Dieselstraße üblich war. Meine Eltern trennten sich, als ich vier war und ich blieb zuerst bei meiner Mutter. Ich habe mir keine Gedanken über ihre vielen Freunde gemacht, bis das Jugendamt kam und mich mit den Worten ‚Tut mir leid, kleines Mädchen, aber wir können dich nicht bei einer Nutte lassen’ zu meinem Vater brachten. Geld gab es da selten, weil er alles versoff. Als ich fünfzehn war, hat er mir zum ersten Mal an die Titten gepackt, mit sechzehn wurde ich wach, als mein Vater in mein Bett kroch und sich auf mich legte. Er war betrunken wie immer, aber ich hatte trotzdem keine Chance gegen ihn. Danach kam er fast jede Nacht zu mir, bis ich achtzehn war und verschwinden konnte." „Warum haben Sie nichts unternommen?", fragte Heppner sie ohne Vorwurf. Petra Hammer sah ihn verächtlich an. „Und was sollte ich tun? Die Bullen informieren, das Schwein verhaften lassen und in ein Heim wandern? Nein, ich habe an meinem achtzehnten Geburtstag gewartet bis er schlief, habe ihm ein Küchenbrett über den Schädel gezogen, alles Bargeld aus der Wohnung und seine Scheckkarte mitgenommen und bin verschwunden. Vorher habe ich ihn nackt ausgezogen, ihn gefesselt, seine Beine gespreizt und einen Zentimeter vor seinem Penis ein Brotmesser in den Boden gerammt. Er wusste, dass ich ihn hätte kastrieren können und dass ich es beim nächsten Mal tun würde. Danach bin ich zum Sozialamt und habe Stütze beantragt. Ich hatte trotz allem einen halbwegs vernünftigen Schulabschluss, und bekam ein halbes Jahr später eine Ausbildungsstelle bei der VENTURA. Meine Arbeit dort hat mir immer Spaß gemacht, das müssen Sie mir glauben.

Sie fragten mich nach dem Grund, weshalb ich mich mit Pelzer eingelassen habe. Sagen Sie ruhig, ich hätte mich hochgeschlafen, so war es doch auch. Empfunden habe ich dabei nichts, das kann ich einfach nicht. Jedes Mal, wenn sich mir ein Mann nähert, sehe ich den Bastard vor mir, der sich ‚Vater' nannte. Mir wird speiübel, wenn mich jemand anfasst.

Pelzer kam mir gerade recht. Dieser geile Bock hat mir aus der Hand gefressen und ich konnte mit ihm machen, was ich wollte. Hat er Ihnen erzählt, dass er mich in meine jetzige Position gehievt hat? Nein? Hat er sich wahrscheinlich nicht getraut, der kleine Schisser. Typisch für ihn.

Als Kind habe ich niemals genug Geld gehabt für meine persönlichen Bedürfnisse. Während die anderen Mädchen in DesignerJeans rumliefen, wurde ich in abgelegten Klamotten meiner Mutter oder selbstgenähten Sachen zur Schule geschickt - und von allen nur ausgelacht. Ich habe daraus gelernt: Wenn du genug Geld hast, dann bist du wer - und in meiner neuen Position saß ich an der Quelle. Eigentlich habe ich nur nach einer passenden Gelegenheit gesucht, mir ein ausreichendes Startkapital zu besorgen Und vor einem knappen Jahr war es so weit. In nur einer Woche lagen vier Schadensfälle mit verhältnismäßig hohen Schadenssummen auf meinem Tisch und alle vier waren von der gleichen Sachbearbeiterin, nämlich Marion Paschen. Ich entdeckte, dass sich durch einen Systemfehler die Texte der eingescannten Formulare verändern lassen. Wenn die Originaldokumente die VENTURA anwiesen, die Erstattungsbeträge auf die Konten der Geschädigten zu überweisen, habe ich dort das Treightbank-Konto eingetragen und die veränderten Dokumente an die Auszahlungsstelle geschickt. In der Akte gespeichert habe ich aber die Originalunterlagen. Kontrolliert wurde der Aktenvorgang dann nicht mehr - die Akte landete im Archiv und alles war in Ordnung. Den Brief an die Anspruchsteller, dass ihre Ansprüche nach eingehender Prüfung genehmigt worden seien, veränderte ich in eine Ablehnung. Die Unterschrift der Sachbearbeiterin war in eingescannter Version ja schon eingefügt. Mein Name tauchte also auf keinem der Dokumente auf. Die Widersprüche der Anspruchsteller landeten sowieso in meiner Abteilung, deshalb war es leicht für mich, irgendwelche Dokumente mit der Unterschrift des Abteilungsleiters ebenfalls zu verändern. War ganz einfach." Petra Hammer zuckte mit den Schultern.

„Und wie kam es zur Kontoeröffnung bei der Treightbank?", wollte Tom wissen. Petra Hammer winkte noch einmal geringschätzig ab. „Es ist doch allgemein bekannt, dass die Treightbank jedem Dahergelaufenen ein Konto gibt. Ich brauchte bloß eine Ausweiskopie, habe ein Foto von mir eingefügt, die Geburtsdaten verändert und der Treightbank bei Kontoeröffnung eine Kopie davon gegeben. Danach habe ich nur noch gewartet, bis Zahlungsanweisungen genau dieser Sachbearbeiterin auf meinem Tisch landeten. Es waren runde Hunderttausend. So viel Geld habe ich in meinem Leben noch nicht besessen - aber ich wollte noch mehr. Außerdem war mir klar, dass die Sache irgendwann herauskommt, spätestens wenn sich einer der Anspruchsteller über seinen Anwalt an die Rechtsabteilung gewandt hätte - und die sitzt in der Zentrale in Leipzig. Deshalb habe ich versucht, mehr aus dem Geld zu machen und die Kohle in Aktien der REDSNAP zu investieren. Ich wollte schnell rein, schnell raus, die Gewinne mitnehmen und die 100.000 € zurückzahlen. Die Aktie war in einem Börsenbrief über den grünen Klee gelobt worden, und im Internet waren auch viele positive Meldungen zu lesen. Also habe ich das Geld in diese Scheißaktien gesteckt. Ich könnte kotzen."

„Noch mal zurück zur Konteneröffnung. Sie haben dazu den Ausweis von Marion Paschen verwendet. War sie eine zufällige Wahl? Und wie kamen Sie überhaupt an den Ausweis?" Petra Hammer fand Hannas Frage offenbar komisch, denn sie lachte hell auf. „Ja, das war noch ein zusätzliches Bonbon. Ausgerechnet die Frau belasten zu können, die meinen Gehaltsvorschuss verhindert hatte, kam mir doch wie gerufen. Ich hatte im letzten Jahr unseren Betriebsausflug nach London organisiert und deshalb von allen Kollegen die Pässe gehabt. Es war einfach, Kopien davon herzustellen. Wenn Sie in meinen Schreibtisch gucken, liegen die Kopien immer noch da rum. Ich habe auch versucht, auf dem Foto das Aussehen von der blöden Paschen nachzuahmen, schließlich wusste ich, dass ihr Bullen bei den Ermittlungen fast immer auf diese miesen Faxkopien zurückgreift."

Die Polizisten hatten genug gehört. Wenn Petra Hammer dieses Geständnis unterschrieb, war Marion vollständig rehabilitiert. Heppner nickte Tom und Hanna zu, die ihm den hochgestreckten Daumen zeigte und verließ den Raum. Draußen atmete er tief ein und rannte geradezu in sein Zimmer, um Marion anzurufen. Diesmal fiel ihre Reaktion enthusiastischer aus. „Sie hat gestanden?" „Nee, einen Stuhl haben wir ihr schon angeboten", grinste ihr Freund, der seine Erleichterung auch nicht verbergen konnte. „Du blöder Hund", lachte Marion. Es tat wirklich gut, sie wieder befreit lachen zu hören. „Du weißt genau, was ich meine." „Mach dir keine Gedanken, die Sache ist wasserdicht. Eine Durchschrift ihrer Vernehmung geht ans KK 15 zum dortigen Verfahren, danach läuft das Verfahren offiziell gegen sie und nicht mehr gegen dich. Du könntest sogar zivil- und strafrechtlich gegen sie vor-gehen und Schmerzensgeld fordern." „Da pfeife ich drauf. Ich will einfach nur, dass jeder bei der VENTURA erfährt, dass ich nur das Opfer einer Intrige war. Wovon will die Hammer denn irgendein Schmerzensgeld bezahlen? Zuerst mal muss sie die Kohle an die VENTURA zurückzahlen - und das wird ihr schon schwerfallen." „Eher unmöglich sein", ergänzte Heppner. „Vor allem deswegen, weil die VENTURA sie nach der Affäre achtkantig feuern wird - und mit einem neuen Job wird es angesichts der Vorwürfe wirklich schwer werden. Tja, eine derartige Kindheit ist zwar eine Erklärung, aber keine Entschuldigung für ihr Verhalten", resümierte er. „Die VENTURA wird sicherlich sofort über das Ermittlungsergebnis informiert, und du bist bald wieder in Amt und Würden."

Hanna berichtete in der Besprechung von der Vernehmung, fügte jedoch noch einiges Interessante hinzu. „Tom vernimmt die Hammer weiter. Bei der Frau stimmt etwas nicht, Detlef. Sie hat zwar die Unterschlagung gestanden und uns auch ein paar Sachen über die REDSNAP erzählt, aber ich habe das dumme Gefühl, dass sie uns etwas verschweigt." „Und was ist das, deiner Meinung nach?" „Wenn ich das wüsste, wäre ich schlauer", seufzte Hanna. „Ich komme nur bis zu einem bestimmten Grad an sie heran, dann macht sie zu. Wenn sie über die Unterschlagung und ihr Investment berichtet, kommen von ihr unwahrscheinliche Details, aber die Angaben zur Auffindung von Liechtenstein & Co. sind merkwürdig vage. Nach meiner Meinung hat sie in der Villa etwas gesehen, was sie uns verschweigt. Ich komme nur nicht darauf, was das sein könnte." „Arbeitet weiter an ihr. Es ist wichtig, dass ihr es herausbekommt, denn für das, was sie gesehen hat, gibt es keine weiteren Zeugen - vielleicht abgesehen vom Täter. Also haltet euch ran."

Das klingelnde Telefon unterbrach weitere Anweisungen. „Ja? Hallo Theo. Was? Wo? Das gibt's doch nicht. Ich werde hier noch wahnsinnig. Ja, wir kommen sofort." Er legte auf und schüttelte fassungslos den Kopf.

„Das war Theo Mischke, den ich mit Willi Beugen auf die Partuschek angesetzt hatte.“ „Und? Haben die beiden sie gefunden?“, wollte Peter Elgert wissen. „Und ob - und nicht nur sie“, sagte Detlef Schall grimmig. „Macht euch alle einsatzbereit. Theo und Willi waren an der Wohnung der Partuschek und als niemand öffnete haben sie bei den Nachbarn gefragt. Einer hat gesehen, wie gestern Abend jemand in die Wohnung der Partuschek eingedrungen ist. Auf die Idee uns anzurufen ist der Held aber nicht gekommen. Theo und Willi haben also an der Tür gelauscht und drinnen waren erregte Stimmen zu hören. Eine Männerstimme brüllte, sie solle die Kohle rausrücken, sonst würde er ihr die Kehle durchschneiden. Wir haben es also mit einer Geiselnahme zu tun. Die Spezialeinheiten sind bereits alarmiert, SEK und Verhandlungsgruppe auf dem Weg zur Wohnung. Wenn wir noch etwas von der Partuschek wissen wollen, sollten wir uns beeilen.“

Elf

15. Juli 2010, 17.00 Uhr

„Die Wohnung der Geisel befindet sich im dritten Stockwerk.“ PHK Winfried Breitmann, Leiter des SEK Bielefeld, deutete auf das verklinkerte Mehrfamilienhaus in Neukirchen-Vluyn, welches weiträumig abgesperrt war.

„Nach dem Hinweis des Zeugen, der gesehen hat wie der Täter über Frau Partuschek herfiel, haben wir das Objekt komplett geräumt - lediglich in der Tatortwohnung befinden sich noch Personen. Wir haben die Wohnungen darüber und darunter besetzt und Kameras zu den Fenstern heruntergelassen.

Neben der Geisel befindet sich eine weitere Person in der Wohnung, männlich, ungefähr 40 Jahre alt und ausgesprochen aggressiv. Der Geiselnehmer entfernt sich niemals mehr als einen Meter von seiner Geisel, die aber momentan noch unverletzt scheint. Schusswaffen sind nicht erkennbar, allerdings ist der Täter zumindest mit einem langen Messer bewaffnet. Weitere Waffen könnten unter dem langen Trenchcoat verborgen sein, den der Täter trägt. Beide Personen halten sich fast grundsätzlich im Wohnzimmer auf, welches sich hier befindet.“ Breitmann breitete eine Skizze aus, die offensichtlich in aller Eile beim Katasteramt beschafft worden war.

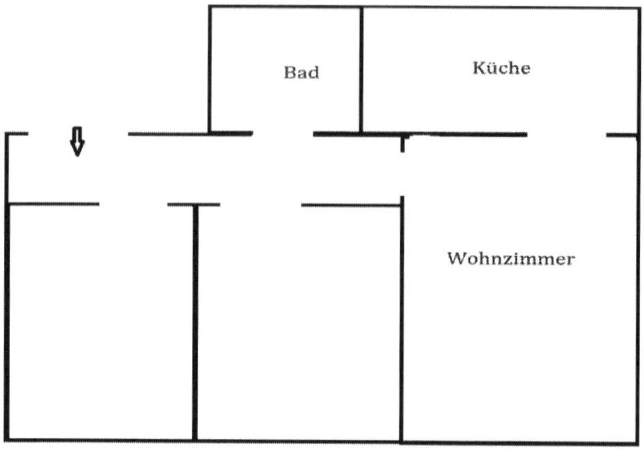

Das Wohnzimmer befand sich also am Ende eines 5 m langen Flures, von dem zwei weitere Zimmer, vermutlich Schlaf- und Arbeitszimmer, abgingen. „Oh Mann“, entfuhr es Heppner. „Wie will man denn da einen Zugriff durchführen? Bevor ihr halb durch den Flur seid, hat der Geiselnehmer Frau Partuschek filetiert.“- „Sehe ich auch so“, meinte Breitmann mürrisch. „Wir bereiten uns zwar auf einen Zugriff bei günstiger Gelegenheit vor, aber ich würde eine Lagebewältigung über Verhandlungen bevorzugen.“

„Ebenso wie wir“, meinte Detlef Schall, „schließlich wollen wir uns mit Geisel und Geiselnehmer noch unterhalten können.“ „Letzteres geht schon, wenn auch indirekt.“ Breitmann wies uns auf einen Truck hin, der unweit geparkt war und mehr durch diverse Antennen auf dem Dach als durch das Behördenkennzeichen als Polizeifahrzeug erkennbar war. „Darin befindet sich das Lagezentrum, von dem aus die Verhandlungsgruppe arbeitet.“ „Aha. Hat schon jemand mit dem Geiselnehmer Kontakt aufgenommen?“, wollte Detlef Schall wissen, doch diese Frage beantwortete nicht Breitmann, sondern ein hinter ihm stehender Mann. „Ah, Herr Schall. Schön, dass Sie da sind.“ Hugo Petrus, Leiter der Abteilung „Gefahrenabwehr und Einsatzbewältigung“, abgekürzt: GE, begrüßte die Beamten kurz, aber herzlich.

„Nein, wir haben noch keinen Kontakt zum Täter gesucht, aber die Vorbereitungen stehen. Die Verhandlungsgruppe des LKA ist bereits eingetroffen und wir haben Sebastian Kalthoff als Erstsprecher bestimmt - der jetzt darauf wartet, von Ihnen gebrieft zu werden. Die Telefonleitung zur Wohnung ist isoliert, der Kabelanschluss abgeklemmt, damit unsere Einsatzmaßnahmen nicht von voreiligen Reportern auf der Suche nach der Story ihres Lebens vorzeitig verraten werden. Einmal Gladbeck hat der Polizei NRW gereicht, denke ich."
„Kann man wohl sagen", antwortete Detlef Schall trocken. „Dann wollen wir mal."

Sebastian Kalthoff erwies sich als überraschend junger Kollege, dessen ruhige und sonore Stimme ihn für seine Tätigkeit geradezu prädestinierte. Er hörte ruhig und aufmerksam zu, während Detlef den Fall zusammenfasste. „Also, wir wissen nicht, ob die Geiselnahme mit dem Fall zusammenhängt oder persönliche, vielleicht familiäre Dinge ausschlaggebend sind. Wir werden sehen. Ich werde zunächst versuchen, ein Gespräch in Gang zu bringen, um die Hintergründe zu erfahren. Vielleicht bekomme ich auch heraus, wer er ist." Kalthoff nickte uns zu und griff zum Telefon. Seine ersten Worte zeigten, dass offenbar Frau Partuschek das Gespräch angenommen hatte. Alle hörten über den Lautsprecher mit.

„Hier spricht Sebastian Kalthoff von der Verhandlungsgruppe des LKA. Sie hören mir jetzt ganz ruhig zu und antworten nur mit Ja oder Nein. Befindet sich der Mann in Ihrer unmittelbaren Nähe?" „Ja", antwortete Frau Partuschek zögernd. „Kann er mithören?" „Und ob ich das kann", donnerte eine aggressive Männerstimme. „Das ist gut", antwortete Kalthoff ruhig. „Was wollen Sie? Weshalb befinden Sie sich in der Wohnung von Frau Partuschek?" „Weil diese Schlampe mir meine Kohle wieder besorgen soll", brüllte der Mann. Kalthoff ließ sich nicht beirren. „Wollen Sie mir mehr dazu erzählen? Wir haben Zeit. Viel Zeit."

„Sagen Sie, wollen Sie mich verarschen? Ich stehe nicht auf Spielchen. Das wäre ja das erste Mal, dass mir die Bullen wirklich zuhören würden!" „Sie waren ja auch noch nie in dieser Position. Also erzählen Sie." Kalthoff schaltete das Mikrofon ab und nickte den Zuhörern zu. „Wenn er jetzt redet, beruhigt er sich und wir erfahren etwas über den Hintergrund. Läuft bis jetzt gut, denke ich."

„Passen Sie mal auf, Sie da draußen. Diese Schlampe hier hat mitgeholfen, mir meine Kohle abzunehmen. Jetzt soll sie gefälligst ihren Arsch in Bewegung setzen und mir mein Geld besorgen. Das kann doch nicht so schwer sein." „Ist doch eigentlich unlogisch", meinte Kalthoff ruhig. „Denken Sie nach. Sie halten sie als Geisel fest. Wie könnte sie Ihnen das Geld wiederbeschaffen?" „Ist mir doch egal. Dann macht ihr das eben. Wichtig ist nur, dass die Tusse irgendwie dafür sorgt, dass ich meine 85.000 € zurückbekomme." „85.000 € ist sicherlich nicht wenig. Ich kann mir vorstellen, dass Sie sauer sind, aber mal unter uns: Sind 85.000 € ein Menschenleben wert?" „Sie haben ja keine Ahnung", schrie der Mann in der Wohnung. „Es geht echt um Leben und Tod bei mir - und wenn ich die Kohle nicht wiederkriege, kann ich mich von euren Scharfschützen besser gleich abknallen lassen. Geht sicherlich schneller und schmerzloser als bei dem, was mir sonst bevorsteht."

Kalthoff drückte auf die Stummtaste seines Gerätes und sah uns ernst an. „Das wird kompliziert. Wir haben es offenbar mit jemandem zu tun, der sich einerseits moralisch im Recht fühlt und andererseits glaubt, nichts zu verlieren zu haben." „Ja, aber warum? Finden Sie heraus, warum das Geld für ihn angeblich so lebenswichtig ist." Hugo Petrus klopfte Sebastian Kalthoff aufmunternd auf die Schulter, der das Mikro wieder einschaltete und die Frage von Petrus wortwörtlich an den Geiselnehmer weiterleitete.

„Mann, ich krepiere. Ich bin todkrank. Eine Niere ist schon kaputt, die andere arbeitet nur noch zu 10% - und in Kürze wird die Dialyse bei mir nicht mehr funktionieren. Meine einzige Hoffnung ist also ein Transplantat, dafür brauche ich die Kohle." „Seit wann muss man Transplantate kaufen?", fragte Kalthoff. Der Mann lachte bitter auf. „Tja, das ist der Unterschied zwischen Theorie und Praxis. Nach der

Liste von Eurotransplant sollte ich schon vor drei Monaten in der Uni-Klinik Essen operiert werden, aber als ich ankam wurde mir nur mitgeteilt, dass hier wohl ein Irrtum vorgelegen hätte - die Niere sei bereits verpflanzt, und zwar einer „priorisierten Person". Der Chefarzt der inneren Chirurgie erklärte mir ohne Umschweife, wie auch ich zu einer „priorisierten Person" werden kann, nämlich durch Zahlung von 50 Riesen an ihn. Also habe ich versucht, die REDSNAP-Papiere zu verkaufen, aber keine Sau wollte sie mehr haben. Denn der Kurs fiel haltlos gegen Null. Danach bin ich zur „Villa" und habe versucht, sie zum Rückkauf der Aktien zu bewegen. Selbst als ich erzählt habe, wofür ich das Geld brauche, haben von Gersthoven, Liechtenstein und die anderen nur kalt gesagt: 'So ist das Leben. Wenn Sie tot sind, brauchen Sie das Geld doch nicht mehr'. Ich hätte sie alle umbringen können, in dem Moment."

„Wann war denn das?", stellte Kalthoff die naheliegende Frage. „Vor etwa zwei Monaten. Ich habe mir überlegt, was ich tun könnte. Eine Zivilklage? Bis die verhandelt wird, bin ich längst beerdigt. Eine Strafanzeige? Die führt zwar vielleicht dazu, dass die Schuldigen verknackt werden, bringt mir mein Geld aber nicht zurück. Also wollte ich Druck auf die Bande machen. Wenn sie um ihr Leben fürchten müssen, werden sie schon klein beigeben, dachte ich. Deshalb bin ich jetzt hier. Die anderen Dreckschweine haben ja schon ins Gras gebissen, hat mir diese kleine Schlampe hier erzählt, aber die soll mal schön ausspucken, wo mein Geld ist."

„Aber das weiß ich doch nicht", jammerte Frau Partuschek aus dem Hintergrund. Nur eine Sekunde später ertönten ein Klatschen und das Aufwimmern einer Frauenstimme. „Noch so eine Lüge und es bleibt nicht bei einer Ohrfeige", knurrte der Geiselnehmer. Wilfried Breitmann blickte alarmiert auf und murmelte einige Worte in sein Funkgerät am Kragen des Einsatzanzuges. „Hört mal zu, ihr Bullen am anderen Ende der Leitung. Wenn sie mir nicht erzählt, wo mein Geld ist, könnt ihr ja schon mal versuchen, es mir zu besorgen. Ihr habt eine Stunde Zeit, dann bekommt ihr die Schlampe hier scheibchenweise angeliefert. Ich fange mit einem Finger an und arbeite mich dann weiter vor. Ich meine es ernst."

Der Geiselnehmer legte auf. „Der Bursche weiß, dass er uns in der Hand hat. Na gut, uns bleiben noch einige Optionen offen. Was halten Sie von ihm?", fragte Petrus den Kollegen Kalthoff. Der wiegte den Kopf. „Er ist fraglos entschlossen, die Sache bis zum Ende durchzuziehen - egal, wie das Ende aussieht. Dennoch würde ich ihn nicht als grundsätzlich gewaltbereiten Menschen einschätzen. Seine Tat entspringt völliger Verzweiflung und dem Gefühl der Ausweglosigkeit. Ich bin mir sicher, wenn wir ihm die Möglichkeit zeigen, die Sache gewaltlos in seinem Sinne zu beenden, wird er von weiteren Aktionen absehen." „Das sehe ich auch so", meinte Detlef Schall. „Ich finde es im Übrigen höchst interessant, was er über die Uni-Klinik in Essen gesagt hat." „Ja glauben Sie ihm denn?", fragte Petrus empört. Detlef zuckte die Schultern. „Ich habe in den letzten Monaten so einige Gerüchte in dieser Hinsicht gehört und was der Mann schildert, ist nicht völlig ausgeschlossen. Seine Geschichte gibt uns aber die Möglichkeit, ihn zu identifizieren. Klaus, kontaktiere das Organspen-dezentrum und frage nach, ob es vor etwa zwei bis drei Monaten einen Vorfall gegeben hat, wie ihn der Geiselnehmer schilderte. Hanna, du kontaktierst unseren Verwaltungsleiter und besorgst die 85.000 €. Ist mir egal, welche Einwände von Homburg hat, wir brauchen das Geld - und sei es nur, um dem Burschen in der Wohnung zu zeigen, dass wir es haben. Pronto, wir haben nur eine Stunde, bis der erste Finger der Partuschek aus dem Fenster fliegt."

Detlef zeigte sich als würdiger Vertreter von Hans und die Angesprochenen schoben ab, um zu telefonieren. Die entsprechende Rufnummer herauszubekommen war einfach - zumindest für Heppner, denn er musste nur auf seinen Organspenderausweis sehen. Im Gegensatz zu vielen Menschen hat er nämlich einen - denn vor die Wahl gestellt, ob seine Überreste nach seinem Tod verscharrt, verbrannt, durch Gunther von Hagens plastiniert oder zur Rettung des Lebens anderer verwendet werden, bevorzugt er die letzte Variante. Glücklicherweise (obwohl Samstag) erreichte er die Bundeszentrale für gesundheitliche

Aufklärung. Als er jedoch den Grund für seinen Anruf nannte, stieß der Polizist auf sofortige Abwehr.

„Es tut mir leid, aber da kann ich Ihnen nicht helfen“, flötete die Frau am anderen Ende der Leitung zuckersüß. „Ihnen sollte bekannt sein, dass wir derartige Auskünfte aus datenschutzrechtlichen Gründen nicht erteilen.“ „Mit Ihrem Datenschutz können Sie mich kreuzweise“, fluchte Heppner. „Sie wollen angeblich Menschenleben retten - und genau das versuche ich jetzt auch. Wenn Sie sich außerstande sehen, mir den Namen des betreffenden Mannes zu geben, verbinden Sie mich mit Ihrem Vorgesetzten - und wenn der nicht entscheiden kann, mit dessen Chef. Meinetwegen legen Sie das Gespräch gleich zur Gesundheitsministerin oder dem Bundesbeauftragten für den Datenschutz, aber tun Sie etwas, verdammt noch mal. Wir haben nur noch 50 Minuten Zeit.“

Seine harten Worte ließen den Widerstand der Frau wanken und nach wenigen Sekunden bat sie Heppner um etwas Geduld. Bei der Musik in der Warteschleife handelte es sich ausgerechnet um das Lied aus „Titanic“ von Celine Dion. My heart will go on, sinnierte der Polizist. Sollte dies ein Trost für zukünftige Herzspender sein, dass ein Teil von ihnen weiterlebt? Seine zynische Betrachtungsweise wurde von einem Klicken und begrüßenden Worten einer sonoren Männerstimme unterbrochen.

„Guten Tag, Herr Heppner. Mein Name ist Wilkens, ich bin der Geschäftsführer der Gesellschaft für Organspende. Frau Theobald hat mir bereits gesagt, weshalb Sie anrufen.“ Er machte eine bedeutungsschwere Pause. „Ich kann Sie verstehen, aber eigentlich darf ich Ihnen den Namen nicht geben. Außerdem kann ich mich nicht vergewissern, dass ich wirklich mit einem Polizisten rede…“ Heppner unterbrach ihn. „Doch, das können Sie. Sehen Sie meine Handynummer in Ihrem Display? Gut. Schreiben Sie sie auf, rufen Sie das Polizeipräsidium Duisburg an, lassen Sie sich mit dem Besprechungsraum der Mordkommission verbinden und fragen Sie dort nach, ob diese Nummer dem Diensthandy von KHK Klaus Heppner zugeordnet ist. Danach wissen Sie Bescheid."

Wilkens sagte einige Sekunden gar nichts und schien zu überlegen. Als der Polizist schon nachsetzen wollte, sprach er zu Heppners Überraschung weiter. „Sie bringen mich da in ein ziemliches Dilemma. Eigentlich darf ich Ihnen trotz allem den Namen nicht geben, aber zwei Dinge bringen mich dazu, es doch zu tun. Einerseits scheinen Sie wirklich daran interessiert zu sein, das Leben dieser beiden Menschen zu retten, obwohl Ihr Ruf in der Öffentlichkeit anders ist." Er lachte leise. „Ja, auch wir hier in Köln lesen Zeitungen - und Ihr Ruf ist Ihnen vorausgeeilt. Aber für mich zählt der persönliche Eindruck. Und der sagt etwas anderes als diese Schmierblätter. Dazu kommt der zweite Faktor: Ich habe nachgesehen und festgestellt, dass Sie nicht nur in unserer Datei erfasst sind, sondern auch im Deutschen Knochenmark-spendenregister - und dass Sie schon vor acht Jahren einmal gespendet haben, als das noch wirklich schmerzhaft war."

Bei der Erinnerung an die Beckenkammbiopsie schüttelte es Heppner und er griff sich unwillkürlich an die Hüfte. Glücklicherweise muss ein Spender heute nicht mehr diese Tortur mitmachen, sondern muss sich nur noch von etwas Blutplasma trennen. „Ich weiß bis heute nicht, wer mein Knochenmark implantiert bekam", murmelte Heppner. „Ich weiß nur, dass die OP erfolgreich gewesen sein soll." „Wir halten es immer so", meinte Wilkens. „Auch das fällt unter Datenschutz. Das bringt mich auch wieder zum Thema. Ich habe mich entschlossen, Ihnen den Namen zu sagen, sofern Sie mich in den Berichten nicht als Quelle nennen.

Bei Ihrem Geiselnehmer handelt es sich um Matthias Jankowski, 42 Jahre alt und in Rheinberg geboren. Die von Ihnen geschilderten Eckdaten passen genau auf ihn. Krankheitsbild, Transplantationsangebot und die Vorkommnisse in Essen, von denen wir auch wissen." „Als ich es gehört habe, konnte ich es nicht glauben, dass ein Chefarzt einer Uni-Klinik derart korrupt ist", meinte der Polizist ungläubig

- Wilkens lachte auf. Als er weitersprach, troff seine Stimme vor Zynismus. „Ja was denken Sie denn von unseren Halbgöttern in Weiß? Als wir nach der Beschwerde von Jankowski ein Gespräch mit diesem Arzt suchten, fragte er nur trocken, was er denn Schlimmes getan habe? Er habe doch ein Leben gerettet. Dass er nicht dieses Leben retten sollte, sondern ein anderes, tat er mit dem Spruch, das sei eben Schicksal ab. Ich finde es eine anmaßende Schweinerei, aber was soll ich tun? Wir sind fast machtlos gegen diese Machenschaften." „Nicht ganz", sagte Heppner langsam. „Dieser Professor macht sich auf jeden Fall strafbar. Entweder ist es Vorteilsnahme oder Bestechlichkeit. Wie dem auch sei, ich wäre Ihnen sehr verbunden, wenn Sie sich mit Ihrer Rechtsabteilung besprechen und dann eine Strafanzeige gegen diesen Chefarzt vorlegen würden." „Aber mit Freuden", meinte Wilkens sichtlich vergnügt und erleichtert.

Heppner verwendete eine weitere Viertelstunde damit, die Daten von Jankowski zu verifizieren. Der Mann war mit einem Sanitärfachhandel sehr erfolgreich gewesen, bevor ihn seine Krankheit zur Geschäftsaufgabe gezwungen hatte. Er lebte mit seiner Frau und zwei Kindern in einem Einfamilienhaus in Rheinberg-Budberg - und eine Abfrage Jankowskis im Fahndungssystem erbrachte ein völlig negatives Ergebnis. „Der ist so was von negativ, dass ich bei ihm nicht mal eine Eintragung wegen Geschwindigkeitsüberschreitung finde", meinte Marlene Schwarz von der Datenstation. „Er war nur mal Geschädigter bei einem Einbruch. Na ja, das gehört heute wohl zum Leben dazu. So jemanden überprüfst du doch sonst nie." „Der wird auch bald seine Eintragung bekommen", knurrte Heppner. „Geiselnahme ist nun mal nichts, was man mit ‚ohne Abendbrot ins Bett' ahndet." Seine Kollegin hatte ihm auch die Kennzeichen der auf Jankowski zugelassenen Pkw´s genannt - und eines dieser Fahrzeuge, ein Fiat Ducato mit Firmenaufschrift „Sanitär Jankowski", stand direkt gegenüber des jetzigen Einsatzorts. Jetzt gab es gar keine Probleme mehr, einen plausiblen Grund für seine Identifizierung zu erfinden.

Detlef Schall war hocherfreut über das Ermittlungsergebnis. „Ist ja prima! Jetzt rufe bei den Kollegen in Rheinberg an und…“ „Ist schon erledigt“, beruhigte Heppner ihn. „Zwei Kollegen des KK 21 Wesel haben seine Frau bereits im Schlepptau und bringen sie her. Vielleicht bringt sie ihn zur Vernunft.“

Er hatte kaum ausgesprochen, als das Telefon klingelte. Sebastian Kalthoff hob die Hand und bat um Ruhe, bevor er sich meldete. „Wir haben das von Ihnen geforderte Geld beschafft und auch weitere Erkundigungen eingeholt. Wir alle wollen, dass niemand zu Schaden kommt. Wollen Sie mir nicht verraten, wie sie heißen, damit ich Sie auch mit einem Namen anreden kann?“ „Das wäre ja noch schöner“, schnaubte Jankowski. „Dann kann ich Sie ja gleich hereinbitten und mir Handschellen anlegen lassen. Nee nee, wenn Sie mir schon einen Namen geben wollen: Nennen Sie mich Danny Roman.“ „Wie den Geisel nehmenden Polizisten in ‚Verhandlungssache‘, aha. Sehr interessant, aber Danny Roman wollte die Polizei von seiner Unschuld überzeugen und kein Geld erpressen.“ „Ich will auch nicht erpressen, sondern ich will nur, was mir zusteht“, widersprach Jankowski.

„Na gut“, gab Kalthoff nach, „also bleiben wir bei Danny. Sie können mich Sebastian nennen.“ „Okay, Sebastian. Und wie geht es jetzt weiter?“ „Das wollten wir eigentlich von Ihnen wissen“, konterte der Polizist. „Ich habe es mir so gedacht: Sie legen das Geld vor die Tür und schieben es mit einer langen Stange rein. Ich bleibe mit der Partuschek hinter der Tür stehen, damit ich sehe, dass niemand reinkommt. Sollten Sie Tricks versuchen, haben Sie die Schlampe auf dem Gewissen.“ „Gut, machen wir es so. Haben Sie schon überlegt, wie sie heil aus der Wohnung herauskommen wollen?“ „Ja klar! Ihr stellt uns ein Fluchtfahrzeug, das ihr in der Tiefgarage des Hauses parkt. Ich fahre mit der Partuschek los und ihr verfolgt mich nicht.“ „Na gut, darüber müssen wir beraten. Wir melden uns wieder.“

Sebastian Kalthoff schaltete das Mikro aus. „Das ist schlechter, aber besser als überhaupt kein Plan. Der Bursche ist tatsächlich ein absoluter Amateur. Wie will er die Partuschek bedrohen, wenn sie im Auto ist und er draußen oder umgekehrt? Mit einer Schusswaffe vielleicht, aber mit einem Messer?" „Wir wissen ja nicht, was er vielleicht unter dem Mantel hat", mutmaßte Detlef Schall, aber Kalthoff schüttelte den Kopf. „Den hat er mittlerweile abgelegt. Er hat tatsächlich nur das Messer. Das Einsteigen ist natürlich eine Chance, ihn zu überwältigen, aber erstmal müssen wir an ihn herankommen und die geräumte Tiefgarage bietet nicht so viele Versteckmöglichkeiten. Und wir werden garantiert nicht den Fehler machen, aus einer stationären Lage eine mobile zu machen. Da habe ich eine bessere Idee."

Was er in den folgenden fünf Minuten mit Wilfried Breitmann besprach, sollte später unter dem Begriff „Kalthoff-Ablenkung" in die Geschichte der Polizeieinsätze eingehen. Am Ende der Unterredung griff der Verhandlungsführer zum Telefon und rief Jankowski an.

„Hallo Danny, wir sind mit dem Plan einverstanden - jedoch mit einer kleinen Änderung. Wir werden das Geld nicht in die Wohnung hereinschieben, sondern im Flur deponieren. Im Haus ist sonst niemand mehr, also wird das Paket nicht gestohlen. Wenn ihr die Wohnung verlasst, kannst du in aller Seelenruhe das Geld mitnehmen - und niemand begibt sich in Gefahr. Du hast den Flur gesehen, verstecken kann sich dort niemand. Wir brauchen nur noch eine halbe Stunde, um den Fluchtwagen aufzutreiben. Wollt ihr inzwischen etwas haben? Pizza, einen Döner oder sonst was zu essen? Etwas zu trinken?"
„Nein, danke, wir sind hier mit allem versorgt. Der Vorschlag klingt gut. Ich sage euch in ein paar Minuten Bescheid."

„Den werden wir auf jeden Fall kriegen", meinte Breitmann zufrieden, „aber vielleicht müssen wir gar nicht rabiat werden." Und er wies auf eine Frau Mitte dreißig, die von zwei Beamten in Zivil zur Einsatzzentrale eskortiert wurde. „Das ist Miriam Jankowski, die Frau unseres Geiselnehmers. Sie weiß schon Bescheid und will mit ihrem Mann sprechen."

Miriam Jankowski war eine gutaussehende Frau und sie wäre zweifellos eine wirkliche Schönheit gewesen, hätte sie nicht so verweint ausgesehen. Ihre perfekt geformten mandelförmigen Augen waren gerötet, die langen dunklen Haare waren zerzaust und die Tränen strömten ihre Wangen herunter. „Wie kann er so etwas tun? Wir hätten doch andere Möglichkeiten gefunden. Wir hätten das Haus verkaufen oder weiter beleihen können, oder uns Geld von Freunden borgen - aber Matthias wollte das nicht. Als er heute Mittag hier wegfuhr sagte er nur, er habe eine Möglichkeit gefunden. Ich habe mit allem gerechnet, aber nicht mit so was." Frau Jankowski schlug die Hände vors Gesicht und schluchzte.

Sebastian Kalthoff legte ihr tröstend die Hand auf die Schulter. „Wir werden alles in unserer Macht Stehende tun, um die Sache zu einem guten Ende zu bringen. Vielleicht können Sie uns dabei sogar helfen" „Wie denn? Ich werde alles tun, ihn gesund wieder zu bekommen. Na ja, jedenfalls unverletzt. Was soll ich tun?" Kalthoff nickte seinen Kollegen zu und begann, sie zu instruieren. Wenige Minuten später klingelte das Telefon.

„Ich habe mir alles durch den Kopf gehen lassen und bin einverstanden", begann Jankowski. Kalthoff sah Frau Jankowski an, sie nickte. Sie hatte die Stimme ihres Mannes erkannt und unser Kollege drückte auf den Knopf, der ihr Headset aktivierte. „Hallo, Matthias", sagte sie leise.

„Miri? Was... was machst du da?" Die Stimme Jankowskis war zu einem Flüstern herabgesunken. „Ich bin hier, um dir zu helfen, wie ich es immer tue. Was immer du vorhast, lass es sein. Noch ist niemand zu Schaden gekommen und angesichts der Hintergründe kommst du mit einem blauen Auge davon." „Ja, und dann werde ich in einem halben Jahr vor Schmerzen schreiend in einer Gefängniszelle sterben. Nein, ich ziehe das jetzt durch." „Und dann?", fragte Miriam leise. „Glaubst du, dass dich der Professor in Essen dann so einfach operieren kann?" „Dann finde ich eben eine Klinik im Ausland, die das macht. Wenn ich erst die neue Niere drin habe, können sie mich meinetwegen einsperren. Tut mir leid, Miri, aber diesmal höre ich nicht auf dich."

Miriam Jankowski sah uns an und schüttelte den Kopf. Bevor sie zu sprechen begann, hatte Kalthoff ihr Headset deaktiviert. „Es ist zwecklos. Ich kenne diese Phasen bei ihm, wenn er sich darin befindet, schottet er sich total ab und ist keinen Argumenten mehr zugänglich. Jetzt sind Sie an der Reihe. Und ich habe ihr Wort, dass es so ablaufen wird?“ Sebastian Kalthoff nickte und begann, mit Jankowski zu sprechen - der ihn jedoch sofort unterbrach. „Lassen Sie gefälligst meine Frau aus dem Spiel, ja? Wie seid ihr eigentlich auf mich gekommen?“ „War nicht schwer“, meinte der Polizist lässig und erinnerte Jankowski an seinen vor der Tür geparkten Lieferwagen. Der stöhnte nur. „Oh Mann, so ein Dreck. Ich hatte ursprünglich geplant, die blöde Kuh in den Lieferwagen zu sperren und bei Wasser und Brot gefangen zu halten, bis sie das Versteck des Geldes ausspuckt. Na ja, jetzt ist eh alles Wurscht. Wir halten uns an die Vereinbarung, das Geld liegt im Flur! Steht der Fluchtwagen bereit?“ „Das tut er“, bestätigte Kalthoff. „Ein anthrazitfarbener Opel Insignia, voll aufgetankt. Ist nicht zu verfehlen, weil es das einzige Auto in der Tiefgarage ist.“ „Umso besser“, meinte Jankowski.

„Noch etwas“, sagte Kalthoff wie nebenher, „vielleicht sollten Sie und die Partuschek vor der Autofahrt noch mal zum Klo. Könnte eine lange Fahrt werden - und außerdem dürfte die Partuschek sich vor Angst in die Hose machen.“ „Nee, macht sie eben nicht. Die Frau ist echt cool drauf - und das überrascht und beunruhigt mich“, widersprach Jankowski. „Bei mir ist sowieso nix in der Blase. Trotzdem haben Sie recht. He, Schlampe, du gehst jetzt mal schön aufs Klo. Die Tür bleibt aber angelehnt, damit ich sofort rein kann, falls die Bullen die Wohnung stürmen.“

Es war von immensem Vorteil, dass Jankowski ein blutiger Amateur war und keine Ahnung von polizeilichen Eingriffstaktiken hatte. Zwar hatte er das Wohnzimmerfenster mit einer großen Decke verhängt, aber das behinderte seine Sicht mehr als die der Belagerer. Nicht bemerkt hatte er, dass eine Minikamera unter der Eingangstür durchgeschoben war, und die Einsatzkräfte alle Bewegungen im Flur sehen konnten - und noch weniger hatte er registriert, dass zwei SEK-

Beamte sich von der oberen Etage abgeseilt und geräuschlos die Scheibe des Wohnzimmerfensters entfernt hatten. Die, durch die erneut aufziehenden Gewitterwolken, entstehende Dunkelheit spielte der Polizei dabei wunderbar in die Karten. Als Frau Partuschek im Bad verschwunden war, zählte Wilfried Breitmann stumm bis drei und sagte nur ein Wort über Funk:

„Jetzt!“

Und hielt sich die Ohren zu. Alle anderen folgten seinem Beispiel - zum Glück.

Es gibt unterschiedliche Schilderungen davon, was anschließend geschah. Sowohl Matthias Jankowski als auch Britta Partuschek schwören bis heute, dass ein Flugzeug in die Wohnung hereingeflogen und detoniert sei. Anwohner der Nachbarhäuser glauben noch immer an eine Gasexplosion. Zumindest von der Lautstärke kamen die beiden Irritationskörper, die die SEK-Beamten ins Wohnzimmer warfen, dem auch sehr nahe. Als die Wolldecke am Fenster beiseite flog und das Licht der Halogenstrahler ins Wohnzimmer drang, drehte sich Jankowski automatisch in Richtung der Helligkeit. Böser Fehler. Die Irritationskörper, die aussehen wie durchlöcherte Handgranaten, erzeugen neben einem grellen Lichtblitz auch einen Knall, dessen Lautstärke bei 180 Dezibel liegt - bei <u>einer</u> Granate. Die beiden jetzt gezündeten Körper erzeugten bei allen in der Wohnung anwesenden Personen eine sofortige und langanhaltende Desorientierung - und nicht nur hier, sondern in allen Häusern im Umkreis von 30 m wurden alle Fenster durch die Druckwelle spontan entglast. Unmittelbar nach der Explosion der Irritationskörper flog die Wohnungstür aus dem Rahmen, weggesprengt von einer vorher angebrachten Ladung feiner C4-Explosivschnüre. Noch bevor die Tür gegen die Wand schlug, stürmten sechs SEK-Beamte die Wohnung und stürzten sich auf Jankowski, der zitternd und wie gelähmt vor der Badezimmertür stand. Sein Messer hatte er fallen gelassen, an Widerstand war nicht zu denken. Nur Sekunden später gab das Einsatzkommando die ersehnte Meldung ab. „Aktion erfolgreich. Geisel unverletzt befreit, Geiselnehmer überwältigt. Auch er augenscheinlich unverletzt.“

Miriam Jankowski umarmte Sebastian Kalthoff schluchzend, doch ihre Tränen waren Tränen der Erleichterung. Sie wollte nur noch zu ihrem Mann, doch das mussten die Beamten zunächst unterbinden.

„Bringt beide Personen zur Befragung ins Präsidium“, ordnete Detlef Schall an, doch Petrus widersprach. „Zumindest die Geisel sollte zunächst im Krankenhaus ärztlich untersucht werden. Auch bei Jankowski halte ich eine ärztliche Untersuchung angesichts seiner Nierengeschichte für angebracht. Außerdem - wie wollen Sie die beiden vernehmen? Nach dem Knall sind die beiden doch noch eine Weile stocktaub.“ Detlef seufzte, aber er gab nach. „Sie haben ja recht. Aber die beiden sollten zumindest bewacht werden.“ „Da stimme ich Ihnen zu. Ich werde eine Bewachung anordnen und zwei Mann vor jede Zimmertür stellen. Wir werden die Ärzte instruieren, Sie sofort zu informieren, wenn die beiden vernehmungsfähig sind. Die laufen Ihnen schon nicht weg, Herr Schall.“ „Es gibt noch einen anderen Gesichtspunkt“, warf Wilfried Breitmann grinsend ein. „Durch die Schockwelle versagt bei den meisten Betroffenen die Schließmuskulatur. Ich schätze, sowohl Täter als auch Opfer brauchen erstmal neue Unterwäsche. Ist vielleicht besser, wenn sie im Krankenhaus trockengelegt werden.“

Der Humor des SEK-Führers war zwar ziemlich schwarz, aber sein Argument hatte etwas für sich. Vor der Tür der Einsatzzentrale blieb Detlef stehen und starrte sinnierend in den Nachthimmel. Irgendetwas irritierte ihn, doch als Heppner ihn danach fragte, schüttelte er nur den Kopf. „Ich muss nur über etwas nachdenken, Klaus. Etwas, das ich gehört habe und das wirklich von Bedeutung ist, aber ich komme nicht darauf, was es war. Egal, schlaf dich erst mal aus, morgen sehen wir weiter.“

Es war wirklich ein langer und ereignisreicher Tag gewesen und Heppner freute sich darauf, nach Hause zu kommen. Marion empfing ihn im Bett, zufrieden wie eine schnurrende Katze. „Pelzer hat mich angerufen und mich für morgen um neun ins Büro bestellt. Er hörte sich an, als ob er saure Milch getrunken hätte." „Klar, es ist nicht jedem gegeben, den Gang nach Canossa anzutreten und um Verzeihung zu bitten - vor allem, wenn er es öffentlich tun muss", bestätigte Heppner befriedigt. Er und seine Freundin schliefen an diesem Abend eng aneinander gekuschelt ein, zufrieden mit sich und der Welt. Wir haben uns, dachte Heppner müde. Was kann uns schon Großes passieren?

Gott, welch arme Narren.

Zwölf

16. Juli 2010, 08.00 Uhr

Der Hass in ihren blauen Augen hätte Wasser zum Kochen bringen können. Sie hatte etwa drei Stunden gebraucht, aber jetzt sah ihre Wohnung so aus wie der sprichwörtliche Handgranatenwurfstand. Bücher, Geschirr, Besteck, Regale - selbst der Flatscreen-fernseher hatte ihrer Wut nicht widerstanden. Jetzt lag alles in Trümmern, zerrissen mit den Händen oder zerschlagen mit dem großen Hammer, den sie aus dem Werkzeugkasten geholt hatte.

Das Scheitern ihres Plans hatte sie jegliche Beherrschung verlieren lassen. Es war ein Schock für sie gewesen, als sie gestern Abend am Haus Britta Partuscheks das riesige Polizeiaufgebot gesehen hatte. Sie war direkt nach dem Ende der polizeilichen Befragung dorthin gefahren, um das Geld notfalls aus ihr heraus-zuprügeln, aber jemand anderes (so sagte ein Uniformierter an der Absperrung) war offenbar schneller gewesen als sie.

Petra Hammer setzte sich vorsichtig auf den einzigen überlebenden Stuhl und versuchte logisch nachzudenken. Die für ihren Verlust Verantwortlichen der REDSNAP waren tot, Britta Partuschek war nach der Befreiung ins Krankenhaus eingeliefert worden - und außerhalb ihrer Reichweite. Kurz gesagt: Sie saß maximal in der Scheiße.

In ihrem fiebernden Gehirn jagten die Gedanken. Wer ist schuld an dieser Drecks-Situation, dachte sie immer wieder. Es kam ihr nicht in den Sinn, sich selbst verantwortlich zu machen. Wer ist schuld?

Mit einem Mal kam ihr ein Gedanke - und sie riss den Kopf hoch. Natürlich! Diese beiden, die sie schon immer gehasst hatte, waren ihre Feinde. Und Feinde muss man vernichten.

Ihr Blick fiel auf den Hammer, mit dem sie auf den Bildschirm des Fernsehers eingedroschen hatte und ein schiefes Grinsen verzog ihren Mund bei der Vorstellung, ihre Opfer mir einem Werkzeug zu bearbeiten, dessen Namen sie selbst trug…

***

„Wir stehen momentan ein wenig auf dem Schlauch, was das Abarbeiten unserer Verdächtigen angeht“, eröffnete Detlef Schall die Frühbesprechung. „Sowohl Matthias Jankowski als auch Britta Partuschek liegen noch im Krankenhaus und beide werden wohl noch ziemlich lange ein heftiges Klingeln im Ohr haben. Da beide bewacht werden, laufen sie uns nicht weg.“ „Schön und gut“, unterbrach Tom Hermanns, „aber hältst du den Jankowski für unseren Täter?“ Detlef schüttelte den Kopf. „Wohl kaum. Ich würde an einen Täter von außerhalb glauben, wenn er seine eigene Waffe benutzt hätte, aber dieser Täter wusste von der Tokareff und hat sie benutzt.“ „Erhebt sich also die Frage, wer neben der Partuschek wirklich von der Waffe wusste. Sie behauptet, alle wussten davon, aber nur zwei der befragten Telefonklopper haben ihr Wissen von der Waffe bestätigt.“ „Ja, und sie alle geben sich gegenseitig ein Alibi“, bestätigte Jimmy. „Nach ihren Aussagen hat während des gesamten Nachmittags niemand den Raum Richtung Treppe verlassen. Nur zum Klo sind ein paar gegangen, aber das liegt auf der anderen Seite.“ „Also weiter im Text, sprich: Fortsetzung der Befragung aller Kunden. Langwierig, aber erforderlich. Hier liegen die Listen der noch nicht befragten Kunden. Jeder schnappt sich eine und dann werden sie befragt. Vergesst nicht, sie nach ihrem Alibi zu fragen - und ob sie von einer Waffe in der Villa wussten.“

„Wir haben aber auch noch was“, meldete sich Tom Hermanns zu Wort und Peter Elgert nickte ihm auffordernd zu. „Während ihr euch um die Geiselnahme der Partuschek gekümmert habt, sind wir zwei mit Hanna und Theo Beugen an den Anschriften unserer beiden Hammeropfer gewesen, um ihre letzten Stunden zu rekonstruieren.

Frantecki ist nach der Geschichte in der Villa nach Hause gekommen und hat seinem Nachbarn erzählt, dass er sich auf den Schreck komplett volllaufen lassen wollte. Wir haben die Kneipen in der Umgebung seiner Wohnung abgesucht und die Leute befragt. War teuer, aber lohnenswert.

Der Kerl hat im Innenhafen in einer supertollen Eigentumswohnung gelebt - und natürlich war er nicht in irgendeiner Kneipe, sondern im Diebels im Innenhafen. Wir haben dort tatsächlich jemanden gefunden, der sich an ihn erinnerte - weil es wohl seine Stammkneipe war und seine Freigebigkeit ihn bekannt gemacht hat, wie den berühmten bunten Hund.

Er ist letztmals am 13. Juli gegen 01:00 Uhr lebend gesehen worden und er war nicht allein dort. Laut Angaben des Wirts hat er sich mit einer Schwarzhaarigen unterhalten. Mitte 20, tolle Figur und sie schien ziemlich auf Frantecki abzufahren. Ob sie gemeinsam abgehauen sind, konnte der Wirt nicht sagen, aber zumindest hat er ihr Verschwinden zur gleichen Zeit bemerkt. Das Geld für die Getränke lag einfach auf der Theke."

„Bei Johansson war es ähnlich", berichtete Theo Beugen. „Wir sind auch durch die Kneipen gezogen und wurden im Café Museum fündig. Opfer Nummer zwei traf sich dort mit einer Rothaarigen, ebenfalls Mitte 20 und aufreizend gekleidet. Die beiden sind nicht lange geblieben und für die Bedienung sah es aus, als wenn sie sich dort verabredet hätten, um woanders hinzugehen. Der spätere Leichenfundort liegt auch in direkter Linie vom Café zu seiner Wohnung. Unsere Zeugin hielt die Frau übrigens für eine Professionelle. Sie meinte, dass Johansson sich dort öfter mit engagierten Callgirls getroffen hätte."

„Okay, Leute", entschied Schall. „Ihr holt euch die Zeugen und lasst das LKA ein Montagebild von den beiden Frauen fertigen. Vielleicht stellt sich ja heraus, dass es die gleiche Person war. Die Haarfarbe differiert zwar, aber es gibt ja immerhin Perücken. Der Rest kümmert sich um die Kundenlisten, wie geplant."

Heppners Liste umfasste insgesamt 25 Personen, die sich über ganz Deutschland verteilten. Kurz vor Mittag hatte er zehn von ihnen erreicht und erstattete Detlef Bericht. „Detlef, du kannst dir nicht vorstellen, was ich mir habe anhören müssen. Diese Telefonklopper ziehen wirklich alle Register, wenn sie ihren Schrott an den Mann (oder die Frau) bringen wollen. Schmeichelei, Bedrohung, Erwecken von Gier, ja sogar Beleidigungen auf sexueller Grundlage sind die Werkzeuge, mit denen sie spielen -wie ein Pianist auf einem Steinway-Flügel. Ein paar Beispiele gefällig? Wenn ein verheirateter Mann sagt, er müsse den Ankauf der Aktien mit seiner Frau besprechen, wird scheinheilig gefragt, ob er denn überhaupt eine Entscheidung allein treffen dürfe und wer bei ihm zu Hause die Hosen anhabe. Einer unverheirateten Frau wird dagegen gesagt, wenn sie sich jetzt entscheidungs-freudig zeigen würde, dann würde es auch mit dem Nachbarn klappen. Zudem werden immer schmeichelnde Floskeln wie *„Das brauche ich Ihnen als erfahrenen und erfolgreichen Anleger ja nicht zu erzählen", „für einen Anlegeprofi wie Sie, ist das doch alles ein Klacks"* - und ähnliches eingestreut. Ich muss sagen, was die Manipulation ihrer Gesprächspartner angeht, sind die Jungs echt grandios. Aber was heißt hier Jungs, die weiblichen Callcenter-Agents waren sogar noch hinterhältiger. Eine Frau berichtete mir unter Tränen, dass die Frau am Telefon ihr gesagt habe, das REDSNAP-Investment sei hundertprozentig sicher. Als sie zögerte, habe sie gemeint: *‚Sie sind doch alleinerziehende Mutter. Ich auch. Könnte eine Mutter eine Mutter belügen?'* Ich kann nur hoffen, dass das KK 23 noch was aus unseren Informationen macht. Wenn Tartner das Ganze blockiert, hänge ich ihm ein Verfahren wegen Strafvereitelung an den Hals. Dann wird er aus dem Verkehr gezogen, wie es der Orzessek passiert ist."

Offiziell wurde die ehemalige Gruppenleiterin in den Listen als „krank" geführt. Hinter vorgehaltener Hand flüsterte man im PP mittlerweile, dass sie versucht habe, sich die Pulsadern aufzuschneiden und jetzt in der Psychiatrie sitzen würde. Heppner war es fast egal.

Zurück im Büro sah er auf seine Anrufliste und entdeckte dort Marions Nummer. Verdammt, dachte er. Langsam wird es mit dem neuen Handy Zeit. Sein Rückruf erreichte sie in ihrem Büro. „Ja, es ist wieder mein Büro“, lachte sie, „es ist nur die Frage, wie lange noch. Das Leben ist manchmal eine einzige Farce. Pelzer steht, wie du vorausgesehen hast, vor dem Abschuss - und unser Vorstand hat mir seinen Posten angeboten. Ist das nicht toll?“ „Das ist nicht toll, das ist grandios“, stimmte Heppner ihr begeistert zu. „Was hältst du davon, wenn wir uns heute Mittag zum Essen treffen würden? Nein, nicht in unserer Kantine. Lass uns richtig chic essen gehen. Ich dachte da an den Italiener im Silberpalais. Von dort aus haben wir auch eine tolle Aussicht auf die Villa. Dann hast du auch einen optischen Eindruck von unserem Tatort. Ich kläre das mit Detlef.“ „Du bist ja verrückt, aber meinetwegen“, lachte Marion.

Detlef Schall hatte nichts dagegen, dass Marions Triumph ausgerechnet im „Da Pietro“ gefeiert werden sollte. „Ist doch irgendwie passend“, meinte er. „Verbinde doch das Angenehme mit dem Nützlichen und frage Pietro Scutari, den neuen Chef dort, was er am letzten Montag gesehen hat - sofern er überhaupt da ist, denn bisher haben wir ihn nicht angetroffen. Auf jeden Fall: Guten Appetit.“

Bis zum Treffen mit Marion hatte Heppner noch eine halbe Stunde Zeit, die er im nahegelegenen Mobilfunk-Shop verbrachte. Haben Sie schon mal versucht einer Verkäuferin zu erklären, dass jemand ihr Handy erschossen hat? Bis der verzweifelte Klaus Heppner der Frau verdeutlicht hatte, dass er keinen neuen Vertrag wollte, sondern nur eine Ersatz-SIM-Karte und ein Ersatzhandy, war die halbe Stunde schon fast rum. Zumindest mit der Zusicherung, dass die Ersatzkarte am morgigen Samstag abholbereit sei, zog er eilig von dannen. Auf dem Weg zum Restaurant kaufte er sich ein Wegwerf-Handy mit Prepaidkarte. Für einen Tag tut’s das auch, dachte er.

Die letzten hundert Meter zum Restaurant legte Heppner wegen des nächsten Schauers mit einem über den Kopf gezogenen Trenchcoat und im Laufschritt zurück. Marion erwartete ihn unter dem Vordach an der Tür und küsste ihn heiß. „Ist das nicht toll? Ach, das Wetter ist mir scheißegal. Alles wendet sich zum Guten, und du kannst sogar während der Dienstzeit mit mir essen gehen“, meinte sie vergnügt, als Heppner ihr von Detlefs Auftrag erzählte. „Ja, aber das Essen kann ich trotzdem nicht über die Spesen abrechnen“, grinste er.

Für das Prepaid-Handy hatte sie nur ein geringschätziges Lächeln übrig. „So was benutzen doch nur Leute, die mit moderner Telekommunikation nix am Hut haben.“ „Mir egal. Hauptsache du kannst mich erreichen“, meinte Heppner, bevor sie sich der Speisekarte widmeten. Er entschied sich für eine Tomatencremesuppe und ein Filetsteak in Rotweinsauce, während Marion einen Salat, bestehend aus Rucola und Garnelen sowie Kalbsmedaillons mit Parmaschinken und Salbei wählte. Zum Nachtisch teilten sich die beiden eine Haselnuss-Pannacotta. Das Essen war in höchstem Maße delikat und als sie den abschließenden Espresso bestellten, bat Heppner den Kellner um ein Gespräch mit dem Geschäftsführer. Der junge Mann schob sichtbar irritiert ab in Richtung Küche. Marion sah ihren grinsenden Freund vorwurfsvoll an.

„Das war aber ganz schön undiplomatisch. Der arme Kerl glaubt jetzt, wir wollten uns über ihn oder die Küche beschweren.“ „Oder ihn über den grünen Klee loben“, ergänzte Heppner, „aber das ist die beste Möglichkeit, mich unauffällig mit Pietro Scutari zu unterhalten.“

Scutari erschien nur eine Minute später an ihrem Tisch, er erkannte den Ermittler umgehend wieder. Sein italienischer Akzent war stark wie eh und je. „Signore Comissario, es iste eine Freude, Sie begrüßen zu können. Iste Signora eine Kollegin oder Ihre Frau?“ „Meine Lebensgefährtin, Signore Scutari. Lassen Sie mich Ihnen zuerst zu Ihrer großartigen Küche gratulieren. Ihr Koch ist ein Meister seines Fachs und die Bedienung überbot sich an Höflichkeit und Kompetenz.“ „Sie sind eine Schmeichler, Commissario, eine Silberzunge in unsere Silberpalais. Was kann ich für Sie tun? Ist es wege die drei tote Männer in der Villa gegenüber?“ „Sie haben es erfasst, Signore Scutari.“ „Ah ja, eine Tragödie. So junge Menschen sind gestorben, und wofür? Nur für diese blöde Geld. Nicht für Ehre, nicht für die Familie, nur für Geld. Das gehte gar nicht.“ Scutari schüttelte indigniert den Kopf.

Marion schaute ein wenig verständnislos drein, doch aus Sicht von Scutari ergaben seine Bemerkungen durchaus einen Sinn. Pietro Scutari ist ein entfernter Cousin der Familie, aus der die sechs Ermordeten im August 2007 stammten. Auch wenn er nachweislich keine N'dragheta-Verbindungen hat, sind für ihn die klassischen italienischen Werte wie Ehre und Familie die Grundlagen seiner Existenz. Heppner nickte ihm bestätigend zu, worauf er sich an ihren Tisch setzte. „Erzählen Sie mir doch, was Sie von den Leuten in der Villa wissen.“

Scutari hob in einer theatralischen Geste beide Arme. „Signore Commisario, dasse sind gute Kunden von mir gewese. Sie kame alle paar Tage hier essen, mal alleine, mal mit andere Leute. Redeten dann mit ihnen von Geschäfte, von Aktien und so weiter. Ich habe da nicht besonders zugehört, weil ist etwas, was ihre Sache ist. Waren auch immer freigebig, gaben gute Trinkgelder an meine Leute. Was für Geschäfte sie haben gemachte? Ich bin nur Gastronome.“

„Aber die einzelnen Leute aus der Villa kennen Sie schon, oder?“, hakte Heppner nach. „Sind Sie übrigens damit einverstanden, dass ich das Gespräch aufzeichne?“ „Si, Senore Commissario. Mache Sie nur.“

Was Scutari anschließend schilderte, zog dem Polizisten fast sprichwörtlich die Schuhe aus. „Verdammt noch mal“, fluchte er. „Warum haben wir das nicht schon früher gewusst? Hat das noch jemand, z.B. einer Ihrer Angestellten, auch mitbekommen?“ Scutari schüttelte den Kopf, während Heppner in fieberhafter Hast Detlefs Nummer wählte.

Besetzt. „No, Signore Commissario. Ist wichtig was ich gesehen habe?“ „Und ob das alles wichtig ist“, knurrte der Ermittler, während er immer und immer wieder versuchte, Detlef zu erreichen. „So wichtig, dass ich Sie jetzt abholen lasse, um diese Aussage zu protokollieren.“ „Mann, ist das spannend“, sagte Marion fasziniert. „Schon beeindruckend, bei der Lösung eines Mordfalls dabei zu sein.“ „Na sicher“, knurrte Heppner, „aber du fährst jetzt schön zurück in dein Büro. Ich erzähle dir nachher alles Weitere.“

Da Heppner keinen Dienstwagen dabei hatte und der Himmel mittlerweile wieder alle Schleusen öffnete, instruierte der Kommissar seine Kollegen Beugen und Hellwich, ihn und Scutari abzuholen. Letzterer lamentierte zwar, dass er seinen Laden nicht allein lassen könnte, hatte jedoch nach Heppners spöttischer Frage, ob er kein Vertrauen zu seiner Familie habe, keine Einwände mehr. Am Ziel angekommen, wandte sich Heppner an Beugen und Hellwich. „Ist mir scheißegal, für was ihr eingeteilt seid. Die Protokollierung seiner Aufgabe hat jetzt oberste Priorität. Wenn ihr hört, was er zu erzählen hat, wisst ihr Bescheid. Fragt einfach nach der Nonne.“

„Nonne?“, fragte Hellwich entgeistert. „Ist der Heilige Stuhl in den Fall verwickelt, oder brauchen wir einen Exorzisten?“ „Red jetzt keinen Stuss“, knurrte Heppner. „Iche weiße schon was ich zu erzählen habe“, beruhigte Scutari dessen Kollegen. „Lasse pronto mache, weil iche muss zurück zu Restaurant.“

Detlef Schall sprang fast im Dreieck, als Heppner ihm Scutaris Angaben skizzierte. Er griff sofort zum Telefon und bellte einige Aufträge hinein. Dann lehnte er sich zurück und sah seinen Kollegen kopfschüttelnd an.

„Wer hätte das gedacht, Klaus. Auch bei uns gibt es immer wieder Überraschungen. Wärst Du auf diese Lösung gekommen?“ „Nicht sofort“, antwortete Heppner bedächtig. „Und die ganze Wahrheit kennen wir ja immer noch nicht. Wir wissen eigentlich nur, dass unsere Zeitleiste nicht stimmt. Und wir wissen nicht, welche Rolle

Petra Hammer in dieser Scharade spielt. Das kann höchstens Britta Partuschek erklären, die uns trotz allem belogen hat. Vielleicht hat Jimmy recht und sie ist einfach eine notorische Lügnerin. Allerdings haben wir jetzt vielleicht einen Hebel, ihr die Wahrheit zu entlocken." „Dann lasse uns sie fragen", entschied Detlef. „Das Krankenhaus hat angerufen und mitgeteilt, dass das Knalltrauma bei ihr abklingt. Ich würde nur gern das Ergebnis der Ermittlungen abwarten, die ich gerade in Auftrag gegeben habe." „Um noch mehr Munition zu haben", ergänzte Heppner, und Detlef nickte. „Jetzt weiß ich auch, was mich gestern Abend so irritiert hat, nämlich die Bemerkung Jankowskis, die Partuschek sei cool und gelassen gewesen und habe keine Angst vor ihm gehabt. Zu dieser Zeit kann sie noch nicht gewusst haben, dass er als Mörder nicht in Frage kommt. Er hat nämlich das denkbar beste Alibi: Als die drei Männer in der Villa erschossen wurden, hing er gerade an der Dialyse."

Von den ausgesandten Teams meldeten sich zuerst Peter Elgert und Tom Hermanns, die den Wirt des Diebels vernommen hatten. „Er ist sich sicher, die Frau wiedererkennen zu können. Das Montagebild wird gerade gefertigt. Willi und Rudi unterhalten sich gerade mit der Kellnerin aus dem Café Museum. Sie werden ihr erst mal unser Phantombild präsentieren, bevor die Jungs vom LKA noch mal ans Werk gehen."

Jimmy Hellwich war der nächste, dessen Anruf einging. „Petra Hammer ist definitiv nicht zu Hause. Auf Klingeln machte niemand auf und ihr Auto stand auch nicht vor ihrer Tür. Also haben wir bei den Nachbarn geklingelt und sind zu ihrer Wohnung gegangen. Die Wohnungstür stand offen, die Wohnung sieht aus wie ein Schlachtfeld. Alles ist zertrümmert, aber es ist kein Blut zu sehen. Es existiert kein Hinweis, wo sie sein könnte. Ob irgendein anderer geprellter Anleger sie sich geschnappt hat? Bei der VENTURA ist sie vermutlich nicht." „Oder vielleicht doch", warf Heppner nervös ein und griff nach seinem Handy. Zu seiner Freude meldete sich Marion sofort. „Nein, sie ist nicht hier. Sie wurde bereits gestern Abend achtkantig gefeuert. Wenn ich den Schilderungen meiner Kolleginnen glauben darf, muss sie auf Pelzer losgegangen sein und versucht haben, ihm die Augen auszukratzen. ‚Furie' war noch die harmloseste Beschreibung für ihr Verhalten. Sucht ihr sie?" Als ihr Freund dies bestätigte, sprach Marion weiter. „Sie soll heute Nachmittag hier erscheinen, um ihre persönlichen Sachen abzuholen. Danach wird unser Sicherheitsdienst ihr die Codekarte fürs Parkhaus abnehmen und sie freundlich, aber bestimmt vom Gelände verweisen. Dann könnt ihr sie haben. Mann, du ahnst ja nicht, was jetzt über das Weib alles ans Licht kommt. Okay, ist sicher viel Gerede dabei, aber hui, die Frau ist nicht von schlechten Eltern." „Doch, ist sie", korrigierte Heppner trocken. „Und das dürfte das Hauptproblem sein. Sieh dich vor, wenn du ihr begegnest." Marion lachte. „Ich passe schon auf mich auf. Hunde, die bellen, beißen nicht. Und deine Kollegen wirst du sicher auch gleich herschicken. Keine Sorge, wir werden zusammen alt."

Elgert und Hermanns machten sich also auf den Weg zur VENTURA. „Vielleicht macht Marion euch einen Kaffee, wenn ihr einen schönen Gruß von mir bestellt", gab Heppner ihnen mit auf den Weg. „Dort gibt es einen Vollautomaten - und der Kaffee ist spitze." „Man merkt, du sprichst aus Erfahrung", lachte Tom Hermanns und klopfte seinem Kollegen auf die Schulter.

Es dauerte über zwei Stunden, bis Ede Vollstraß sich meldete. „Das LKA hat auf meine Bitte hin die Untersuchung sofort durchgeführt - der Befund ist positiv." Er erläuterte das Ergebnis der Analyse in den nächsten zwei Minuten, während Detlef und Klaus Heppner sich zufrieden ansahen. „Die Sache ist fast rund", meinte Detlef. „Ich spreche gleich mal wegen des Haftbefehls mit der Staatsanwaltschaft." „Und ich fahre mit Hanna ins Krankenhaus, um die Partuschek anzuhören. Haftbefehle kann man ja auch per Fax übermitteln."

Hanna war begeistert. „Mörder verhaften ist der geilste Teil unseres Jobs", meinte sie vergnügt, als sie sich in den Beifahrersitz des neuen Astra fallen ließ. Auf halbem Weg zum Malteser-Krankenhaus in Huckingen rief Detlef an und teilte den beiden mit, dass es eine kleine Verzögerung geben würde. „Der dämliche Staatsanwalt weigert sich, nur aufgrund mündlichen Sachvortrags einen Haftbefehl zu erlassen. Er will also die Akte mit allen Beweismittelbänden und Spurenakten sehen. Kann also noch was dauern. Im Krankenhaus wissen sie jedenfalls schon Bescheid und warten auf euch. Vielleicht habt ihr in der Zwischenzeit ja noch was zu tun.“ Heppner erwog kurz, bei Marion vorbeizu- fahren, entschied sich aber für den versprochenen Besuch bei Tobias Kastner im BGU.

Auf dem Flur der Station waren er und Hanna Karl dabei, sich mit der notwendigen Schutzkleidung auszustaffieren, als Theresa Kastner weinend und mit vor das Gesicht geschlagenen Händen an ihnen vorbeirannte. Er wollte sie aufhalten, doch sie riss sich los und rannte schluchzend weiter. Heppner stürmte geradezu in Kastners Zimmer, doch trotz Teresa Kastners Panik schien sich nicht viel verändert zu haben - bis auf den Ausdruck in Kastners Augen.

Die Leere in seinen Augen erschütterte den Polizisten bis ins Mark. Er sah Heppner an, ohne ihn wirklich wahrzunehmen und es dauerte eine Weile, bis sein Mund Worte formen konnte. „Wer … sind… Sie? Kenne ich… Sie?“

Weg. Einfach weg. Das Gedächtnis und wohl auch die Persönlichkeit Kastners waren augenscheinlich ausgelöscht. Heppner näherte sich ihm vorsichtig und klopfte ihm wie beim letzten Abschied auf die unverletzte Schulter. „Wir kennen uns nur flüchtig. Ich bin ein Freund. Nur ein Freund.“ Seine Stimme klang belegt und er hatte Mühe, sie unter Kontrolle zu halten. Kastner sah ihn mit seinem leeren Blick an und seine nächsten Worte raubten Heppner die Fassung. „Wenn du mein Freund bist..., wer bin ich? Sag mir doch: Wer bin ich?“

Heppner konnte ihm nicht in seine leeren Augen sehen, also wandte er sich ab und sah Hanna, die an der Tür auf einem Stuhl hockte. Tränen strömten aus ihren Augen und rannen ihre Wangen herunter. Er drehte sich zu Kastner herum und überlegte, was er ihm sagen würde, da es vielleicht die letzten Worte sein würden, die er bei klarem Verstand hören würde. Dann wusste Heppner es plötzlich - und er sagte weich: „Du bist Tobias, und du bist mein Freund. Und du bist ein guter Polizist."

Für einen Sekundenbruchteil schien etwas in seinen Augen aufzuleuchten. „Ein guter Polizist. Ein guter Polizist", murmelte er. Der unbemerkt eingetretene Dr. Manning legte Heppner eine Hand auf die Schulter und bedeutete ihm mit einer Kopfbewegung, ihm aus dem Raum zu folgen.

„Der Verfall schreitet mit erschreckender Geschwindigkeit voran. Innerhalb der letzten 48 Stunden ist seine Persönlichkeit vollständig zerfallen, er erinnert sich an nichts mehr. Sowohl sein Langzeitgedächtnis als auch sein Kurzzeitgedächtnis sind nicht mehr vorhanden - neue Erinnerungen werden mangels funktionierender Gehirnzellen nicht mehr gespeichert. Er versucht ständig aufzustehen, weil er sich nicht mehr an den Unfall und seine gebrochenen Knochen erinnert. Ich sprach vorgestern von einer Lebenserwartung von Wochen oder Monaten, das können Sie jetzt getrost durch Tage oder Stunden ersetzen. Und wenn Sie mich fragen: Er hat Glück, dass es so schnell zu Ende geht. In Kürze wird er einfach aufhören zu atmen, weil sein Atemzentrum ausfällt - und dann ist es vorbei. Wir werden keine lebensverlängernden Maßnahmen durchführen, weil er keine Patientenverfügung unterschrieben hat, als er es noch konnte." Dr. Manning schüttelte den Kopf. „Manchmal möchte ich mit Ihnen tauschen. Sie sehen die Leute erst dann, wenn sie schon tot sind und nichts mehr zu machen ist. Ich darf um sie kämpfen und verliere am Ende doch. Es ist so frustrierend." Manning rieb sich die Augen und wandte sich zum Gehen. „Doc!" Heppners Ruf hielt ihn zurück. „Rufen Sie mich an, wenn er es geschafft hat?" Manning nickte, ohne sich noch einmal umzudrehen und verließ die Station.

Hanna zitterte am ganzen Körper, also nahm Heppner sie in den Arm und ließ zu, dass sie sich verzweifelt an ihn presste. Als sie sich beruhigt hatte, hob sie den Kopf und sah ihrem Kollegen ins Gesicht.

„Sind wir schuld, Klaus? Sind wir mit unseren Ermittlungen schuld daran?“ Heppner schüttelte entschieden den Kopf. „Nein, Hanna. Sind wir nicht. Drei der wirklich Schuldigen sind tot - und deren Mörder gehen wir jetzt festnehmen.“

Dreizehn

16. Juli 2010, 16.30 Uhr

„Glaubst du, es ist eine gute Idee hier zu warten?“, fragte Peter Elgert, Tom Herrmanns zuckte mit den Achseln. „Ein Ort ist so gut wie der andere und hier in der Tiefgarage ist es wenigstens trocken.“ Peter schüttelte nur den Kopf. „Mensch, wir sitzen in einem Dienstwagen, da ist es egal wo wir stehen, nass werden wir nicht.“ „Ja, und die Scheiben beschlagen hier auch nicht“, versetzte Tom. Er schlürfte genussvoll an dem Kaffee, den er sich und seinem Kollegen vor zehn Minuten bei Marion geholt hatte und nickte anerkennend. „Mann, Klaus hat vielleicht ein Glück. Die Frau hat Verständnis für Überstunden, macht einen geilen Kaffee und kocht göttlich. Dazu sieht sie auch noch prima aus. Glaubst du, ich könnte sie ihm abspenstig machen?“

Peter grinste nur und sah anzüglich auf Toms Physiognomie. „Ich glaube nicht, dass du ihre Kragenweite bist, Wurzelzwerg.“ Als er weiterreden wollte, bemerkte er Toms Feixen und musste erkennen, dass er mal wieder auf ein typisches Beispiel von Toms Humor hereingefallen war. „Blöder Hund. Na ja, ich bin selbst schuld, wenn ich dich ernst nehme. Erzähle mir mal lieber, warum die kleine Hammer nicht kommt.“ „Vielleicht hat sie endlich den passenden Stiel gefunden“, meinte Tom grinsend. Peter schüttelte nur den Kopf. Tom war mal wieder in Hochform, schien es.

Seufzend sah er auf die Uhr. Fast 16.30 Uhr - und die Zeit, zu der Petra Hammer ihre persönlichen Sachen aus ihrem Schreibtisch räumen sollte war schon lange verstrichen. Peter streckte sich vorsichtig aus, was im engen Opel Astra nicht ganz einfach war - und Tom konnte es nicht lassen. „Hör mal, wenn du Fitnessübungen machen willst, kann ich dir ein Studio empfehlen…“ „Ach hat den Rand, du

Nase", schnauzte Peter. Tom erkannte, dass er jetzt besser den Mund halten sollte und beließ es bei dem üblichen breiten Grinsen.

Peter beendete die Dehnübungen und wies auf den Personenaufzug, der die Büros mit der Tiefgarage verband. Das Licht im Bedienungspaneel zeigte, dass erneut jemand seinen Dienst beendet hatte und nach Hause fahren wollte. Als sich die Tür öffnete und eine Frau den Aufzug verließ, begannen beide Männer zu lächeln. Doch ihr Lächeln gefror.

Aus dem Dunkel der Parketage schälte sich eine schlanke Gestalt, die von hinten auf die Frau zuschlich. Peter und Tom sprangen aus dem Auto, aber sie hatten erst drei Schritte gemacht, als die Gestalt die Frau erreichte und den Arm hob.

„Marion, pass auf!!!"

Tom brüllte mit einer Lautstärke, die man ihm kaum zugetraut hätte. Marion Paschen, die offenbar im gleichen Moment ein Geräusch hinter sich gehört hatte, wirbelte herum und hob instinktiv die Arme über den Kopf.

Der von oben auf sie herabsausende Maurerfäustel zerbrach ihren linken Unterarm wie einen trockenen Ast, die Wucht des geführten Schlages reichte aus, den Hammerkopf mit fast ungebremster Geschwindigkeit auf ihren Kopf krachen zu lassen. Sie konnte spüren, wie ihr Schädeldach eingedrückt wurde - und, wie ihr unvermittelt kalt wurde. Dann spürte sie nichts mehr.

Marion brach lautlos zusammen. Die Angreiferin beugte sich zu ihr nieder und stellte offenbar enttäuscht fest, dass ihr Opfer noch atmete, denn sie hob nochmals den blutbefleckten Hammer an, um ihr Werk zu vollenden.

„Polizei, keine Bewegung!"

Ob Petra Hammer den Ruf nicht hörte oder nicht hören wollte, wird sich niemals feststellen lassen. Als sie mit wutverzerrtem Gesicht den Hammer nochmals niedersausen ließ, unternahmen Tom und Peter das einzig mögliche - und zwar gleichzeitig.

Die beiden abgefeuerten Projektile trafen Petra Hammer mit der Wucht eines Elefantentritts und ließen den kraftvollen Schlag nur noch Marions Kopf streifen, während sie zur Seite geschleudert wurde und neben ihrem Opfer zusammenbrach.

Peter und Tom schüttelten die Köpfe. Von dem Donner der Explosionen in der Tiefgarage halb taub rannten sie zu den beiden am Boden liegenden Frauen und untersuchten sie schnell.

Peter hatte Marions Handgelenk zwischen den Fingern und tastete nach dem Puls. „Ich fühle ihn. Schwach und unregelmäßig, aber sie lebt. Noch… Was ist mit Petra Hammer?“

Tom sah Peter hilflos an. „Jimmy wird nicht erfreut sein. Petra Hammer ist tot. Eine unserer Kugeln hat das Herz, die andere wohl die Lunge getroffen. Ich rufe den Notarzt und am besten einen Neurochirurgen. Mann, wer sagt jetzt Klaus Bescheid?“

***

„Britta Partuschek, dies ist ein Haftbefehl des Amtsgerichtes Duisburg. Ich nehme Sie hiermit fest wegen des dringenden Verdachts, am vergangenen Montag Uwe Liechtenstein, Christos Makezinis und Stefan Tanner alias von Gersthoven ermordet zu haben. Als Beschuldigte im Strafverfahren können Sie sich zur Sache äußern…“ „Verschonen Sie mich mit diesem Belehrungsscheiß“, unterbrach Britta Partuschek rüde, „den Text habe ich öfter gehört als jeden anderen. Wie kommen Sie darauf, dass ich es getan haben könnte? Ah, die alte Leier: Wer die Toten als letzter lebend gesehen hat, ist automatisch der Mörder, was? Wenn Sie nicht mehr auf Lager haben, wird mein Anwalt mich schneller aus der U-Haft haben, als Sie sich die Nase putzen können! Und reden Sie gefälligst lauter, ich verstehe sie so schlecht."

Klaus Heppner setzte sich auf einen Besucherstuhl, der ihrem Krankenhausbett gegenüberstand und lehnte sich zurück, während sich Hanna mit verschränkten Armen neben dem Bett an die Wand lehnte. „Das ist weiß Gott noch nicht alles, wenn es auch ein erstes Verdachtsmoment war", fuhr er mit lauterer Stimme fort.

„Ich muss Ihnen ein Kompliment für die schauspielerische Leistung bei der ersten Befragung machen. Das war richtig gut - nicht perfekt und kein Vergleich zu einer Petra Hammer, aber gut. Sie haben nicht mit einer Wimper gezuckt, als Sie uns erzählten, die Villa um 16.15 Uhr verlassen zu haben." „Das habe ich auch", empörte sich Britta Partuschek, aber Heppner schüttelte den Kopf und zog ein Aufnahmegerät aus der Jackentasche. „Sie hören jetzt die Bandaufzeichnung von der Aussage eines Zeugen, der Sie am Montag beim Verlassen der Villa gesehen hat. Da Sie ihn sowieso kennen, ist es müßig, Ihnen seine Identität zu verheimlichen. Aber hören Sie selbst." Als er auf den Abspielknopf des decorders drückte und den Lautstärkeregler auf größte Lautstärke stellte, ertönte leicht scheppernd die Stimme Pietro Scutaris.

„Iche kenne nichte alle mit ihre Name. Haben Synonyme für jede einzelne gemacht. Das war Cheffe, Will Cheffe sein, Schaumschläger und Nonne." „Nonne?!", hörte man Marion herausplatzen. „War eine Geistliche darunter?" „Nein, Signora. Haben die Frau nur so genannt, weil sie wirkte wie Nonne. Ist Frau, die in der Villa an Empfange sitze. Sagt fast nie was, wenn sie hier ist zum Essen. Echte graue Maus, wie Sie sage würde. Fehlt nur Kittel, dann ist es Nonne. Hat mir immer getan etwas leide, die Frau. Alle die Manne haben gelacht über sie, glaube ich. Iste nicht schön, iste irgendwie ohne Farbe und Leben, hat keine Mann und Kinder, arme Frau. Musse immer machen Uberstunde, jede Tag, auch an die Montag." „Moment mal. Wir haben eine Aussage vorliegen, dass sie an diesem Tag früher nach Hause gegangen ist", unterbrach Heppners Stimme

Scutari, doch der schüttelte den Kopf, was in der Aufnahme natürlich nicht zu hören war. *„No, Signore Commissario. Iche sie haben gesehen um viertel vor fünfe Uhr an die Villa. Binne mir sicher was Zeit angeht, weil meine Schwager und ich waren verabredet und er mich angepfiffen hat: ‚Ey, wo bleibst du Hurensohn, wir waren um halb verabredet, jetzt ist viertel vor.'"*

Hanna kam zu Heppner herüber und drückte auf die Pausentaste. „Und damit ist Ihr Alibi geplatzt, Frau Partuschek. Sie sind nicht um 16.15 Uhr nach Hause gefahren, sondern waren noch mindestens um 16.45 Uhr in der Villa, also zu einer Zeit, als die Morde geschahen - oder gerade geschehen waren."

Britta Partuschek gab noch nicht auf. „Na und? Dann habe ich mich halt um eine halbe Stunde vertan. Als ich die Villa verlassen habe, waren jedenfalls noch alle am Leben." „Und genau das können wir widerlegen", verkündete Hanna und drückte wieder auf „Play". „Hören Sie gut zu." Erneut erklang die Stimme von Paolo Scutari.

„Habe ihm gesagt, er solle Maul halten und dabei auf die Villa gesehen, wo gerade die Nonne rausekame. Sie hatte gerade grosse Sack in ihre Kofferraume gelegt, alse Auto kam und andere junge Frau ist ausgestiegen. War so Modepüppchen in blaue Klei und ist gegangen direkt in die Villa. Hate nichte gesehen die Nonne, weil die iste stehengeblieben hinter Auto. Nonne iste nachher auch gegangen in die Villa."

„Haben Sie die entscheidenden Passagen mitgehört, Frau Partuschek? Was Sie in den Kofferraum geladen haben, war ein Sack mit Sand: Quarzsand für den großen Standascher im Büro von Makezinis. Wir haben uns gefragt, wie dieses Häufchen Sand in die Ecke seines Büros gekommen ist und Sie lieferten uns die Erklärung mit dem Tritt von Liechtenstein gegen den Standaschenbecher.

Tatsächlich sah es aber so aus: Sie töteten Makezinis, Tanner und Liechtenstein, egal warum und in welcher Reihenfolge. Da Sie einen

Selbstmord vortäuschen wollten, musste Makezinis Schmauchspuren an der Hand haben. Es durfte aber nirgendwo ein Projektil gefunden werden. Also drückten Sie dem toten Makezinis die Waffe in die Hand und gaben einen weiteren Schuss ab - und zwar auf den bereitgestellten Sack mit Quarzsand, der die Kugel auffing. Es war dieser Sack mit Quarzsand und dem darin steckenden Geschoss, den Sie am Montag in ihrem Kofferraum verstauten, leider beobachtet von Herrn Scutari."

„Das ist doch Quatsch. Ja gut, ich habe einen Sack in den Kofferraum gestellt, aber das war Altpapier, das ich zur Müllverbrennung fahren sollte." „Okay, ein Papiersack. Dann wollen wir doch mal hören, was zu diesem Papiersack weiter berichtet wird."

„Iche danach nichte mehr darauf geachtet und bin gefahre zu mein Schwester in Iserlohn mit meine Schwager Antonio. Ist hier gewesen um mich abzuholen und hat vor die Türe gewartet. Hat auch gesehen Nonne unde mich gefragt ob Frau will wegbringen die Sand aus Katzenklo." „Sand? Wieso Sand?" Auch in der Aufzeichnung hörte man die Verblüffung in Heppners Stimme. *„Weile iste gerieselt aus Sack, sagte Antonio. Ich nichte gesehe, weil ich da selbst habe gelade Sache in meine Kofferraum. Habe aber gesehen, dass Nonne hatte viele Mühe mit trage. Wir sind dann gefahre wege und nix mehr gesehe."*

„Es ist vorbei, Frau Partuschek. Es war Sand und kein Papier. Wir haben heute Nachmittag den Kofferraum Ihres Golf mit kriminaltechnischen Mitteln untersucht und etlichen Sand dort gefunden." „Jetzt machen Sie mal einen Punkt", empörte sich Frau Partuschek, „der Wagen ist erst vorgestern an der Tanke seiner monatlichen Innen- und Außenreinigung unterzogen worden. Sie bluffen doch nur." „Unsere Methoden sind etwas präziser als der Staubsauger an einer Tankstelle", stellte Hanna klar. „Wir holen noch Sandkörner aus Ritzen, die Sie nicht einmal mehr sehen."

„Und wenn schon“, begehrte Frau Partuschek noch einmal auf. „Ich habe schon öfter diesen Sand transportiert. Wer sagt denn, dass es nicht Rückstände dieser Transporte sind?“ „Unser Landeskriminalamt“, sagte Heppner scharf. „Dessen Chemiker haben die aufgefundenen Sandreste einer Analyse unterzogen - und an dem in ihrem Kofferraum gefundenen Sand befinden sich Spuren von Kordit, einem Treibmittel aus Patronen, welches wir auch an dem kleinen Sandhaufen im Zimmer von Makezinis festgestellt haben. Dieses Treibmittel ist äußerst selten und wird fast nur noch in Griechenland verwendet. Es ist vorbei“, wiederholte er.

Britta Partuschek sah sie fast eine halbe Minute lang mit offenem Mund an, dann brach ihr Widerstand zusammen. Es schien, als ob die geschilderte Beweiskette sie jetzt davon überzeugt hatte, in einer ausweglosen Situation zu sein. Sie ließ sich in die Kissen zurückfallen und stöhnte. „Ich habe nicht gewusst, dass ihr so gut seid. So gut und so beharrlich, obwohl es nur drei elende Mistkerle erwischt hat.“ „Dass es Mistkerle waren, steht außer Frage, ist für uns aber kein Kriterium“, sagte Hanna mit sanfter Stimme. „Wir jagen und fangen nur die Täter, um mögliche mildernde Umstände kümmern wir uns entweder später oder überlassen das den Juristen.“ „Mildernde Umstände? Haben Sie sich mit den Geschädigten der Machenschaften der drei Toten unterhalten? Ich glaube, die werden mir die Füße küssen.“

„Peter Steinmann küsst Ihnen nicht mehr die Füße“, sagte Heppner brutal. „Er hat sich und seine Familie aus Verzweiflung erschossen. Tobias Kastner liegt im BGU und stirbt eines grausamen Todes, nachdem er gegen einen LKW gerast ist, auch dies war mittelbare Folge Ihrer Handlungen. Ja, Ihrer Handlungen, denn bevor Sie sich zu sehr in die Rolle eines Opfers hineinsteigern erlaube ich mir, Sie daran zu erinnern, dass Sie höchst effektiv an den Betrügereien des Trios mitgewirkt haben. Es würde mich nur interessieren, was passiert ist - dass Sie sich plötzlich selbst als Opfer fühlten und die drei abgeknallt haben.“

Britta Partuschek war bei Heppners harten Worten noch weiter in die Kissen versunken. Jetzt begann sie zögernd zu sprechen. „Haben Sie meine Aussage von Montagnacht noch im Kopf? Ja, ich weiß, ich habe viel erzählt, aber erinnern Sie sich noch an die Passage zu Makezinis am letzten Freitag?“ Heppner nickte und zog eine Kopie ihrer Aussage aus der Tasche, die er ihr vorlas -bis er zu der Textpassage kam, die lautete:

„.... ihn erst gestern Nachmittag wiedergesehen, als er in der Villa erschien, gruß- und wortlos an mir vorbeiging, sein Büro betrat und sich einschloss. Das war so gegen 16:00 Uhr, denke ich. Von Gersthoven und Liechtenstein haben kurz darauf versucht, ihn zum Öffnen zu überreden, aber er rief nur, man solle ihn in Ruhe lassen.“

„Das stimmt auch alles, mit Ausnahme der letzten beiden Sätze“, erklärte Frau Partuschek matt. „Makezinis erschien bereits gegen 15.30 Uhr und ging in sein Zimmer. Danach lief es so, wie ich geschildert habe. Tanner und von Liechtenstein wummerten gegen seine Tür und Makezinis rief, sie sollten ihn in Ruhe lassen. Das war gegen 15.40 Uhr.

Fünf Minuten später hatte ich ein paar Probleme mit meinem Drucker und habe einige Zeit an den Kabeln unter der Fußleiste herumgenestelt. Makezinis hat plötzlich die Tür geöffnet, sah sich suchend um und huschte in das Büro von Liechtenstein - als er sich sicher war, dass ich nicht an meinem Platz war. Tanner folgte ihm wenige Sekunden später. Ich habe mich gefragt, was diese Geheimkonferenz zu bedeuten hat, insbesondere weil die Männer sich an den Tagen zuvor doch so spinnefeind gewesen sind. Ich erinnerte mich daran, dass ich die Mappe mit den Kontoauszügen auf die Sprechanlage gelegt hatte, wodurch das Licht, welches die Aktivierung der Sprechanlage von meiner Seite anzeigte, verdeckt würde und drückte auf den Knopf, der mich das Gespräch im Raum mithören ließ. Was ich dann hörte, raubte mir die Fassung.

Makezinis, Tanner und von Liechtenstein tranken auf das erfolgreiche REDSNAP-Manöver - wie ich später feststellte, eine Flasche Pol Roger. Die Aktie war, wie Makezinis triumphierend sagte, sogar noch dreimal erfolgreicher gewesen als die TRANSICO und habe ihm satte 10 Millionen eingebracht, die jetzt auf den Cayman Islands angelegt seien. In Kürze würde er dafür sorgen, dass Tanner und von Liechtenstein ihren Anteil in Höhe von je 2 Millionen ausbezahlt bekämen. Das hat mich ja noch nicht geschockt, aber dann kam der Hammer. Makezinis bezeichnete es als seinen geschicktesten Schachzug, das Zerwürfnis zwischen ihnen vorzutäuschen, um mich dazu zu bringen, die REDSNAP zu übernehmen. ‚*Mit ihr haben wir die perfekte Strohfrau*', erläuterte Makezinis. ‚*Sie ist erfahren genug, die Klappe zu halten, und gierig genug, auf unsere Versprechungen zu hören, nach der Haftentlassung für sie zu sorgen*'. ‚*Und? Machen wir das?*', fragte Liechtenstein belustigt. ‚*Aber natüüüüürlich*', meinte Makezinis höhnisch. ‚*Wir sind ja auch das Sozialamt. Wenn sie erst mal acht Jahre abgesessen hat, ist sie sowieso im Rentenalter - und ob sie uns auf den Caymans oder den Jungferninseln findet, ist doch mehr als fraglich. Soll sie doch im Knast verrotten oder von Hartz IV leben. Sie hat schon vor längerer Zeit aufgehört, uns von Nutzen zu sein. Es wird Zeit, sie abzustoßen*'."

Bei der Erinnerung an dieses Gespräch liefen Frau Partuschek Tränen des Zorns und des Schmerzes über die Wangen. Sie wischte sie weg und fuhr ohne Pause in ihrer Schilderung fort. „In diesem Moment wurde mein Herz buchstäblich zu Stein. Ich dachte spontan daran, ihre ganzen Aktivitäten an die Polizei zu verraten und habe schon in meiner Handtasche nach der Telefonnummer von Herrn Brack gesucht, als…" Britta Partuschek schluchzte laut auf.

„Sie haben sich über mich lustig gemacht. Makezinis meinte: ‚*Der Knast ist doch echt eine Chance für sie, endlich mal richtige sexuelle Erfahrungen zu machen*'. Tanner lachte sich halbtot und meinte: ‚*Glaubst du wirklich, sie findet da jemanden, egal ob Männlein oder Weiblein? So wie die aussieht, wird doch sogar ein Dildo weich, wenn sie ihn in die Hand nimmt'.* Und so ging es immer weiter, bis die drei Männer sich vor Lachen nicht mehr halten konnten.

Ich weiß, dass ich nicht hübsch bin, aber dass ich sogar bei ‚Bauer sucht Frau' oder ‚Schwiegertochter gesucht' als abschreckendes Beispiel dienen könnte, wie es von Liechtenstein zur Gaudi der beiden anderen sagte, verletzte mich bis ins tiefste Innere. Ich unterbrach die Verbindung, ging in Makezinis Büro, zog Handschuhe an und holte die Pistole aus dem Safe. Die Kombination hatte er mir vor einem halben Jahr verraten, als ich ihm mehrere im Tresor liegende Dokumente nach Thessaloniki faxen musste. Der Schalldämpfer war aufgesetzt und die Waffe war durchgeladen. Ja, ich kenne mich mit Waffen bestens aus. Tut mir leid, dass ich Sie bei der ersten Vernehmung belogen habe." Heppner winkte nur ab, um ihren Redefluss nicht zu unterbrechen. „Danke. Ich versteckte die Waffe in der Schublade meines Schreibtisches und habe tatsächlich um 16.15 Uhr bei von Liechtenstein angerufen, um mich in den Feierabend zu verabschieden. Ich habe mich im Billardzimmer versteckt, bis Makezinis und Tanner nach ein paar Minuten wieder in ihren Büros waren. Danach habe ich die Pistole geholt und bin zuerst in das Büro von Liechtenstein gegangen. Er saß am Schreibtisch und schrieb eine SMS über sein Handy. Ohne aufzublicken fragte er, was es denn noch gäbe. *‚Nur den Gruß einer Kandidatin von ‚Bauer sucht Frau'*, habe ich geantwortet und die Pistole gehoben. Er ließ sein Handy fallen und stützte sich auf die Tischplatte, während das Begreifen in seinen Augen aufleuchtete. Doch bevor er schreien oder sich richtig aufrichten konnte, jagte ich ihm eine Kugel in den Kopf. Ich hatte Glück, denn er fiel in seinen Sessel zurück, ohne irgendwelchen Lärm zu machen - und von dem Schuss war dank Schalldämpfer nur ein leises ‚Plopp' zu hören gewesen. Ich hob das Handy auf, löschte die halb vollendete SMS und steckte es ihm wieder in die Jacke. In diesem Moment klingelte das Telefon Liechtensteins. Der Anrufer war Tanner. Ich weiß nicht, was er gehört oder gespürt hatte, vielleicht das Herunterfallen des iPhones, aber ich ahnte, dass Eile geboten war und lief schnell in Tanners Büro. Schon beim reinkommen sah ich, dass mein Gefühl sich bestätigt hatte.

Tanner war aufgestanden und auf dem Weg zur Tür, als ich eintrat. Er fragte mich, was ich denn noch hier machen würde - und lächelte mich ölig an. Ich ließ ihn in die Mündung der Pistole sehen, sagte kalt *‚das ist kein Dildo, Du Arschloch'* und drückte ab, als sich seine Augen weiteten. Er fiel um wie ein gefällter Baum. Im Stillen dankte ich der guten Federung des Bodens, die seinen Fall dämpfte.

Blieb noch Makezinis. Für ihn hatte ich mir etwas Besonderes ausgedacht. Als ich in sein Büro kam, sah er überrascht auf und lächelte mich gewinnend an. *‚Wollten Sie nicht früher frei nehmen?'*, fragte er mich, aber ich winkte ab und sagte so etwas wie *‚die zukünftige Vorsitzende der REDSNAP AG darf doch nicht frei machen, wenn ihre Leute arbeiten'*, was ihn belustigte. Ich trug das übliche Kostüm und meine Handtasche, hatte aber zusätzlich einen großen Briefumschlag in der Hand. Makezinis fragte mich, was darin wäre - ich meinte, es sei ein Geschenk für ihn, weil er mir die Chance mit der REDSNAP geben würde. Makezinis lachte und meinte, das sei doch nicht nötig gewesen, aber ich bestand darauf, dass er ihn annahm. Während er den Umschlag öffnete, trat ich neben ihn und griff in die Handtasche. Makezinis erstarrte, als er erkannte, was in dem Umschlag war. Es war ein Foto von Katy Karrenbauer in ihrer Rolle als „Walter" in der Serie „Hinter Gittern", das ich aus dem Internet ausgedruckt hatte - und auf das ich mit schwarzem Edding „Meine nächste Sexpartnerin" geschrieben hatte. Makezinis riss die Augen auf und wollte etwas sagen, aber da hatte ich ihm bereits die Pistole an die Schläfe gepresst. *‚Sie haben es gehört'*, flüsterte er entsetzt. *‚Ja, alles, du Wichser'* ,sagte ich kalt und drückte ab.

Ich wusste sofort, dass ich einen Fehler gemacht habe, als ich ihm in die rechte Schläfe schoss, aber ich hatte keine Chance gehabt, an seine linke Seite heranzukommen. Deshalb habe ich mir bei der Vernehmung auch die Geschichte mit der Verwendung beider Hände ausgedacht. Klang doch plausibel, oder?" Sie sah Heppner an und er zuckte die Achseln. „Zumindest besser als gar keine Begründung. Aber sprechen Sie doch weiter. Wie war das mit dem Sandsack und den Hülsen?"

Frau Partuschek zuckte die Schultern. „Mit dem Sack war es genau wie Sie sagten. Ich habe dem Toten die Waffe in die Hand gedrückt, den Sandsack anvisiert und nochmal geschossen. Dann habe ich die Waffe aus Kopfhöhe von Makezinis auf den Boden fallen lassen, den Sandsack geschnappt und ihn in mein Auto getragen. Leider kam in genau diesem Moment jemand, den ich nicht auf der Rechnung hatte.“

„Petra Hammer“, ergänzte Hanna - Frau Partuschek nickte. „Ja, das geldgeile Luder aus den Slums. Ich hatte keine Chance, vor ihr an die Waffe zu kommen, sonst hättet ihr vielleicht noch eine vierte Tote gefunden, aber sie hat sich zuallererst die Knarre gegriffen und die Situation eiskalt analysiert. Die Toten hat sie nicht im Geringsten interessiert oder geschockt. Sie machte mir sofort den berühmten Vorschlag, den man nicht ablehnen kann - und zwar wollte sie mir eine halbe Stunde Vorsprung verschaffen, in der ich die belastenden Spuren beseitigen konnte. Dafür sollte ich ihr die hundert Riesen wiederbeschaffen, die sie investiert hatte - und etwas mehr als Schweigegeld. Das konnte ich hinbekommen, schließlich habe ich Kontovollmacht für die REDSNAP-Konten. Außerdem verlangte sie die Personalien der beiden Callcenter-Agents, die sie aufs Kreuz gelegt hätten. Dafür musste ich nur einmal in den Computer sehen. Ich wollte ihr gestern Abend 150.000 € auf ein von ihr angegebenes Schweizer Nummernkonto überwiesen. Dann sollte ich auch das Foto, auf dem noch Blutspritzer von Makezinis waren, im Tausch gegen die Überweisungsbestätigung zurückbekommen. Leider kam die Geiselnahme dazwischen.“ Britta Partuschek schüttelte betrübt den Kopf.

„Die Hammer ist vielleicht ein Früchtchen. Vielleicht hätte ich einfach abwarten sollen, sie wäre wohl auch selbst in der Lage gewesen, die drei Dreckschweine umzubringen. Der traue ich alles zu. Sie war es übrigens auch, die in der Villa die Sandspur zusammengefegt hat, die ich beim raustragen hinterlassen hatte. Das war der Haufen, den Sie bei Makezinis im Büro gefunden haben. Außerdem hat sie die Hülsen aufgesammelt und Makezinis in die Tasche gesteckt. Sie meinte, hierdurch würde es noch plausibler, dass Makezinis geschossen habe."

„Der Tat-Ablauf ist damit klar", resümierte Klaus Heppner zufrieden. „Was ist mit den belastenden Utensilien geschehen - und wo ist die Kleidung, die sie zur Tatzeit getragen haben? Da dürften doch noch einige mikroskopische Blutspritzer von Makezinis drauf sein." Frau Partuschek lachte kurz auf. „Manchmal ist es von Vorteil, wenn der eigene Vater Stahlwerker war. Kennen Sie die Brücke über den HKM-Werken in Ehingen?" „Und ob", stöhnte Heppner eingedenk seiner Verfolgungsjagd mit Kastner. „Unter dieser Brücke fahren Eisenbahnwaggons mit Kohle und Stahlschrott für die Hochöfen durch. Die Waggons fahren auf die Hochöfen, öffnen die Böden und der ganze Inhalt des Wagens fällt in den 3000°C heißen Hochofen. Die Waggons sind nach oben offen. Ich habe einfach auf einen Zug gewartet und die gesamten Klamotten hineingeworfen. Wenn Sie nicht irgendein Stahlblech finden, das einen erhöhten Anteil an Quarzsand aufweist, habe ich alle Beweismittel spurlos vernichtet. Nach dieser Aktion war ich übrigens gerade zu Hause, als Ihre Kollegen bei mir klingelten."

Aufgrund der geschilderten Details bestanden nicht die geringsten Zweifel an der Aussage von Frau Partuschek. Jetzt stellte allerdings sie eine Frage. „Was habe ich falsch gemacht? Ich meine, wie haben Sie meine Angaben widerlegen können? Ich war doch überaus gründlich." „Zu gründlich, Frau Partuschek, einfach zu gründlich. Die Sache war einfach zu perfekt, um wahr zu sein. Hätten Sie den Sack bei Makezinis stehen lassen, wäre die plausibelste Erklärung gewesen, dass er die Wirkung des Schalldämpfers selbst getestet hatte, bevor er von Liechtenstein und Tanner erschoss. Dann hätten Sie auch alle vier Hülsen an den Stellen, wo sie lagen, liegenlassen können. Aber sie machten den Fehler, ihm in die rechte Schläfe zu schießen - und Petra Hammer steckte die Hülsen zu dem Dope, das Makezinis in der Hosentasche hatte. Es gibt kein perfektes Verbrechen, Frau Partuschek." Er hielt inne, da ihm im gleichen Moment etwas einfiel.

„Sagen Sie… Die beiden Telefonklopper, die Petra Hammer abgezogen haben, hießen nicht zufällig Leif Johansson und Jurij Frantecki?“ „Doch, genau!“, erwiderte die Gefragte überrascht. „Woher wissen Sie denn das?“

Heppner erbleichte und stand so schnell auf, dass der Krankenhausstuhl umkippte und scheppernd zu Boden fiel. „Ich… ich muss mal ganz schnell telefonieren“, stammelte er und hastete zur Tür, aber er kam nicht weit.

Noch bevor er den Ausgang erreichte, stürmte jemand geradezu in das Krankenzimmer. „Hans!“, entfuhr es Hanna und Heppner blieb überrascht stehen. Es war tatsächlich Hans Bombardier, ihr Chef im Zwangsdienstfrei, begleitet von Willi Beugen. Heppner wollte mit einer gemurmelten Entschuldigung an ihnen vorbeigehen, doch Hans griff nach seinem Arm. Er war totenblass und völlig außer Atem. „Lass alles stehen und liegen und komm mit“, keuchte er. „Gib Hanna den Schlüssel, wir fahren mit meinem Wagen.“ Jetzt war Heppner endgültig überzeugt, dass etwas Gravierendes vorgefallen sein musste.

„Sie hat ein umfassendes Geständnis abgelegt, weißt du das?“, fragte er Hans auf dem Weg zum Wagen. „Außerdem hat sie Petra Hammer in Verbindung mit unseren beiden erschlagenen Telefonverkäufern gebracht. Ausgerechnet Petra Hammer, die ohnehin einen Hals auf Marion hat. Hans, ich mach mir da echte Sorgen. Ich versuche schon die ganze Zeit, sie zu erreichen, aber…“ Hans Bombardier unterbrach den besorgten Redeschwall seines Ermittlers abrupt. „Was die Partuschek gesagt hat, interessiert mich im Moment gar nicht, es ist nämlich etwas passiert“, begann er, als beide das Auto erreichten. „Steig ein, wir fahren zum Klinikum Duisburg.“ Als sein Chef ohne ein weiteres Wort das Blaulicht aufs Dach klemmte und wie der Teufel losbrauste, schwante Heppner Übles, doch bevor er fragen konnte, begann Bombardier langsam und stockend zu berichten.

„Klaus, du weißt, dass Peter und Tom zur VENTURA gefahren sind, um Petra Hammer abzufangen und zur Vernehmung mitzunehmen." „Ja, und nach dem Geständnis haben wir noch mehr, was wir sie fragen müssen. Mordverdacht, Erpressung…" Hans unterbrach ihn rüde. „Das ist im Moment irrelevant. Hör mir zu:

Petra Hammer war heute Nachmittag wirklich in der VENTURA, aber sie wollte dort nicht ihre Sachen abholen. Sie hat dort jemandem aufgelauert." Heppner wurde es eiskalt. „Nein. Nein! Nicht Marion. Sag, dass das nicht wahr ist. Hans, um Gottes willen!" Hans alterte vor seinen Augen, als er langsam und bekümmert nickte. „Peter und Tom haben aufgrund des Regens zum Glück in der Tiefgarage gewartet, wo Marions Wagen stand. Als Marion nach Dienstende herunterkam, stürzte ein Schatten auf sie zu und hat sie mit einem Maurerfäustel niedergeschlagen. Petra Hammer hat ihrem Namen alle Ehre gemacht. Marion ist bewusstlos und hat schwere Schädelhirnverletzungen. Sie wird im Moment im Klinikum Kalkweg notoperiert."

„Aber Peter und Tom sollten doch…" „Sie haben getan was sie konnten", entgegnete Hans müde. „Petra Hammer ist tot. Die beiden haben sie erschossen. Und es war mehr als gerechtfertigt. Diese Frau hat nämlich Johansson und Frantecki getötet, wahrscheinlich mit dem Hammer, mit dem sie auch Marion angegriffen hat. Bei der Durchsuchung der Trümmer ihrer Wohnung haben unsere Kollegen Zettel mit Adressen und Personalien der getöteten Männer und auch Perücken und Kleidung gefunden, welche sie bei den Treffen mit ihren Opfern getragen hatte."

Heppner ließ den Kopf in beide Hände sinken und weinte, wie er seit dem Tod seines Vaters nicht mehr geweint hatte. Bitte, Gott, betete er, lasse sie nicht sterben. Ich liebe sie doch so sehr. Er bemerkte kaum, dass Hans vor dem Klinikum bremste und achtete auch nicht auf den sintflutartigen Regen, der ihn in Sekunden bis auf die Haut durchnässte. „Beeil dich, Klaus. Lauf zur neurologischen Intensivstation. Ich parke und komme nach."

Die nächsten zwei Stunden waren wohl die längsten in Heppners Leben. Nicht einmal die Gegenwart von Hans vermochte ihn auch nur minimal zu beruhigen. Ihn interessierte auch nicht, dass die Zeugen Petra Hammer als die letzte Kontaktperson der beiden toten Callcenter-Agents identifiziert hatten. Ein ruhelos im Käfig auf und ab laufender Tiger war gegenüber seiner Hektik ein Standbild - und es war kein Wunder, dass seine Kleidung trotz Aircondition schnell trocknete. Heppner betete, verfluchte Gott und gelobte in der nächsten Sekunde Besserung. Er bot ihm einen Handel an, ihn zu nehmen statt ihr - und verfiel gegen Ende in abgrundtiefe Verzweiflung. Seine Gedanken drehten sich im Kreis, sodass er wohl erst beim sechsten Mal hörte, was Hans erzählte, um ihn abzulenken.

„Was hast du da gerade gesagt?“, flüsterte Heppner. „Ich habe gesagt, dass ich ein Versetzungsgesuch geschrieben habe. Ich gehe zum PP Oberhausen.“ „Ja, aber da ist doch Markus Gebhart Leiter des Mordkommissariats. Ich verstehe das nicht.“ „Ich gehe dort auch nicht zum KK 11. Ich gehe überhaupt nicht zur Kripo. Ich werde Dienstgruppenleiter in einem Schutzbereich in Sterkrade.“ „Was? Jetzt bin ich mir sicher, dass du mich verarschst. Entschuldige, aber im Moment habe ich keinen Sinn für Scherze.“ „Es ist auch kein Scherz“, meinte Hans bitter. „Bei der Kripo laufen landesweit Dinge ab, die ich nicht mehr mittragen kann. Vernünftige Kriminalitätsbekämpfung ist nichts mehr wert, man legt nur noch Wert auf „Lagebewältigung“. Das heißt im Klartext, dass es egal ist, was als Ergebnis rauskommt, Hauptsache man hat etwas getan und kann die Tat jemandem unterschieben, damit sie in der Kriminalstatistik als geklärt gemeldet werden kann. Ob der Täter dann verurteilt wird, ist völlig egal. Die Direktion -K- ist nicht mehr ein Experten- und Eliteteam, sondern dient nur noch als Auffangbecken für strafversetzte Polizeibeamte. Und das kotzt mich an, Klaus.

Schau dir nur das Konzept der Love-Parade an. Ich habe auf die Gefahren hingewiesen, aber selbst unsere hohe Führung hat keinen Einfluss auf die Genehmigung der Veranstaltung. Als ich protestierte, sagten mir Verantwortliche der Stadt, ich solle mich als kleiner

Kommissariatsleiter doch aus politischen Entscheidungen heraushalten. Leute, wenn das schiefgeht, gibt es vielleicht Tote, habe ich ihnen gesagt, aber ich wurde als Schwarzmaler niedergebuht. Ich habe jetzt meine Versetzung beantragt - und bevor sie wirksam wird, muss ich erstmal meine Überstunden abfeiern, weil ich sie ja nicht mit nach Oberhausen nehmen kann. Ich habe dann noch genau zwei Dienstjahre, die ich irgendwo als DGL verbringen muss. Die sitze ich auf einer Arschbacke ab. Gute Arbeit kann ich schließlich überall leisten."

Trotz der dringenden Sorgen schüttelte Heppner ungläubig den Kopf. Hans bei der Schutzpolizei - das ist, als ob Karajan sich entschlossen hätte, die Feuerwehrkapelle Brunsbüttel zu leiten, dachte er matt. Weitere Gedanken wurden von einer Schwester unterbrochen, die ihm auf die Schulter klopfte. „Herr Heppner? Wenn Sie mit bitte folgen würden."

Der Arzt, zu dem sie Heppner führte, stellte sich als Professor Dr. Matthias von der Groeben vor, leitender Neurochirurg des Klinikums. „Herr Professor, wie geht es Marion? Wird sie durchkommen?" Professor von der Groeben wiegte den Kopf. „Hirnverletzungen sind immer eine schwerwiegende Sache - und ihrer Lebensgefährtin wurde mit einem Hammer buchstäblich der Schädel eingeschlagen. Dabei hat sie einen doppelten Schädelbruch erlitten. Hierdurch kam es zu einer Verletzung der Dura Mater, der harten Hirnhaut. Durch die Blutung entstand großer Druck auf das Gehirn. Wir haben umgehend trepaniert, die Hinhaut genäht, die zertrümmerten Knochenteile entfernt und den Erguss abgesaugt, um den Hirndruck zu vermindern. Das hat - soweit ich das sehe, gut funktioniert.

Frau Paschen liegt auf der Intensivstation und befindet sich im künstlichen Koma. Wir gedenken, sie für mindestens 72 Stunden in diesem Zustand zu belassen, um sensorische Tests durchführen zu können. Danach werden wir körpereigene Knochenstücke und eine Titanplatte einsetzen, um den Schädel zu stabilisieren. Anschließend lassen wir Frau Paschen aufwachen. Das wird aber bis zu vier Tage dauern.

Sie fragen mich, ob sie durchkommen wird. Sie ist gesund und kräftig, hat keine zerebralen Vorschäden und atmet selbständig. Ich würde ihre Chancen mit 60:40 einschätzen - wenn keine Komplikationen eintreten, was immer passieren kann. Was ihr Leben gerettet hat, kann ich übrigens auch sagen. Offensichtlich hat sie es geschafft, den Schlag mit dem Arm teilweise abzublocken, wodurch sie einen Bruch von Elle und Speiche am linken Unterarm erlitten hat. Der Bruch ist glatt und wird problemlos verheilen. Wenn dieser Schlag sie aber ungebremst getroffen hätte, wären ihre sofort eingreifenden Kollegen machtlos gewesen - und wir wahrscheinlich auch."

Hans Bombardier hielt Heppner fest, als dieser nach einem Halt griff und keinen fand. „Herr Professor..., kann ich zu ihr?" Der Arzt sah ihn lange an. „Normalerweise nicht, aber..., sind Sie erkältet? Haben Sie irgendwelche anderen Infektionskrankheiten?" Heppner schüttelte den Kopf. „Gut, dann ja, aber nur für ein paar Minuten."

Die Schutzkleidung anzulegen war für Heppner seit seinen Besuchen bei Kastner fast schon Routine und ging schnell. Marion lag in einem Spezialbett - und obwohl nur Kopf und Arm versorgt wurden, ähnelte ihr Aussehen so sehr dem Kastners, dass er innerlich verzweifelte. 60:40 meldete sich sein Unterbewusstsein mit Nachdruck. Zeige deine Verzweiflung nicht - und gib ihr Kraft. Und so ging er zu Marions Bett, um sie genauer anzusehen.

Ihre wunderschönen Haare waren verschwunden, abrasiert oder unter Bandagen verborgen und rund um ihre Augen zeigten sich blaurote Unterblutungen. Völlig normal, meldete sich sein Unterbewusstsein - klassisches Brillenhämatom. Hat nichts zu sagen. Zumindest drückt dieses Blut nicht aufs Hirn. Und die abrasierten Haare wachsen nach. Ganz vorsichtig streichelte Heppner ihren unverletzten Arm. „Schlaf dich gesund, meine Liebste. Ich komme wieder", flüsterte er ihr zu, bevor die Schwester ihn aus dem Zimmer führte.

Vierzehn

Samstag, 24. Juli 2010, 17.00 Uhr

Eine Woche, so lang wie ein ganzes Leben. 72 Stunden, hatte Professor von der Groeben gesagt, bis Marion aus dem künstlichen Koma geholt werden würde. Danach Untersuchungen und die Nachoperation zur Stabilisierung des Schädels, was weitere 48 Stunden Bewusstlosigkeit bedeutete. Das Schlimmste war, dass Marion sich nach der OP weigerte, wach zu werden. Die Ungewissheit ließ für Heppner alle anderen Nachrichten der Woche zur Bedeutungslosigkeit verblassen. Matthias Jankowski wanderte wegen seiner Geiselnahme in Untersuchungshaft, ebenso die dreifache Mörderin Britta Partuschek, die wegen ihres Knalltraumas, wie auch Jankowski, im Justizvollzugskrankenhaus in Fröndenberg einsaß. Die Nachricht von Eberhard Wilkens von der Transplantationszentrale, dass die Staatsanwaltschaft Essen ein Verfahren gegen den Chefarzt der Uniklinik eingeleitet habe - und das Ende von Tobias Kastner, der zwei Tage nach Heppners letztem Besuch aufgehört hatte zu atmen. „Er hat bis zuletzt immer wieder gemurmelt: ‚Ein guter Polizist‘, auch wenn es am Ende kaum noch zu verstehen war“, berichtete Dr. Manning, der Heppner verabredungsgemäß informiert hatte. „Es schien, als ob es sein Credo sei, als ob er sich bis zum Ende an dieser Vorstellung festgehalten hat.“ Manning hatte seine eigene, nassforsche Art gehabt, Heppner hinsichtlich Marions Zustands aufzumuntern. „Ach, die erholt sich schon wieder. Ich wünschte, ich würde nur solche Patienten bekommen. Dann hätte ich häufiger Erfolgserlebnisse.“ Die beiden verabredeten, nach Marions Genesung, bei einer Flasche Rosé (oder mehr) weiter zu fachsimpeln.

Heppner war vom Dienst freigestellt, war also auch nicht bei der heute stattfindenden Love-Parade eingesetzt und verbrachte seine gesamte Zeit bei Marion. Er las ihr vor, streichelte sie und hoffte, dass sie endlich aufwachen würde. Zwei Tage waren so vergangen, bis zu diesem Samstag, als Heppner erschöpft seinen Kopf auf ihr Bett sinken ließ und die Augen schloss. Gott, ich bitte dich, betete er wie unzählige Male zuvor, hilf ihr. Mitten in diesem Gebet schlief er ein und träumte.

Gefangen in einer unübersehbaren Menschenmenge, die ihn drückte und schob, bis er keine Luft mehr bekam, versuchte er mit aller Kraft zu entkommen, aber es gab keine Fluchtwege. Rechts und links von ihm waren hohe Mauern, die verzweifelte Menschen zu erklettern versuchten, aber immer wieder abstürzten. Zuletzt fiel jemand direkt auf ihn - und die Welt wurde schwarz.

Klaus Heppner erwachte durch das Geheul vieler Sirenen, die immer näherkamen. Er versuchte den Kopf zu heben, aber ein unerwarteter Widerstand hinderte ihn daran.

Es war Marions rechte Hand. Sie hatte sie ihm auf den Kopf gelegt, die Augen geöffnet - und sie lächelte schwach. Doch bevor er etwas sagen konnte, begann das Handy in seiner Hosentasche zu vibrieren.

Epilog

Jetztzeit

„Du wurdest noch von meinem Krankenbett zum Einsatz bei der Love-Parade gerufen“, murmelte Marion und streichelte die Hand ihres Mannes. Dieser nickte nur. „Während du ins Leben zurückkehrtest, verloren einundzwanzig junge Menschen an diesem Tag das ihre. Einundzwanzig völlig sinnlose Tode, die durch den Verzicht auf dieses Spektakel, vor dessen Ausführung die Polizei eindringlich warnte, hätten verhindert werden können. Jetzt setzen Angehörige der Opfer ihre Hoffnung in diesen Schauprozess, der doch zu nichts führen wird, denn keiner der Angeklagten wird letztendlich verurteilt werden. Schließlich besteht ein Unterschied zwischen moralischer und juristischer Schuld. Der Prozess ist nur eine gewaltige Show, der alle Betroffenen beruhigen und ablenken soll. Brot und Spiele, das ist alles. Die Verantwortlichen bleiben unbehelligt, denn niemandem kann eine direkte aktive Beteiligung am Tod eines Menschen nachgewiesen werden - und mangels Gewissen werden sie keine Schuld fühlen.

Sowohl im REDSNAP-Fall, als auch bei der Love-Parade sind es die Toten, die Verletzten, Traumatisierten und ihre Angehörigen, die bis in alle Ewigkeiten den Preis zahlen müssen:

Den Preis der Gier.“

Abkürzungsverzeichnis:

Zur Behebung des PolAKüFi (Polizeilichen Abkürzfimmels) hier die Erläuterung der verwendeten Abkürzungen:

NRZ (S. 6)	Neue Ruhr Zeitung. Eine der auflagenstärksten Tageszeitungen des Ruhrgebiets
POK (S. 9)	Polizeioberkommissar. Gekennzeichnet durch zwei silberne Sterne auf den Schulterklappen
KK 11 (S. 11)	Kriminalkommissariat 11. In Großbehörden wie Duisburg zuständig für Todesermittlungsverfahren
KK 23 (S. 12)	Kriminalkommissariat 23, zuständig für die Bekämpfung von Wirtschaftskriminalität - also Straftaten, bei denen Strukturen des Handels zur Begehung von Straftaten benutzt werden
Kriminalwache (S. 13)	Notdienst der Kriminalpolizei, welcher die Aufgaben der Fachkommissariate in deren Abwesenheit (nach 16:00 Uhr sowie an Wochenenden und Feiertagen) übernimmt

MK / MK-Raum (S. 31)	Mordkommission, also eine temporär eingerichtete Gruppe von Ermittlern, die einen speziellen Fall untersuchen. Der MK-Raum ist der große Besprechungsraum, in welchem die Mitglieder ihre Erkenntnisse zusammentragen
DNA (S. 44)	Desoxyribonukleinsäure, Grundbestandteil des menschlichen Erbguts. Gilt als serologische Spur, welche noch individueller ist als ein Fingerabdruck
KK 15 (S. 49)	Kriminalkommissariat 15, zuständig für die Bekämpfung von Delikten rund um das Kfz. Wurde 2018 im Rahmen der Umorganisation des Polizeipräsidiums Duisburg aufgelöst
BKA (S. 51)	Bundeskriminalamt mit Sitz in Wiesbaden. Zuständig für Ermittlungsverfahren mit Bezügen über Bundes- und Landesgrenzen sowie Informationssammlung und -steuerung
KOK (S. 53)	Kriminaloberkommissar. Gleicher Rang, gleiche Besoldung (A 10) wie der POK (siehe S. 203)
LKA (S. 58)	Landeskriminalamt. Zentrale Organisationseinheit der Polizeien der Bundesländer. Das LKA Nordrhein-Westfalen befindet sich in Düsseldorf
KK 24 (S. 58)	Kriminalkommissariat 24. War zwischenzeitlich u a. für die Führung der internen Ermittlungsverfahren zuständig. Beinhaltet

	heute die Kriminalwache und das Kommissariat zur Rauschgiftbekämpfung
Kriminalgruppe (S. 79)	Organisationseinheit der Direktion Kriminalitätsbekämpfung (bis 2015) Darin werden mehrere Kommissariate zusammengefasst: Die Kriminalgruppe 1 z.B. umfasste die Kommissariate 11 - 15. Die KG wurden 2015 in KI (Kriminalinspektionen) umbenannt
EKHK (S. 81)	Erster Kriminalhauptkommissar. Endstufe des gehobenen Dienstes (A 13). Der Dienstrang ist für die Leiter der Kommissariate mit herausragender Bedeutung reserviert
SEK (S. 84)	Spezialeinsatzkommando. Wird bei besonders gefährlichen Lagen (Geiselnahmen, Festnahme bewaffneter Gewalttäter) eingesetzt
Stuffz (S. 91)	Stabsunteroffizier. Mannschaftsdienstgrad bei der Bundeswehr (zumeist Ausbilder)
P38 (S. 91)	Dienstpistole der Bundeswehr, Hersteller Walther
OA 34 (S. 97)	Organisationsabteilung des BKA (s.o.). Was in den Polizeipräsidien die Kommissariate, sind beim BKA die OA
N'dragheta (S. 100)	Mafiaartige Verbindung der organisierten Kriminalität aus Lucca/Italien. Rückte 2007 bei den sechsfachen Mord an Mitgliedern einer konkurrierenden Gruppe am

	Duisburger Silberpalais in den Fokus der Öffentlichkeit
EMA (S. 102)	Einwohnermeldeamt
B 288 (S. 107)	Bundesstraße 288 im Duisburger Süden. Verbindet die vom AK Breitscheid kommende A 524 mit Krefeld
EKG (S. 122)	Elektrokardiogramm. Gerät zur grafischen Darstellung der Herzfrequenz
KHK (S. 129)	Kriminalhauptkommissar. Trüge er eine Uniform wie der PHK, hätte er drei silberne Sterne auf der Schulter
KK 12 (S. 121)	Kommissariat zur Bekämpfung von Sexualdelikten und Vermisstenfällen
A 59 (S. 135)	Autobahn, die im Duisburger Stadtbereich eine Nord-Süd-Tangente bildet (weshalb sie auch als „Nord-Süd-Achse" bezeichnet wird)
PHK (S. 154)	siehe KHK
GE (S. 159)	Eine der drei Abteilungen eines Präsidiums (K für Kriminalität, ZA für Zentrale Aufgaben = Verwaltung und GE für die Gefahrenabwehr und Einsatzbewältigung, also die uniformierten Kräfte)
C4 (S. 167)	hochwirksamer Plastiksprengstoff

U-Haft (S. 183)	Untersuchungshaft; wird nach Festnahme eines Tatverdächtigen von einem Richter verhängt (oder auch nicht)
OP (S. 198)	Operation